Duncan's Crossing

Roman

Alvar Wenzel

AF187724

Duncan's Crossing

Roman

Alvar Wenzel

Erste Auflage
Karlsruhe, 2018

Copyright © Alvar Wenzel, 2009 – 2018

Umschlagbild: Copyright © Alvar Wenzel, 2018

Herstellung und Verlag: Books on Demand GmbH, Norderstedt
ISBN: 978-3-7460-9289-8

Inhaltsverzeichnis

Peter Hutchinson

GAVIN FORBES' TELEFON klingelte kurz vor Mitternacht. Es weckte ihn aus einem schlafähnlichen Dämmerzustand, in den er während der Spätnachrichten der BBC versunken war, da der Sender seine Hauptschlagzeilen allzu oft wiederholt hatte.

Schwerfällig erhob Gavin sich von der Couch und griff nach dem Telefon, das neben dem immer noch angeschalteten Notebook auf dem Schreibtisch lag.

Als Gavin sich meldete, klang seine Stimme heiser und schlaftrunken.

Der Mann am anderen Ende der Leitung war dagegen hellwach: »Wir brauchen Ihre Dienste«, erklärte er ohne Umschweife.

Gavin erkannte an der Stimme Carson, den Chef der Einsatzleitung des CID Houndslow.

»Es gab einen Mord«, fuhr Carson fort. »Sie müssen die Aufnahmen machen.« Dann gab er die Adresse durch, die Gavin auf der Rückseite einer noch nicht bezahlten Rechnung notierte.

Bei dem Wort 'Mord' wurde auch Gavin hellwach. Sein Herz schlug so rasch, als hätte er mehrere Tassen Espresso hintereinander getrunken. Denn erst vor einem halben Jahr hatte Gavin den Posten als Polizeifotograf für die Dienststelle in Houndslow übernommen. Seinen Einsätzen für den CID haftete daher immer noch etwas Neues und Aufregendes an.

Langsam holte Gavin Luft. Dann wiederholte er für Carson die Adresse. Der bestätigte und beendete das Gespräch.

Gavin legte das Telefon erst gar nicht beiseite, sondern bestellte sogleich ein Taxi. Anschließend warf er einen Blick auf den Schreibtisch, an dem er bis zum Beginn der Spätnachrichten an einem Artikel für ein Outdoor-Magazin gearbeitet hatte. Er sicherte Text und Bilder und klappte dann das Notebook zu.

Im Flur zog er sich eine warme Jacke über, schulterte seinen stets griffbereiten Fotorucksack und verließ das kleine Appartement in der Nähe des Stadtzentrums von Houndslow, in dem er seit drei Jahren wohnte.

Er wollte auf der Straße auf das Taxi warten, um nicht unnötig Zeit zu verlieren. Im Freien war es allerdings empfindlich kühl. In Gedanken stellte Gavin fest, dass der Mai in Houndslow auch schon wärmer gewesen war.

Ungeduldig blickte Gavin in Richtung der nahegelegenen Kreuzung. Von dort erwartete er das Taxi. Um die Hände zu wärmen, schob er sie tief in die Taschen seiner Jacke.

Kurz darauf bog ein Taxi von der Kreuzung in die Seitenstraße ein und nahm Kurs auf Gavin, als dieser es heranwinkte. Eine Viertelstunde später setzte es ihn in der Brandon Street ab, die in einer der wohlhabenderen Vorstädte von Houndslow gelegen war. Gavin verglich die Hausnummer mit Carsons Angaben. Dass er hier tatsächlich richtig war, bestätigten ihm auch die zahlreichen Einsatzfahrzeuge der Stadtpolizei, die sich auf der Straße drängten und mit ihren Scheinwerfern die schottische Nacht erhellten.

Nummer 128 war ein zweistöckiges, frei stehendes Einfamilienhaus in einer Reihe ganz ähnlicher Gebäude, die allesamt aus den sechziger Jahren stammten. Die Tür von Nummer 128 stand weit offen. Aus jedem der Fenster drang Licht.

Gavin ging auf den Hauseingang zu. Dabei warf er einen Blick auf das Klingelschild am Gartentor: *B. Buchanan* war dort in schnörkellosen Lettern auf einem Messingschild eingraviert.

Gavin zog die Augenbrauen in die Höhe. Obwohl er den Namen im Moment nicht einordnen konnte, kam er ihm vage bekannt vor. Als ihm jedoch nicht einfiel, woher er *B. Buchanan* kannte, schüttelte er den Kopf und ging in das Gebäude hinein.

Gavin orientierte sich an der Lautstärke der Stimmen der Uniformierten im Inneren des Hauses. Diese Orientierungsmethode führte ihn durch den Hausflur und an der Treppe zu den oberen Stockwerken vorüber. Am Ende des Flurs stieß er auf die ersten beiden Uniformierten. Der eine von ihnen grüßte Gavin freundlich, der andere jedoch musterte ihn unwillig. Nicht für jeden gehörte Gavin wirklich zur Truppe.

Es war eine Erfahrung, die Gavin nicht zum ersten Mal machte. Sicherlich lag es auch an der Art und Weise, durch die er zu dem Job gekommen war: Als vor einem Dreivierteljahr der bisherige Fotograf des CID den Dienst quittiert und von seinen Ersparnissen ein Fotostudio eröffnet hatte, beschloss der Stadtrat von Houndslow als Sparmaßnahme, keinen Ersatz für ihn einzustellen, sondern die Position an einen Freiberufler zu vergeben, der aufgrund tatsächlich erbrachter Leistungen abrechnen sollte, bei einem garantierten, wenn auch recht geringen monatlichen Basisbetrag.

Auch Gavin hatte sich damals beworben. Seine Tätigkeit als freier Mitarbeiter diverser Zeitungen und Zeitschriften hatte ihn bis dahin nur mühsam über Wasser gehalten. Ein regelmäßiges Basiseinkommen, wie es die ausgeschriebene Stelle versprach, war ihm daher höchst willkommen, so niedrig dieses Basiseinkommen auch war. Außerdem gab es die Aussicht, nach sieben Jahren unbefristet in den Polizeidienst übernommen zu werden.

Es hatte Gavin damals jedoch selbst überrascht, als er den Posten tatsächlich erhalten hatte, da er in dem Ruf stand, eher unkonventionell zu arbeiten. Auch war es wenig wahrscheinlich, dass der CID einen Fotografen einstellen würde, der zur gleichen Zeit für die Presse arbeitete. Doch der Druck, Einsparungen durchzuführen, war offenbar derart groß, dass man solche Bedenken zurückstellte und im Bewerbungsgespräch nur darauf hinwies, dass der Kandidat sich zu ausdrücklichem Stillschweigen in polizeidienstlichen Angelegenheiten verpflichten musste, bei Androhung eindrucksvoller Strafen im Falle der Zuwiderhandlung.

Den Ausschlag für Gavins Einstellung gab jedoch der Umstand, dass er sich auf Anhieb gut mit Superintendent Alan Macnab verstanden hatte, dem ranghöchsten Ermittler der Houndslower Dienststelle des CID. Vor allem für Macnab sollte Gavin in Zukunft arbeiten.

Die Außenstelle des Criminal Investigation Department in Houndslow gehörte organisatorisch dem Dumfries and Galloway Constabulary an, das seinen Sitz in Dumfries hatte.

Gavin hatte von Anfang an mit Vorbehalten einiger seiner neuen Kollegen zu kämpfen. Und auch seine Mitstreiter von der Presse neideten ihm seine ihnen bevorzugt erscheinende Position.

Nachdem Gavin sich jedoch in den ersten Monaten mehrfach bewährt hatte, änderte sich die Einstellung der meisten Polizeiangehörigen ihm gegenüber. Nun respektierten ihn auch diejenigen Kollegen, die Gavin zunächst mit einer gewissen Herablassung behandelt hatten. Gavin konnte in dieser Zeit den Nachweis erbringen, dass er seine Tätigkeit für den CID streng von seiner Arbeit für die Presse zu trennen vermochte: Nie war etwas von dem in den Zeitungen erschienen, das Gavin nur aufgrund seiner vertraulichen Tätigkeit für den CID hatte erfahren können. Diese Diskretion wusste man zu schätzen.

Der freundlichere der beiden Uniformierten im Hausflur wies Gavin nun mit der Hand den Weg zur Küche, die am anderen Ende des Flurs lag, hinter den Uniformierten. Dort war auch das Gedränge am größten. Gavin blieb neben der Küchentür stehen und sondierte das Terrain von dort aus.

Sogleich entdeckte er Superintendent Macnab, der inmitten einer Gruppe lautstark diskutierender Polizisten auf der rechten Seite der Küche stand. Als Macnab Gavin erblickte, nickte er diesem freundlich zu.

Gavin war froh über Macnabs Anwesenheit. Sein Verhältnis zu dem Superintendent war inzwischen fast freundschaftlich. Gavin hatte Macnab als integren und unbestechlichen Menschen kennengelernt; dies waren Eigenschaften, die Gavin besonders respektierte. Außerdem war Macnab offen für die Ansichten anderer, auch wenn sie von seinen eigenen Ansichten abwichen. Nicht nur in Macnabs Beruf war eine solche Haltung etwas Besonderes.

Gavin verfolgte mit halbem Ohr die Diskussion der Ermittler und sah sich gleichzeitig aufmerksam um: Links von ihm befand sich die Spüle. Und etwas weiter hinten, neben einem kleinen Esstisch, erkannte er nun auch die Leiche, die zuvor durch das Gedränge verdeckt worden war. Der Tote lag ausgestreckt auf dem Fußboden; sein in Schmerz erstarrtes Gesicht war nach oben gewandt.

Gavin ging zu dem Toten hinüber und besah sich die Leiche genauer. Dabei achtete er sorgfältig darauf, nicht in die Blutlache zu treten, die sich um den Oberkörper des Toten herum gebildet hatte.

Das Opfer war knapp fünfzig Jahre alt. Es war männlich, hatte dunkles, kräftiges Haar und trug einen besonders auffälligen breiten Oberlippenbart. Doch was das Auge vor allem gefangen nahm, war die Kehle des Toten, die über die gesamte Breite des Halses aufgetrennt war und mehrere Zentimeter weit auseinanderklaffte.

Gavin schauderte bei diesem Anblick. Die blutig klaffende Wunde wirkte wie ein zweiter Mund, der ihn auf groteske, hässliche Weise angrinste.

Als Tatwaffe war allem Anschein nach ein breites Fleischmesser verwendet worden, das neben der linken Schulter des Opfers auf dem weiß gekachelten Fußboden inmitten der Blutlache lag.

Gavin schüttelte das beklemmende Gefühl ab, das sich seiner bei diesem Anblick bemächtigte. Dies war bei Weitem nicht die erste Leiche, die er in seinem Leben zu Gesicht bekam. Es war noch nicht einmal die am schlimmsten zugerichtete Leiche, die er bisher gesehen hatte. Dennoch würde ihn das Bild des ihn mit zwei Mündern angrinsenden Toten noch einige Tage verfolgen.

Nach außen hin ließ Gavin sich seine Gefühle allerdings nicht anmerken. Denn das, was er empfand, hätte man ihm als Schwäche ausgelegt.

Noch etwas zerrte an seinen Nerven: Das laute Weinen einer Frau drang aus einem der Nachbarräume zu ihnen herüber. Es wurde nun immer lauter und hysterischer.

Superintendent Macnab trat zu Gavin und begrüßte ihn mit einem kurzen Händedruck. Dann berichtete er knapp, die Leiche sei vor etwa einer Stunde entdeckt worden, und zwar von jener Frau, deren Weinen aus dem Nachbarraum zu hören war.

Gavin verfolgte Macnabs Ausführungen aufmerksam, doch er stellte keine Fragen. Gavin wusste, dass Macnab im Augenblick die Zeit fehlte, den Fall ausführlicher mit ihm zu diskutieren.

Als das Weinen der Frau immer durchdringender wurde, neigte Macnab den Kopf in Richtung des Hausflurs und erklärte: »Die Mieterin ist eine Ms Buchanan. Sie wohnt hier seit vier Jahren, zusammen mit ihrer jüngeren Schwester.«

Wiederum kam Gavin der Name 'Buchanan' auf unbestimmte Weise bekannt vor. Wiederum erinnerte er sich jedoch nicht, wieso dies der Fall war. Vermutlich hatte die betreffende Assoziation nichts mit seiner Tätigkeit für den CID zu tun; daher vermochte er die Erinnerung im Moment nicht zu greifen.

Superintendent Macnab fuhr währenddessen mit seinem Bericht fort:»Ms Buchanan hat bei ihrer Heimkehr die Leiche des Mannes in ihrer Küche so vorgefunden, wie du sie jetzt siehst. Daraufhin hat sie, ihren Angaben zufolge, sofort den Notruf gewählt. Als die Streife eintraf, hat die Buchanan mit den Kollegen noch ein paar Worte gewechselt. Wenig später ist sie zusammengebrochen.«

Gavin nickte und deutete mit der linken Hand auf den Toten. »Wisst ihr schon, wer er ist? Konnte die Buchanan ihn identifizieren?«

»Sie hat erklärt, sein Name sei Peter Hutchinson«, berichtete Macnab. »Er sei ein ehemaliger Bekannter von ihr.«

Gavin zog die Augenbrauen empor. »Ein Bekannter? Ihr Weinen klingt nach etwas mehr als bloßer Bekanntschaft.«

»Mag sein«, gestand Macnab zu, wollte jedoch keine voreiligen Schlüsse ziehen. »Oder es ist bloß der Schock über die abscheuliche Entdeckung.«

Gedankenverloren betrachteten die beiden Männer das Gesicht des Toten. Es wirkte wie die Maske eines Dämons, der sich über sie lustig machte.

Gavin empfand Mitleid mit der Frau. Sie horchten auf das nun allmählich wieder leiser werdende Weinen aus dem Nachbarraum. »Und was ist mit Ms Buchanans jüngerer Schwester?«, erkundigte Gavin sich. »Ist sie ebenfalls hier im Haus?«

»Nein.« Macnab schüttelte den Kopf. »Zum Glück nicht. Sie ist noch zu Besuch bei einer Freundin in Carsethorn, wohin sie die Buchanan begleitet hatte. Das Kind sollte dort übernachten.«

»Und die Eltern der beiden?«, forschte Gavin weiter.

»Sind beide tot. Die ältere Schwester sorgt jetzt für die jüngere.«

»Auch nicht einfach«, antwortete Gavin nachdenklich während er sich umsah. »Wo kann ich meine Ausrüstung abstellen?«, erkundigte er sich dann.

Der Superintendent deutete auf einen kleinen Tisch im Flur, direkt neben der Küchentür. »Dort drüben. Mit dem Tisch ist die Spurensicherung bereits fertig.« Er nickte Gavin zu. »Ruf mich einfach, wenn du noch etwas benötigst.« Dann wandte er sich wieder seinen Kollegen auf der anderen Seite der Küche zu.

Gavin ging zu dem kleinen Tisch im Hausflur, den Macnab ihm angewiesen hatte, und stellte seinen Fotorucksack auf den Boden daneben. Mit geübter Hand zog er dann ein Kameragehäuse aus dem Rucksack hervor und montierte ein Weitwinkelobjektiv und einen Ringblitz. Anschließend breitete er zwei weitere Objektive und anderes Zubehör, das er erfahrungsgemäß benötigen würde, auf dem Tisch aus, um es bei Bedarf rasch zur Hand zu haben.

Insgesamt brauchte Gavin nahezu eine Stunde, um seine Aufgabe zu erledigen. Dabei ging er mit großer Sorgfalt vor. Einer der Uniformierten, den Gavin noch nicht kannte, erwies sich als äußerst hilfsbereit und zeigte Gavin alles, was dokumentiert werden musste. Einige der Bilder, die Gavin machte, würden später vom CID auch für die Presse freigegeben werden.

Als Nächstes war der Gerichtsmediziner an der Reihe. Auch er gab Gavin verschiedene Anweisungen darüber, was er fotografisch festgehalten wissen wollte. Die Leute von der Spurensicherung dagegen fertigten ihre Aufnahmen selbst an, da sie dabei ganz bestimmte Details im Auge hatten.

Erst gegen drei Uhr früh war Gavins Arbeit beendet. Erschöpft nahm er seine Kamera wieder auseinander und verstaute die Ausrüstung in seinem Rucksack. Dabei wurde ihm bewusst, dass das Weinen im Nachbarraum mittlerweile völlig verstummt war. Neugierig blickte er zu der immer noch geschlossenen Tür hinüber.

In diesem Augenblick trat Superintendent Macnab erneut zu ihm. Auch er wirkte erschöpft. Doch wie stets, wenn Alan Macnab etwas Ungewöhnliches an einem Tatort entdeckt hatte, benötigte er einen Gegenpart, um mit diesem seine Gedanken systematisch durchzusprechen. Jemanden, der unvoreingenommen war und bereit, die Dinge aus einem neuen Blickwinkel zu betrachten.

Diesen Gegenpart hatte Macnab in der Person Gavin Forbes' gefunden. Denn während die meisten von Macnabs Kollegen jeden neuen Fall nur noch als Routine ansahen, war Gavin weit von solch einer Routine entfernt.

Auch der Superintendent hatte sich über die Jahre hinweg eine bemerkenswerte Objektivität bewahrt. Er hatte einen Blick für die kleinsten Unstimmigkeiten entwickelt. Und diese Sorgfalt und Liebe zum Detail fand er auch bei Gavin Forbes: Schon bei ihrer ersten Begegnung im Zuge des Bewerbungsverfahrens war ihm Gavin nicht nur als aufmerksamer Zuhörer aufgefallen, sondern auch als unvoreingenommener Beobachter, als jemand, der ein Auge für die entscheidenden Dinge besaß. Seither diskutierten sie regelmäßig die gerade von Macnab bearbeiteten Fälle, zu denen auch Gavin hinzugezogen worden war; vor allem dann, wenn ein Sachverhalt unklar erschien oder ein besonderer Begleitumstand zumindest einen von ihnen irritierte.

Bevor Macnab seine Ermittlungsstrategie festlegte, spielte er gedanklich die verschiedenen möglichen Konstellationen eines Falles durch. Gavin verstand es dabei vorzüglich, Argumente auch für eine entgegengesetzte Betrachtungsweise zu finden. Dadurch war Macnab zu einem sorgfältigen Abwägen gezwungen, wodurch sie in der Vergangenheit häufig auf eine neue Spur gestoßen waren, die sonst unentdeckt geblieben wäre.

Dass Gavin Forbes ein derart gutes Auge für Details besaß und Unstimmigkeiten geradezu intuitiv erkannte, führte Macnab auch auf Gavins Talent als Fotograf zurück: Auch ein Fotograf hatte das Gesamtbild auf einen einzigen Blick zu analysieren, um rasch feststellen zu können, ob etwas daran nicht stimmte. Ob etwa eine Ecke des Motivs abgeschnitten war oder ob Teile unabsichtlich verdeckt wurden. Ob sich etwas im Bild befand, das dort nicht hineingehörte oder ob etwas im Bild fehlte, durch das es erst vollständig würde. Für die erfolgreiche Analyse eines Kriminalfalls benötigte man eine ganz ähnliche Beobachtungsgabe.

An der Art und Weise, in der der Superintendent nun die Stirn in Falten legte, während sie im Hausflur zusammenstanden, erkannte Gavin, dass Macnab deshalb das Gespräch mit ihm suchte, weil ihm etwas an diesem Fall nicht ins Bild zu passen schien. Noch war Macnab jedoch nicht weit genug mit seinen Überlegungen, um das Gespräch von sich aus auf diesen Punkt zu bringen.

Gavin wusste aus Erfahrung, dass es keinen Sinn machte, Macnab in einer solchen Situation zu drängen. Daher erkundigte er sich nur neugierig nach weiteren Einzelheiten: »Hat der Gerichtsmediziner bereits den Todeszeitpunkt feststellen können?«

»Peter Hutchinson ist seit mehr als sieben Stunden tot«, gab Macnab bereitwillig Auskunft.

»Und was sagt die Buchanan, wo sie zu diesem Zeitpunkt war?« Gavin deutete mit dem Kinn in Richtung des Nachbarraums, aus dem zuvor das Weinen gedrungen war.

»Ebenfalls in Carsethorn, bei den Eltern der Freundin ihrer Schwester. Dort hätten sie zusammen den gestrigen Tag verbracht. Die Schwester ist, wie gesagt, immer noch dort.«

»Habt ihr das schon überprüft?«, wollte Gavin wissen.

»Ja, telefonisch. Man hat es mir sofort bestätigt.« Alan Macnab tippte sich an die Nasenspitze. »Aber natürlich werden wir auch noch persönlich mit den Zeugen sprechen. Unter anderem, um zu erfahren, warum die Buchanan allein hierher zurückgekehrt ist und ihre Schwester nicht mit sich nach Houndslow genommen hat.«

»Was sagt sie selbst zu diesem Punkt?«

Der Superintendent schüttelte den Kopf. »Sie ist derzeit nicht ansprechbar.«

Gavin schob das Kinn vor. Wieder überlegte er, wieso ihm der Name 'B. Buchanan' bekannt vorkam. Nun, da seine Arbeit getan war und er die Leiche und das Blut nicht mehr direkt vor Augen hatte, fiel es ihm schließlich wieder ein: »Ist diese Ms Buchanan etwa fünfundzwanzig Jahre alt, hat langes, dunkles Haar und ist ziemlich attraktiv?«, erkundigte er sich bei dem Superintendent.

Der blickte überrascht auf und nickte. »Kennst du sie etwa?«

»Ich glaube schon. Sie hat mir vor einiger Zeit bei Werbeaufnahmen Modell gestanden.«

»Das würde passen.« Macnab zögerte kurz. »Willst du mit mir hineingehen und mit ihr sprechen? Vielleicht beruhigt es sie ja, ein ihr bekanntes Gesicht zu sehen. Und sie beantwortet dir dann möglicherweise sogar einige Fragen, die sie uns nicht beantworten konnte.«

»Ich weiß nicht, Alan.« Gavin zögerte. »Außer damals, vor ein paar Jahren bei den Werbeaufnahmen, hatte ich so gut wie keinen Kontakt zu ihr. Vermutlich erinnert sie sich nicht einmal mehr an mich.«

Doch dann fiel Gavin ein, wie er damals Brenda Buchanans kleiner Schwester Mary eine Zweitkamera geliehen hatte, damit das Kind sich während der Foto-Session nicht allzu sehr langweilte. Ihre große Schwester war ihm damals dankbar für diese Rücksichtnahme gewesen, und die Arbeit war von diesem Moment an in einer weitaus entspannteren Atmosphäre verlaufen. Die Buchanan war, wenn man sie näher kennenlernte, ein ganz anderer Mensch als der dunkle, geheimnisvoll verführerische Typ, als der sie auf ihren Werbeaufnahmen wirkte. In Wirklichkeit war Brenda ruhig, zurückhaltend und in sich gekehrt.

Vielleicht erinnerte also auch Brenda Buchanan sich noch an diesen Auftrag. Gavin erklärte sich daher bereit, den Superintendent zu begleiten und mit Brenda zu sprechen. Nicht nur, um sie zu dem Fall zu befragen, sondern auch, um ihr seinen Beistand anzubieten. Es war das Mindeste, was er unter diesen Umständen tun konnte.

»Danke, Gavin.« Auch der Superintendent dachte wieder an das laute Weinen, das zuvor aus dem Nachbarraum gedrungen war. »Das würde uns weiterhelfen.«

Als sie jedoch auf die geschlossene Tür des Nachbarraums zugingen, öffnete sich diese und der Gerichtsmediziner trat heraus. Er kam direkt auf Macnab und Gavin zu. »Ich habe ihr soeben ein Beruhigungsmittel verabreicht«, erklärte er mit durchdringender Stimme, die durch das häufige Protokollieren in ein Mikrofon geprägt war. »Die arme Frau ist völlig durch den Wind.«

»Meinen Sie, ich kann zu ihr?«, erkundigte Gavin sich. »Ich kenne sie von früher«, fügte er dann als Erklärung hinzu, da der Gerichtsmediziner ihn neugierig musterte. »Vielleicht beruhigt sie ein bekanntes Gesicht.«

Der Gerichtsmediziner schüttelte jedoch entschieden den Kopf. »Nett von Ihnen, Forbes, aber sie ist gerade eingeschlafen. Und Schlaf ist die beste Medizin, die es in dieser Situation für sie gibt. Ich habe eine Krankenschwester angefordert, die bei ihr im Haus bleiben wird.«

Gavin nickte. »Wie geht es Brenda?«, wollte er wissen.

»Es ist vor allem der Schock«, gab der Gerichtsmediziner Auskunft, da Macnab zustimmend nickte. »Das Beruhigungsmittel wird ihr helfen, Abstand zu gewinnen. Sie wird die Nacht durchschlafen, und vielleicht auch noch den Vormittag. — Wer kümmert sich eigentlich um ihre kleine Schwester?«

»Das habe ich bereits geklärt«, ergriff Macnab das Wort. »Mary wird bis auf Weiteres bei ihrer Freundin in Carsethorn wohnen.«

»Nun, dann ist ja soweit alles klar, scheint mir«, stellte der Gerichtsmediziner fest. Auch er machte einen erschöpften Eindruck. »Benötigen Sie mich noch, Alan?«

»Nein, vielen Dank, Tom«, entgegnete Macnab höflich. »Ich bin schon gespannt auf Ihren Bericht. Wird wohl nicht viel Neues bei der Autopsie herauskommen?«

»Vermutlich nicht. Der Schnitt durch die Kehle wäre die offensichtliche Todesursache. Aber man weiß das im Voraus ja nie«, stellte der Gerichtsmediziner unverbindlich fest. »Ihnen beiden jedenfalls noch eine gute Nacht — so weit davon noch etwas übrig ist.« Er verabschiedete sich von ihnen, während er langsam seinen Mantel überzog, der über einem der Kleiderhaken im Flur hing.

Plötzlich fiel dem Gerichtsmediziner noch etwas ein. Er wandte sich um und sprach Gavin an: »Übrigens, Forbes, wäre es unpassend von mir zu fragen, ob Sie auch bei einer Familienfeier Aufnahmen machen würden? Gegen entsprechendes Honorar, versteht sich.«

»Selbstverständlich.« Gavin war erfreut. Jede derartige Einnahmequelle kam ihm gelegen, und der Gerichtsmediziner hatte sogleich deutlich gemacht, dass er keinen kostenlosen Gefallen erwartete. »Wissen Sie schon, wann die Feier stattfinden soll?« Gavin griff nach seinem Mobiltelefon, um dessen Terminkalender zurate zu ziehen.

»Noch nicht genau«, lautete jedoch die Antwort. »Ich wollte einfach schon mal generell vorfühlen.«

Gavin ließ die Hand wieder sinken, mit der er nach seinem Mobiltelefon gegriffen hatte, und schob stattdessen die andere Hand in die linke Innentasche seines Jacketts, um dem Gerichtsmediziner eine seiner Visitenkarten zu reichen. »Rufen Sie mich einfach an oder schreiben Sie mir eine E-Mail, sobald Sie mehr wissen. Dann kann ich feststellen, ob ich den Termin noch frei habe. Falls nicht, kann ich Ihnen auch gerne einen meiner Kollegen empfehlen.«

Der Gerichtsmediziner nickte und steckte die Visitenkarte in die Seitentasche seines Mantels. »Danke, Forbes, das werde ich tun.« Dann wandte er sich endgültig um und verließ das Haus.

Gedankenverloren blickten Macnab und Gavin ihm nach.

»Allmählich baust du dir ja einen soliden Kundenstamm auf!« Der Superintendent lachte gutmütig.

Gavin nickte. »Ja, endlich. Bald muss ich mir nicht mehr Gedanken darüber machen, woher die nächste Miete kommen soll. Sondern nur noch darüber, woher die übernächste kommen wird.« Er lachte trocken. Dann wandten seine Gedanken sich erneut dem Mord an Hutchinson zu. »Wisst ihr schon, wie Hutchinson in das Haus gelangt ist? Offenbar war ja niemand zu Hause, und die Tür scheint nicht aufgebrochen worden zu sein.«

Macnab wurde ebenfalls ernst. »Wir haben inzwischen einen Haustürschlüssel in Hutchinsons Hosentasche gefunden. Vermutlich besaß er den noch aus der Zeit, als er mit der Buchanan befreundet war.«

»Und wer war dieser Hutchinson? Brenda Buchanan scheint euch ja nicht viel erzählt zu haben, bevor sie zusammenbrach.«

»Leider wahr«, bestätigte Macnab. »Ich weiß nur so viel: Hutchinson war eine Art Mädchen für alles für unseren allseits wohlgeschätzten Wirtschaftsmagnaten Emmett Dalton.« Macnabs Worten haftete ein unüberhörbar spöttischer Beiklang an. Er betrachtete Gavin genau, gespannt auf dessen Reaktion.

Tatsächlich pfiff dieser leise durch die Zähne: »Für Emmett Dalton also hat er gearbeitet.« Natürlich wusste Gavin mit dem Namen jenes Mannes etwas anzufangen, dem die Stadt Houndslow mindestens zehn Prozent ihrer Gewerbesteuereinnahmen verdankte. Dalton stammte aus dem Süden Englands und war nicht nur der größte Arbeitgeber der Region, sondern pflegte auch die Rolle eines wohlwollenden Kunstmäzens. »Welche Aufgaben hat man eigentlich als Mädchen für alles zu erledigen, wenn man die Ehre hat, bei Emmett Dalton angestellt zu sein?« Gavin rieb sich die Nasenspitze, während er diese Frage stellte.

»Das werden wir ebenfalls zu klären haben.« Macnab machte ein grimmiges Gesicht. Denn es würde nicht einfach sein, den Dingen auf den Grund zu kommen ohne dabei verschiedenen Personen auf die Füße zu treten, die ihren gesamten Einfluss geltend machen würden, um jeden Kontakt zur Polizei zu unterbinden. In Daltons Kreisen war man es gewohnt, unliebsame Details unter den Teppich zu kehren, ohne dass jemand daran Anstoß nahm.

»Eigentlich überraschend, dass Dalton sich noch nicht bei euch gemeldet hat«, wunderte Gavin sich. »Der hat doch überall seine Informanten und Zuträger sitzen. Bestimmt hat man ihm bereits von Hutchinsons Tod berichtet.«

»Das hätte ich auch erwartet«, pflichtete Macnab ihm bei. »Allerdings ist es weit nach Mitternacht, und Dalton liegt wahrscheinlich längst im Bett. Spätestens morgen Vormittag erwarte ich jedoch den in solchen Fällen obligatorischen Anruf des Bürgermeisters, in dem er mir ein weiteres Mal erläutern wird, wie man, wenn ein solches soziales Umfeld betroffen ist, nicht nur außergewöhnlich feinfühlig vorgehen müsse, sondern außerdem eine ganz besondere Sorgfalt bei der Aufklärung des Falles an den Tag legen soll.« Verärgert rümpfte der Superintendent die Nase. »So als ob ich bei anderen Mordfällen, die sich in einem weniger einflussreichen sozialen Umfeld ereignen, stets nur oberflächlich ermitteln würde.« Es war insbesondere diese Unterstellung des Bürgermeisters, die Alan Macnab ärgerte.

»Sein diplomatisches Feingefühl hebt der Bürgermeister sich eben für ein ganz bestimmtes soziales Umfeld auf — und natürlich für seine Wählerschaft«, spottete Gavin schmunzelnd, um Macnab zu beschwichtigen. »Von dir weiß er schließlich mit Bestimmtheit, dass du ihm deine Stimme bei der nächsten Wahl nicht geben wirst. Warum sollte er sich bei dir also noch die Mühe machen?«

Macnab musste nun ebenfalls lachen. Er gehörte zu jenen ausgeglichenen Menschen, die ihren Ärger nicht lange mit sich umhertrugen.

In diesem Moment trat ein Uniformierter auf Macnab zu und bat diesen, einen Blick auf einige Beweisstücke in einem der Nachbarräume zu werfen. Der Superintendent schickte den Mann mit einem kurzen:»Ich komme gleich« voran und verabschiedete sich dann von Gavin:»Sehen wir uns Morgen, wenn du die Bilder vorbeibringst?«

Gavin nickte erfreut. Er wusste, was diese Frage zu bedeuten hatte: Sie würden den Fall morgen in Ruhe miteinander durchsprechen. Und diese Diskussionen mit Alan Macnab stellten den interessantesten Teil von Gavins Arbeit für den CID von Houndslow dar.

AM FOLGENDEN MORGEN überwand Gavin kurz nach Sonnenaufgang seine Müdigkeit, verließ das Bett und setzte sich an den Computer, um die Aufnahmen des Tatorts von seiner Digitalkamera auf sein Notebook zu übertragen und dort im Einzelnen durchzugehen. Dann kopierte er das Material für den CID auf eine DVD. Außerdem fertigte Gavin Abzüge jener Aufnahmen an, die ihm besonders aussagekräftig erschienen.

Gegen elf Uhr traf er im Hauptquartier des CID ein und ließ sich vom Empfang bei Superintendent Macnab anmelden. Der Superintendent gab Anweisung, Forbes sofort zu ihm zu schicken.

Macnabs Büro lag im dritten Stockwerk des Westflügels. Es war weitaus weniger geräumig als es Macnabs Position eigentlich angemessen gewesen wäre. Der breite Schreibtisch allein nahm bereits über ein Drittel der Bürofläche ein; ein weiteres Drittel der Besprechungstisch. Auch hierdurch machte sich der allgemeine Sparkurs bemerkbar.

Macnab saß an seinem Schreibtisch, als Gavin eintrat, und bearbeitete die Tastatur seines Rechners. Von einem papierlosen Büro konnte in seinem Fall allerdings keine Rede sein, denn überall, sogar auf dem Besprechungstisch und in einer Ecke auf dem Fußboden, lagen stapelweise Dokumente und Akten. Zum größten Teil handelte es sich dabei um ungelöste Fälle, die jeder andere längst ins Archiv abgeschoben hätte. Macnab jedoch glaubte immer noch an die Möglichkeit einer Aufklärung.

Vor sich auf dem Schreibtisch hatte Macnab verschiedene Papiere ausgebreitet, um sich ein Gesamtbild über die bisherigen Ermittlungsergebnisse im Fall Hutchinson zu verschaffen. Das Wichtigste für ihn am Anfang einer Ermittlung war, Ordnung in die verfügbaren Informationen zu bringen.

Nachdem sie einander begrüßt hatten, übergab Gavin dem Superintendent seine Aufnahmen des Tatorts. Gleichzeitig erkundigte er sich ohne Umschweife: »Hast du das Alibi von Brenda Buchanan bereits überprüfen können?«

Macnab breitete die ausgedruckten Fotos des Tatorts auf seinem Schreibtisch aus und legte die DVD fürs Erste beiseite. Durch ein Nicken forderte er Gavin auf, es sich auf dem Stuhl auf der anderen Seite des Schreibtischs bequem zu machen. Dann erst antwortete er auf Gavins Frage: »Heute Morgen war ich in Carsethorn, wo die Freundin der Schwester lebt. — Der Ort liegt übrigens direkt an der Küste, und die Gegend ist äußerst malerisch. Du müsstest einmal bei schönem Wetter einen Ausflug dorthin machen, mit deiner Kamera.«

Gavin nickte und machte sich, dankbar für diesen Hinweis, in Gedanken eine Notiz. Naturfotografie war Gavins besonderes Steckenpferd.

Macnab kehrte zum eigentlichen Thema zurück: »Das Alibi von Ms Buchanan ist wasserdicht«, erklärte er. »Und sie ist deshalb ohne ihre Schwester nach Houndslow zurückgefahren, weil sie heute Nachmittag einen Termin vor Ort hat. Mary Buchanan sollte von Anfang an für einige Tage in Carsethorn bleiben.«

»Und wie geht es Mary? Hast du mit ihr gesprochen?«

Macnab nickte. »Den Umständen entsprechend. Sie macht sich vor allem Sorgen um ihre Schwester. Peter Hutchinsons Tod scheint ihr dagegen wenig zu bedeuten. Sie konnte mir nicht viel Neues über ihn berichten.«

»Das ist bedauerlich.« Gavin zögerte. »Und Brenda Buchanan selbst? Hat heute schon jemand mit ihr gesprochen?«

»Laut Auskunft der Krankenschwester, die bei ihr Wache hält, schläft sie noch. Aber da Brenda, als der Mord geschah, nachweislich in Carsethorn war, kommt sie als Täterin nicht infrage.«

»Doch vielleicht hat sie eine andere Person mit dem Mord beauftragt?«, spekulierte Gavin. Er glaubte zwar selbst nicht an diese Möglichkeit, doch war es Teil ihrer Vorgehensweise, alle denkbaren Varianten eines Falles miteinander durchzuspielen.

»Durchaus möglich«, gestand Macnab zu. »Und ich werde auch weiterhin nach einem Motiv auf ihrer Seite suchen. Aber es erscheint mir unwahrscheinlich, dass Ms Buchanan damit zu tun hat. Denn wäre dies der Fall und hätte sie einen Dritten mit dem Mord beauftragt, so hätte sie wohl kaum ihr eigenes Haus als Tatort ausgewählt. Solch ein Vorgehen bringt sie schließlich als eine der Ersten in Verdacht. Außerdem hätte die Buchanan auch noch den restlichen Abend und die folgende Nacht in Carsethorn verbringen können, um mit ihrem Alibi völlig sicherzugehen.«

Gavin dachte kurz nach. »Oder sie ist deshalb vorzeitig zurückgekehrt«, wandte er ein, »weil sie die Leiche in Abwesenheit ihrer Schwester entdecken wollte. Wenn Brenda mit dem Täter in Kontakt stand, hätte sie gewusst, zu welchem Zeitpunkt ihr Alibi hieb- und stichfest sein würde.«

»Das ist sicherlich nicht auszuschließen.« Macnab rieb sich das Kinn. »Doch wieso ist Hutchinson von sich aus in das Haus eingedrungen, mit seinem eigenen Haustürschlüssel? Woher konnte sein Mörder wissen, dass Hutchinson dies tun würde? Und was wollte Hutchinson überhaupt im Haus der Buchanans?«

Das waren tatsächlich wichtige Punkte. »Vielleicht hat Brenda ihn für diese Uhrzeit zu sich nach Hause bestellt, um ihn in eine Falle zu locken?«, schlug Gavin vor. »Als sie ihm nicht öffnete, verschaffte er sich mit seinem eigenen Schlüssel Zugang zum Haus, um auf Brendas Eintreffen zu warten. Im Inneren des Hauses lauerte jedoch bereits der von Brenda beauftragte Mörder auf Hutchinson.«

»Denkbar«, gab Macnab zu. »Und dafür spricht tatsächlich, dass Brenda ihre Schwester nicht mitgenommen hat, sondern allein von Carsethorn abgefahren ist — falls sie wusste, welche Entdeckung sie in ihrem Haus erwarten würde. Diesen Anblick wollte sie Mary nicht zumuten.« Er rieb sich erneut das Kinn. »In diesem Fall hätte Brenda sehr langfristig geplant.« Doch der Superintendent war und blieb skeptisch: »Welches Motiv sollte sie jedoch dafür haben? Und die Ausführung war alles andere als professionell. Jeder Auftragskiller, den Brenda engagiert haben könnte, hätte die Sache deutlich unauffälliger erledigt. Überhaupt hätte er das Ganze so aussehen lassen, dass keine derart offensichtliche Verbindung zu Brenda Buchanan bestanden hätte. Warum den Verdacht unnötig auf sich selbst lenken?«

Gavin blieb hartnäckig. »Vielleicht war der Mörder kein professioneller Killer, sondern ein Freund oder Bekannter, der es einfach nicht besser hinbekommen hat?«, gab er zu bedenken.

»Auch in diesem Fall war es alles andere als klug, den Verdacht so offensichtlich auf sich selbst zu lenken. Natürlich wird man nun auch Brendas Freunde unter die Lupe nehmen, was man unter anderen Umständen vermutlich nicht oder jedenfalls nicht sofort getan hätte.« Macnab schüttelte den Kopf. »Nein, ich halte es für unwahrscheinlich, dass die Buchanan an dem Mord beteiligt ist. Natürlich werde ich dieser Möglichkeit trotzdem nachgehen. Doch nach der augenblicklichen Sachlage halte ich sie für unschuldig.«

Gavin ging es ebenso, trotz der von ihm selbst soeben geäußerten Argumente.

Einige Minuten lang erwogen sie schweigend die Details des Falles und gingen, jeder für sich, in Gedanken verschiedene Konstellationen durch.

Nach einigen Minuten schrillte das Telefon auf Macnabs Schreibtisch. Beide zuckten sie bei dem Läuten zusammen, so sehr hatten sie sich in ihre Gedanken vertieft.

Der Superintendent nahm den Hörer und meldete sich knapp. Am anderen Ende der Leitung konnte Gavin die aufgeregte Stimme eines Mannes vernehmen. Er glaubte, die Stimme des Gerichtsmediziners zu erkennen, dem er in der vergangenen Nacht eine seiner Visitenkarten übergeben hatte.

Plötzlich rief Macnab überrascht aus: »Was meinen Sie mit: 'Er ist es nicht'?« Anschließend lauschte er aufmerksam auf die Antwort am anderen Ende der Leitung. Die Stimme auf der Gegenseite überschlug sich geradezu vor Aufregung.

Auf einmal brach es aus Macnab heraus: »Wie konnte die Buchanan sich derart täuschen? Sie musste ihn doch gut genug kennen, um einen solchen Irrtum auszuschließen!«

Und schließlich, nach einer weiteren Pause: »Nun, sie hat ihn ja auch nur kurz gesehen und war die meiste Zeit im Nachbarraum.« Jetzt war Macnab wieder völlig ruhig. Schließlich beendete er das Gespräch, legte auf und zog die Augenbrauen in die Höhe.

Gavin Forbes verging fast vor Neugier.

Der Superintendent machte eine dramatische Pause und blickte Gavin bedeutungsvoll an. »Das sind aufregende Neuigkeiten für deine Zeitung!«, erklärte er dann.

»Was habt ihr herausgefunden?«, erkundigte Gavin sich interessiert. Ihm gingen alle möglichen Vermutungen durch den Kopf.

Macnab lächelte süffisant. »Unser Gerichtsmediziner hat bei der Autopsie festgestellt, dass der Tote einen falschen Schnurrbart trug. Daraufhin hat er sofort den Erkennungsdienst verständigt. Der hat sich danach endlich dazu bereitgefunden, die in der Nacht abgenommenen Fingerabdrücke auszuwerten — und dadurch soeben festgestellt, dass es sich bei dem Toten gar nicht um Peter Hutchinson handelt.« An diesem Punkt angelangt, machte Macnab eine weitere dramatische Pause.

Gavin war nun aufs Äußerste gespannt, ließ es sich aber nicht anmerken. »Dass er nicht Hutchinson ist, erklärt immerhin, warum Dalton den Bürgermeister noch nicht auf dich gehetzt hat«, bemerkte er trocken.

Macnab lachte hintergründig. »Es erklärt sogar noch viel mehr als das«, stellte er fest. »Emmett Dalton konnte den Bürgermeister schon deshalb nicht auf mich hetzen, wie du es ausdrückst, weil er selbst der Tote in Brenda Buchanan Haus war!«

Gavin verschlug es nun doch die Sprache. Eine solche Entwicklung war ein gefundenes Fressen für die Medien.

Dann besann er sich. »Aber ich kenne doch Dalton! Er ist blond und nicht dunkelhaarig«, hielt er Macnab entgegen.

»Richtig«, antwortete der Superintendent. »Und das macht die Sache erst recht interessant. Dalton trug gestern außer dem falschen Schnurrbart auch noch eine täuschend echt aussehende Perücke.«

Gavin machte große Augen. »Sodass er wie Peter Hutchinson aussah?«

»Ganz recht.« Macnab warf ihm einen vielsagenden Blick zu.

»Und das habt ihr erst jetzt bemerkt?«, entfuhr es Gavin. Seine Worte klangen unbeabsichtigterweise recht harsch. Daher biss er sich im nächsten Moment auf die Zunge und hätte seine Frage am liebsten zurückgenommen.

Macnab nahm ihm die Bemerkung jedoch nicht übel: »Das Gleiche habe ich auch gedacht, als ich soeben am Telefon davon erfuhr«, gab er zu. »Und es wirkt so, als wären wir allesamt Dilettanten.« Dann rechtfertigte er den Irrtum: »Doch die Perücke war nicht einfach so übergestreift, sondern ganz fachmännisch befestigt, ebenso wie der Schnurrbart.«

»Und natürlich zieht man einen Toten nicht einfach mal zum Spaß an den Haaren«, ergriff Gavin Partei.

Der Superintendent nickte, verzog aber das Gesicht. Denn er wusste, wie sehr dieser Fehler in der Presse aufgebauscht werden würde.

»Doch was wollte Dalton im Hause von Brenda Buchanan?«, stellte Gavin die entscheidende Frage und wechselte damit diplomatisch das Thema. »Sie war doch die frühere Freundin seines Faktotums Hutchinson, nicht aber die seinige!«

»Das ist nun tatsächlich der springende Punkt«, bestätigte Macnab. Erst nach einer kurzen Pause setze er hinzu: »Andererseits passt es ins Bild. Ich habe inzwischen von den Kollegen erfahren, dass Dalton und Hutchinson angeblich häufiger die Rollen miteinander getauscht haben, wenn Dalton unerkannt bleiben wollte. Es handelt sich hierbei zwar weitgehend um Gerüchte, doch wart ihr von der Presse so sehr hinter Dalton her, dass es für mich plausibel klingt.«

Gavin teilte diese Ansicht. »Das gibt einen sensationellen Aufhänger, sobald ihr diese Information freigebt«, stellte er fest und malte sich die begeisterte Reaktion aus, die der Chefredakteur der *Hounds-low Times* zeigen würde, sobald man ihm davon berichtete.

Dann erinnerte Gavin sich an eine der Fragen, die Macnab dem Gerichtsmediziner soeben am Telefon gestellt hatte: »Aber weshalb hat Brenda Buchanan nicht erkannt, dass es nicht Hutchinson war?

Wenn er ein früherer Freund von ihr war, oder sogar mehr als das, dann musste sie ihn doch gut genug kennen, um den Unterschied trotz der Verkleidung zu bemerken.«

»Dafür gibt es mehrere mögliche Erklärungen,« relativierte Macnab. »Die einfachste ist die, dass Brenda es in ihrem Schreck über den furchtbaren Anblick, der sich ihr in der Küche bot, einfach nicht bemerkt hat; dass auch sie in diesem Moment auf die Verkleidung hereingefallen ist. Eine andere Erklärung wäre übrigens, dass sie Emmett Dalton schon immer nur unter dem Namen Peter Hutchinson kannte und er stets diese Verkleidung trug, wenn sie zusammen waren. Dann hätte sie uns aus ihrer Sicht der Dinge sogar die Wahrheit gesagt.«

Gavin kniff die Augen zusammen. »Das klingt beides zunächst zwar einleuchtend«, erklärte er dann, »aber die zweite Möglichkeit hat einen Haken: Auf Dauer lässt sich solch eine Verkleidung vor einer Geliebten nicht verbergen.«

»Korrekt«, stellte Macnab fest. »Aber nur, falls sie tatsächlich seine Geliebte war. Doch dieser Punkt ist noch offen. Vielmehr können wir nun fast nach Belieben spekulieren, weil uns die Fakten fehlen. Und dies führt leider zu nichts.« Macnab räusperte sich unzufrieden. »Ich glaube übrigens, die Buchanan hielt Dalton in seiner Verkleidung gestern Abend nur deshalb tatsächlich für Hutchinson, weil sie sich der Leiche nicht weit genug genähert hat, um den Unterschied zu erkennen. Was man ihr im Übrigen nicht verdenken kann, bei dem Zustand, in dem das Opfer sich befand.«

»Unter der Voraussetzung, dass sie von dem gelegentlichen Rollentausch nichts wusste, trifft deine Hypothese vermutlich zu«, schränkte Gavin ein. »Aber wenn Brenda bekannt war, dass Emmett Dalton sich hin und wieder als Peter Hutchinson verkleidete, liegt die Sache anders. Dann hätte sie Grund gehabt, genauer hinzusehen, um festzustellen, wer von beiden es war. Trotz des Zustands der Leiche.« Gavin strich sich über das Kinn. »Hat Brenda Buchanan jedoch etwas zu verbergen, so kommt ihr dieses Durcheinander sicherlich recht. Du solltest sie daher unbedingt ausführlich befragen.«

»Das habe ich ohnehin vor,« erklärte Macnab. »Ich fahre nachher selbst zu ihr in die Brandon Street.« Er blickte auf seine Armbanduhr.

»Aber auch die Entdeckung der wahren Identität des Toten überzeugt mich noch mehr davon, dass Brenda Buchanan mit dem Mord nichts zu tun hatte.«

Gavin blickte überrascht auf. »Wieso das?«, wollte er wissen.

Macnab erläuterte es genauer: »Peter Hutchinson, ihren früheren Bekannten oder auch Liebhaber, hätte Brenda Buchanan in ihr Haus locken können, damit er dort von einem gedungenen Mörder überrascht worden wäre. Aber sie hätte doch wohl kaum Emmett Dalton dazu bringen können, sich als Peter Hutchinson zu verkleiden und dann derart verkleidet in ihr Haus einzudringen.«

Gavin dachte einen Augenblick darüber nach. »Aber es wäre dennoch möglich«, widersprach er dann, wenn auch hauptsächlich um des Argumentierens willen. »Etwa, falls Brenda, wie du zuvor selbst angedeutet hast, Dalton bisher nur unter dem Namen Hutchinson und in Verkleidung kannte.«

»Nun, denkbar wäre es natürlich«, gab Macnab widerwillig zu. Gleichzeitig schüttelte er jedoch den Kopf. »Der Fall wird allmählich verzwickt, obwohl es zu Anfang noch nach einem simplen Mord aus Leidenschaft ausgesehen hatte. Denn welcher kaltblütige Mörder schneidet seinem Opfer derart die Kehle auf und besudelt sich dabei selbst mit dessen Blut?«

Gavin sah es ähnlich. Außerdem warf die Entdeckung der wahren Identität des Toten zahlreiche weitere Fragen auf. Allerdings machte diese Wendung die Ermittlungen auch um einiges reizvoller als es ursprünglich zu erwarten gewesen war.

»Das ergibt mit Sicherheit eine gute Story für deine Zeitung«, wiederholte Macnab seinen früheren Gedankengang.

Gavin ging auf den Themenwechsel ein: »Was davon darf ich weitergeben? Und was ist vertraulich?«, fragte er vorsichtig.

»Nichts davon ist vertraulich, außer den Gerüchten um Daltons Gewohnheit, sich als Hutchinson zu verkleiden. Doch findest du entsprechende Gerüchte vermutlich auch zur Genüge im Internet. Wir fassen gerade eine Presseerklärung ab, die in diesem Moment veröffentlicht werden soll. Du kannst das ja nachher auf unserer Website prüfen. Danach darfst du loslegen und alles an deine Zeitung weitergeben.«

»Danke, das werde ich.« Gavin wusste die korrekte Vorgehensweise Macnabs zu schätzen und hielt sich auch selbst nach Möglichkeit strikt an die Regeln.

»Nichts zu danken, Gavin. Denn ich habe diese Informationen allen Pressevertretern, die sich derzeit überhaupt für den Mord in der Brandon Street 128 interessieren, zum gleichen Zeitpunkt persönlich mitgeteilt.«

Gavin tat so, als blicke er sich überrascht in dem Raum um, auf der Suche nach weiteren Anwesenden.

Macnab nahm es lachend zur Kenntnis. »Richtig: Du bist der einzige Pressevertreter, der sich bisher nach Details erkundigt hat«, bestätigte er. »Wenn von Anfang an bekannt gewesen wäre, dass es sich in Wirklichkeit um Emmett Dalton handelte, dessen Leiche aufgefunden wurde, so würden wir inzwischen sicherlich von ganzen Heerscharen von Reportern belagert. Doch wen interessiert schon ein Peter Hutchinson? Dessen Tod war den Zeitungen heute Morgen bestenfalls eine kleine Randnotiz wert. Man hat unsere nächtliche Pressemeldung einfach wörtlich übernommen, ohne jede weitere Rückfrage.«

»Das wird sich bald ändern«, prophezeite Gavin.

»Wem sagst du das.« Macnab lehnte sich in seinem Schreibtischsessel zurück. »Du solltest also mit deiner Story am Ball bleiben, wenn du die Nase vorn haben willst. Sobald ich von meinem Gespräch mit Brenda Buchanan zurückkehre, weiß ich hoffentlich mehr. In drei Stunden gibt es dann eine Pressekonferenz. Anschließend können wir uns weiter unterhalten.«

GAVIN SUCHTE EIN KLEINES SITZUNGSZIMMER im ersten Stockwerk der Polizeidienststelle auf, das auch von der Presse genutzt werden durfte. Dort zog er sein Notebook aus dem Rucksack und fasste rasch die wichtigsten Punkte zusammen, die er in den vergangenen Stunden über den Mord an Emmett Dalton erfahren hatte, soweit diese für die Öffentlichkeit bestimmt waren. Nachdem er sichergestellt hatte, dass die entsprechende Pressemitteilung tatsächlich schon veröffentlicht war, rief er Morris an, den Chefredakteur der *Houndslow Times*, und unterbreitete diesem die Neuigkeit.

Morris klang zu Anfang skeptisch. Denn ständig wollte ihm jemand weismachen, über sensationelle Neuigkeiten zu verfügen. Bei der Erwähnung Daltons fing Morris jedoch Feuer. Auf einen Aufmacher wie diesen, der auch überregional für Furore sorgen würde, hatte Morris schon lange gewartet. Bald würden die Zeitungen voll sein von Meldungen wie: 'Bekannter Großunternehmer tot in Wohnung eines Fotomodells aufgefunden. Hals mit Fleischmesser aufgeschlitzt. Polizei steht vor einem Rätsel.'

Und dann erst die Bilder! Ein großes Bild von Dalton und zum Vergleich eines von Hutchinson. Dazu ein möglichst verführerisch wirkendes von Brenda Buchanan: 'Opfer (links) wird tot aufgefunden, verkleidet als dessen Mitarbeiter (Mitte). Was wollte der stadtbekannte Lebemann in der Wohnung der schönen Brenda Buchanan (rechts)?'

Gavin wusste aus Erfahrung, dass es wenig Sinn hatte, die ersten Begeisterungsstürme seines Chefredakteurs zu bremsen. Sobald Morris erst einmal Fahrt aufgenommen hatte, ließ man ihn am besten gewähren, bis er ausreichend Dampf abgelassen hatte. Erst danach konnte man wieder vernünftig mit ihm sprechen. Im Grunde konnte Gavin sogar nachempfinden, welche Bedeutung eine solche Schlagzeile für Morris hatte.

Am Ende des Gesprächs verabredeten sie, dass Gavin zunächst einen detaillierten Artikel verfassen und per E-Mail an Morris übermitteln sollte. Anschließend würde man erneut telefonieren.

Gavin formulierte also den Artikel aus, auf der Basis seiner zuvor angefertigten Notizen. Der Text fiel jedoch deutlich weniger reißerisch aus als das, was ihm soeben von Morris nahegelegt worden war. Gavin konzentrierte sich vor allem auf die Fakten und verzichtete insbesondere auf die namentliche Erwähnung von Brenda und Mary Buchanan. Früh genug würden andere Medienvertreter ihre Namen an die Öffentlichkeit zerren.

Das Anschreiben zu seinem Artikel beendete Gavin mit der zynischen Bemerkung: »Sie machen dann ja doch daraus, was Ihnen in den Kram passt.« Anschließend schickte er das Ganze per verschlüsselter E-Mail an Morris.

Kaum hatte er die Datenverbindung zwischen Mobiltelefon und

Notebook wieder getrennt, als ersteres auch schon zu klingeln begann. Natürlich war es Morris. Ohne jede Begrüßung platzte Morris heraus: »Was meinen Sie damit, ich mache daraus, was mir in den Kram passt? Die Leser wollen es doch gar nicht anders!«

Gavin wusste, dass Morris' Ärger im Grunde nicht persönlich gemeint war. Daher blieb er ruhig. »Mag ja sein. Aber die Leute kennen es auch gar nicht mehr anders von uns. Das ist das Problem.«

»Und ist das etwa meine Schuld?«, empörte Morris sich. »Wer kauft denn all diese Zeitungen? Wer will denn, dass wir genau solche Meldungen veröffentlichen?«

»Es ist gewiss nicht Ihre Schuld persönlich«, beschwichtigte Gavin ihn. Derartige Diskussionen mit Morris führten erfahrungsgemäß ohnehin zu nichts. Wieso sich also streiten? Die meisten Zeitungsleser und Fernsehzuschauer bekamen tatsächlich genau das präsentiert, wonach ihnen der Sinn stand. Allerdings lotete die Presse auch jede infrage kommende Möglichkeit bis zum Extrem aus.

»Sehen Sie!«, triumphierte Morris, der Gavins Antwort als Rückzieher einstufte.

Nun ärgerte Gavin sich doch. Er ärgerte sich stark genug, um ein »Scheint jedenfalls so« hinterherzuschicken.

Morris ignorierte diese Bemerkung und brummte vor sich hin, während er Gavins Artikel überflog.

Als Gavin gerade gelangweilt auflegen wollte, tönte es laut durch die Verbindung: »Was ist denn das?«

»Was meinen Sie?«, erkundigte Gavin sich, betont geduldig.

Zunächst folgte jedoch keine weitere Erklärung. In der Leitung war nur ein wütendes Schnaufen zu vernehmen.

»Da sind ja überhaupt keine Dateianhänge an der E-Mail, die Sie mir geschickt haben!«, stellte Morris schließlich aufgebracht fest. »Überhaupt keine Fotos vom Tatort. Überhaupt nichts! Die haben Sie wohl in der Eile vergessen?«

Gavin grinste breit, da der andere sein Gesicht nicht sehen konnte. »Nein, die habe ich nicht vergessen«, erklärte er genussvoll. »Denn woher bitte sollte ich denn Bilder vom Tatort haben, die ich Ihnen schicken könnte?«

Jetzt explodierte Morris: »Stellen Sie sich doch nicht derart dumm!«, schimpfte er. »Sie wissen ganz genau, woher. Schließlich sind Sie nicht umsonst Polizeifotograf!«

Gavin machte eine kurze Pause, bevor er antwortete. »Als solcher bin ich aber auch nicht umsonst zur Verschwiegenheit verpflichtet«, erwiderte er sachlich und entschieden. Bei diesem Thema verstand er keinen Spaß. »Und die beste Art, gegenüber seinem Chefredakteur diese Verschwiegenheit zu praktizieren, ist eben einfach die, sich ihm gegenüber dumm zu stellen.«

Diese Antwort nahm Morris zunächst den Wind aus den Segeln. Der Chefredakteur musste sogar unwillkürlich über die offene Dreistigkeit Gavins lachen. Immerhin kannte er Forbes gut genug, um zu wissen, dass es diesem ernst war mit seinen Worten und er damit nicht bloß auf eine Sonderzahlung aus war. Im Grunde schätzte Morris Gavins Diskretion sogar. Sie gestatte es ihm, Gavin auch solche Aufgaben zu übertragen, die ein gewisses Fingerspitzengefühl erforderten.

Dennoch fühlte Morris sich im Augenblick dazu verpflichtet, mehr für seine Zeitung herauszuschlagen: »Die Presse hat immerhin ein Recht auf diese Aufnahmen«, erklärte Morris mit Nachdruck. »Sie dürfen sie daher nicht eigenmächtig zurückhalten.«

»Sie bellen den falschen Baum an«, erklärte Gavin trocken. »Ich selbst kann Ihnen keine Bilder aushändigen, die ich im Auftrag des CID aufgenommen habe. Zu dieser Entscheidung bin ich nicht befugt. Das kann nur die Pressestelle des CID verantworten.«

»Aber Sie haben doch bestimmt noch Kopien von den Aufnahmen, die Sie am Tatort gemacht haben«, widersprach Morris.

Gavin sah keinen Grund, die Unwahrheit zu sagen: »Nur zu Sicherungszwecken, falls die Dateien, die ich dem CID übergeben habe, verlorengehen oder sich als defekt herausstellen sollten.«

»Na sehen Sie«, ermutigte ihn Morris. »Da könnte doch das eine oder andere Bild durchgerutscht sein, das die Polizei nicht erhalten hat. Das müssten ja nicht Sie gewesen sein, der uns diese Bilder zugespielt hat. Ich verspreche Ihnen, dass wir Ihren Namen heraushalten werden.«

»Aber gewiss doch«, antwortete Gavin sarkastisch. »So etwas geht auch immer gut aus, und keiner wird je dabei ertappt.«

»Glauben Sie mir etwa nicht?« Morris spielte den Beleidigten.

»Bei mir rutschen aber keine Bilder durch«, stellte Gavin lapidar fest.

»Mensch, fassen Sie sich doch ein Herz! Ich verspreche Ihnen auch, dass es sich für Sie lohnen wird.«

›Diesmal legt er sich ganz schön ins Zeug‹, dachte Gavin bei sich. Doch er blieb seiner Linie treu: »Nicht mit mir«, betonte er mit Entschiedenheit.

»Mensch, Forbes, Sie waren schon immer so scheiß-überkorrekt«, schimpfte Morris. »Sie sollten sich einen anderen Beruf suchen, wenn Sie wegen solcher Kinkerlitzchen bereits kalte Füße bekommen!«

»Kommen Sie mir nicht so«, fuhr Gavin auf, dem dieser Tonfall missfiel. Ihm platzte allmählich der Kragen. »Sie wissen ganz genau, dass Sie ohne meine guten Beziehungen zum CID gewiss nicht als Erster von dem Mord an Dalton erfahren hätten. Worauf aber gründen sich wohl meine guten Beziehungen zum CID?« Er beantwortete die rhetorisch gemeinte Frage ohne Zögern selbst: »Sie gründen sich darauf, dass ich das Vertrauen nicht enttäusche, das man beim CID in mich setzt. Wenn Sie wollen, kann ich meine Berichte in Zukunft auch zuerst der Konkurrenz anbieten.«

Sofort lenkte Morris ein. »Nun seien Sie doch nicht gleich eingeschnappt. Man kann es doch einmal versuchen.« Er bemühte sich, auf diese Weise seinen Bestechungsversuch vom Tisch zu fegen, so als handle es sich bloß um einen Kavaliersdelikt.

Gavin war jedoch anderer Ansicht: »Klar doch, versuchen kann man immer alles«, spöttelte er. »Aber auch der Versuch gewisser Tatbestände ist bereits strafbar. Und selbst wenn er nicht strafbar ist, wäre er doch moralisch inakzeptabel.«

»Gut, gut. Sie haben ja recht«, beschwichtigte Morris. Er erkannte, dass er diesmal zu weit gegangen war. »Ich habe es auch nicht anders verdient. — Mensch, Forbes, Sie kennen mich doch. Wann hatten wir denn jemals eine Schlagzeile, aus der sich derart viel herausholen ließ? Auch überregional! Glauben Sie denn, mir macht es Spaß, Tag für Tag über entlaufene Katzen, die Wahlen zum Gartenzwergverein und die

Mildtätigkeit unserer ach so menschenfreundlichen Lokalgrößen zu berichten?«

Diese Argumentation konnte Gavin durchaus nachvollziehen. Doch er ärgerte sich immer noch über Morris' vorausgegangenen Bestechungsversuch. Daher schwieg er.

»Bleiben Sie nun weiter für uns am Ball oder nicht?«, erkundigte Morris sich, besorgt, Gavin könne seine Drohung wahr machen und sich in Zukunft tatsächlich zuerst an die Konkurrenz wenden. »Schließlich habe ich mich doch gerade bei Ihnen entschuldigt«, fuhr er fort. »Ist ja auch etwas wert und gut, wenn sich einer zur Abwechslung mal auch an die Regeln hält!«

»Schön, dass Sie das ebenfalls so sehen«, kommentierte Gavin sarkastisch. Mit Schmeicheleien war bei ihm wenig zu gewinnen. »Das gibt mir jetzt tatsächlich meinen Seelenfrieden zurück«, setzte er bissig hinzu. Doch dann beruhigte er sich allmählich. »Aber ich werde weiter für Sie an der Story bleiben, machen Sie sich bloß keine Sorgen.« Gavin legte auf, ohne sich zu verabschieden.

Morris war immerhin, wenn man ihm nur hart genug zusetzte, einer der wenigen Redakteure, die am Ende auf die Stimme der Vernunft hörten und nicht allein auf die Auflage schielten oder darauf, wie sie sich in den höheren Gesellschaftsschichten beliebt machen konnten.

EINE STUNDE SPÄTER war Gavin immer noch der einzige Vertreter der schreibenden Zunft, der in dem Sitzungszimmer auf die geplante Pressekonferenz wartete. Auch vom Fernsehen war niemand erschienen. Offenbar war die Nachricht von der Ermordung Emmett Daltons nicht rechtzeitig bis zur Konkurrenz durchgedrungen.

Gavin hatte, um die Zeit bis zur Rückkehr von Superintendent Macnab zu überbrücken, missmutig auf die Tastatur seines Notebooks eingehämmert und seinen am Vorabend begonnenen Artikel für das Outdoor-Magazin überarbeitet. Zwischendurch verdrückte er zwei belegte Brötchen, die er sich aus einem Automaten im Gang vor dem Sitzungszimmer zog.

Endlich öffnete Superintendent Macnab die Tür des Raums und blickte neugierig zu Gavin herein. Als er jedoch außer seinem Freund niemanden erblickte, machte er aus seiner Überraschung keinen Hehl: »Nanu, immer noch allein? Deine Kollegen schlafen doch sonst nicht!«

Gavin konnte nur spekulieren: »Vielleicht war die Zeit zu knapp.« Im Grunde war es ihm jedoch gleichgültig. Weitaus mehr interessierte ihn, was Macnab in der Zwischenzeit herausgefunden hatte: »Was sagt Brenda Buchanan dazu, dass der Tote in Wirklichkeit Dalton war und nicht Hutchinson?«, erkundigte er sich erwartungsvoll.

»Nicht viel.« Macnab hob leicht die Schultern. »Komm mit in mein Büro, dort kann ich meine Notizen vervollständigen während ich dir berichte.«

Gavin ergriff sein Notebook, klappte es zusammen und folgte Macnab zu dessen Büro, wo dieser sich sofort an den Rechner setzte und einige Notizzettel abtippte, die er während des Gesprächs mit Brenda Buchanan vollgekritzelt hatte.

Erst danach wandte er seine Aufmerksamkeit Gavin zu, der geduldig abgewartet hatte. »Also, Folgendes habe ich erfahren: Die Buchanan hatte tatsächlich eine Affäre mit Peter Hutchinson. Sie kannte auch Dalton, wusste aber angeblich nicht, dass dieser sich gelegentlich als Hutchinson verkleidete. Als ich ihr einige der Bilder zeigte, die du von der Leiche gemacht hast, erkannte auch sie, dass es sich nicht um Peter Hutchinson handelte. Der Schreck und der Anblick des Blutes hätten sie gestern Abend jedoch derart überwältigt, dass sie nicht genauer hingesehen habe.«

»Etwas Ähnliches hatten wir ja schon heute Morgen vermutet«, warf Gavin ein.

Macnab nickte. »Dennoch hakte ich nach, weil ich das Gefühl hatte, dass sie mir etwas verschwieg. Doch Brenda erklärte bloß mehrmals, wie leid es ihr tue, sich getäuscht zu haben.«

Gavin kratzte sich am Kinn. »Klingt immerhin plausibel. Was meinst du? Sagt sie die Wahrheit?« Er gab viel auf die Menschenkenntnis Macnabs.

Der schüttelte langsam den Kopf und dachte dann laut nach: »Dass sie mich bewusst angelogen hat, glaube ich nicht. Sie hielt den Toten wohl tatsächlich für Hutchinson. Und da sie und Hutchinson sich, wie sie mir versicherte, schon vor einigen Monaten im Streit getrennt hatten, ist es auch plausibel, dass sie sofort aus der Küche gerannt ist, als sie die Leiche sah, die sie für Hutchinson hielt, und nicht stattdessen zu ihm hin lief, um ihm zu helfen.«

Gavin war überrascht. »Du meinst, sie hätte sich anders verhalten, wäre sie noch mit ihm zusammen gewesen?«

»Auf jeden Fall«, bestätigte Macnab. »Meiner Erfahrung nach laufen die meisten Frauen zu einem Opfer hin, um ihm zu helfen, sofern es ihnen nahesteht. Manche tun es sogar selbst dann, wenn das Opfer ihnen nicht nahesteht. So aussichtslos jede Hilfe auch erscheinen mag, und gleichgültig, wie viel Blut da ist.«

Das leuchtete Gavin ein. »Immerhin wissen wir nun also, dass es tatsächlich eine Affäre zwischen Brenda und Hutchinson gab. Hat sie dir anvertraut, warum sie sich von ihm getrennt hat? Könnte sich daraus ein Motiv ableiten lassen?«

Macnab legte den Kopf leicht zur Seite. »Beide hatten vor einigen Monaten eine heftige Auseinandersetzung, weil Hutchinson sich von Dalton ihrer Meinung nach viel zu viel gefallen ließ und manches für ihn erledigte, dass die Buchanan nicht guthieß.« An dieser Stelle zögerte Macnab. »Aber ich glaube nicht, dass sie mir wirklich alles erzählt hat. Es muss noch einige Punkte in diesem Streit geben, über die sie nicht mit mir sprechen wollte.«

»Hast du eine Vorstellung, worum es sich dabei handeln könnte? Ging es nur darum, was Hutchinson für Dalton tat?«

»Möglich.« Macnab blickte ins Leere. »Aber es kann ebenso gut rein persönliche Angelegenheiten betreffen. Irgendwann habe ich nicht mehr weiter nachgehakt, da sie mir doch nur immer wieder auswich.«

»Und wie steht es mit Brendas Alibi? Ist es hieb- und stichfest?«

»Ja«, bestätigte Macnab. »Dafür gibt es ein halbes Dutzend Zeugen.«

»Das bringt uns zurück zu unserer Hypothese, sie könnte einen anderen mit dem Mord beauftragt haben. Oder sich mit einem Komplizen verbündet haben, der den Mord für sie ausführte. Ein neuer Liebhaber womöglich. Und dieser kannte Hutchinson nicht gut genug, sodass er Dalton in dessen Verkleidung für Hutchinson hielt.«

»Durchaus möglich.« Macnab rieb sich die Oberlippe. »Aber diese Hypothese hat auch einige Schwachstellen, wie wir schon gesehen haben: Zunächst wäre es recht fantasielos von Brenda Buchanan gewesen, das Ganze in ihrer eigenen Küche zu veranstalten, trotz ihres Alibis. Denn dadurch gerät sie als Erste in Verdacht.

Und noch viel wichtiger: Was hatte Dalton in seiner Verkleidung als Hutchinson überhaupt in der Küche der Buchanans zu suchen? Den echten Peter Hutchinson hätte Brenda vermutlich unter einem Vorwand in ihr Haus locken können; aber doch nicht Dalton, erst recht nicht verkleidet als Hutchinson. Der hatte ja keinerlei Beziehung zu Brenda Buchanan.«

»Jedenfalls soweit wir das wissen«, wandte Gavin ein.

»Richtig. — Sie jedenfalls streitet es vehement ab.«

»Vehement? Das lässt mich aufhorchen.« Gavin zog die Augenbrauen in die Höhe.

Macnab schüttelte den Kopf. »Das war nur meine eigene Wortwahl. Die Buchanan selbst war bei allem, was sie sagte, vergleichsweise ruhig und entspannt. Nicht wie jemand, der Angst davor hat, bei einer Lüge ertappt zu werden.«

Gavin überlegte. »Wie könnte es sonst abgelaufen sein? Und woher hatte Dalton einen Schlüssel für das Haus der Buchanans?«

»Brenda meint, dass Hutchinson ihr alle Schlüssel zurückgegeben hätte. Aber natürlich könnte er in der Zwischenzeit Duplikate angefertigt haben.«

»Das leuchtet ein. — Und vielleicht besaß auch ein Dritter ein Motiv, Peter Hutchinson zu töten, und hatte Grund, ihn im Haus der Buchanans zu vermuten. Oder ist Dalton bis dorthin gefolgt, weil er ihn für Hutchinson hielt.«

»Diesen Möglichkeiten gehen wir gerade nach«, erklärte Macnab. »Ich habe das Archiv beauftragt, mir alle Akten zu beschaffen, die in irgendeiner Weise mit Dalton, Hutchinson oder der Buchanan in Verbindung stehen. Vielleicht finden wir darin einen Hinweis.« Er drehte sich zur Seite und deutete mit der Hand auf einen Stapel Akten, der auf dem Besprechungstisch lag. »Das hier ist übrigens nur die erste Lieferung.« Er stand auf, ergriff die Akten und platzierte sie mitten auf seinem Schreibtisch, zwischen Gavin und sich selbst. »Hast du

Lust, mir dabei zu helfen? — Du kannst die Zeit abrechnen. Und natürlich ist alles vertraulich, und vor allem darf nichts davon in deine Zeitung gelangen.«

Gavin nickte erfreut. Unwillkürlich musste er grinsen, da er an sein vorausgegangenes Telefonat mit Chefredakteur Morris dachte. »Du kannst dich auf mich verlassen«, versicherte er Macnab. Dann nahm er die oberste Akte vom Stapel.

DREIEINHALB STUNDEN SPÄTER hatten sie den gesamten Stapel gesichtet. »Bist du auf etwas Interessantes gestoßen?«, erkundigte Macnab sich.

Gavin blickte auf die Notizen, die er sich während seiner Arbeit gemacht hatte. »Nichts Sensationelles«, erklärte er mit Bedauern. »Doch scheint Peter Hutchinson sich bei der Arbeit für Dalton tatsächlich mehr als einmal die Hände schmutzig gemacht zu haben. Kein Wunder also, dass Brenda Buchanan ihm Vorwürfe machte. Allerdings konnte man ihm auch nie etwas Illegales nachweisen.« Gavin klang unzufrieden. »Hattest du mit deinem Teil mehr Erfolg?«

»In der Tat.« Der Superintendent nickte. »Ich habe da etwas, dem nachzugehen sich lohnen könnte«, erklärte er mit rauer Stimme. »Vor zwei Monaten hat Ms Buchanan eine Strafanzeige gegen einen gewissen Spencer Macbain gestellt, weil dieser sie angeblich belästigte. Die Anzeige wurde eine Woche später von ihr zurückgezogen.«

»Vielleicht verfolgte er sie, weil sie Fotomodell ist?«, spekulierte Gavin. »Irgendein armer, verklemmter Typ, der Bilder von ihr gesehen hat und seither von ihr besessen ist, ohne sie je kennengelernt zu haben. So etwas käme schließlich nicht zum ersten Mal vor.«

»Nein, offenbar steckt mehr dahinter«, widersprach Macnab. »Laut dieser Akte«, er nahm die betreffenden Papiere vom Tisch und hielt sie in die Höhe, »war Spencer Macbain drei Jahre lang mit Brenda Buchanan liiert. Vor acht Monaten aber hat sie wegen Hutchinson Schluss mit Macbain gemacht.« Macnab zog die Stirn in Falten. »Das hat Macbain offenbar nicht verkraftet und sie bedrängt.« Er blätterte in der Akte. »Einmal hat er sie in einem Wutanfall derart bedroht, dass die Buchanan die Polizei einschaltete.«

»Wurde er auch handgreiflich?«, wollte Gavin wissen.

Macnab zögerte und blätterte in der Akte. »Von Tätlichkeiten ist hier nicht die Rede. Die Kollegen berichten auch nichts von irgendwelchen offensichtlichen Verletzungen der Buchanan.«

»Und eine Woche später hat sie dann die Anzeige wieder zurückgezogen?«

»Ja. Beides vor etwa zwei Monaten.«

»Wusste Macbain von Hutchinson und dessen Beziehung zu Brenda Buchanan?«

Der Superintendent nickte. »Ja, hier steht es: eifersüchtig auf den neuen Liebhaber seiner ehemaligen Lebensgefährtin. Einige Tage nach dem Polizeieinsatz gab es eine Aussprache zwischen der Buchanan und Spencer Macbain, in Anwesenheit zweier Polizisten. Dabei hat Macbain versprochen, sich von nun an von Brenda fernzuhalten. Als Gegenleistung zog sie die Anzeige zurück. Aber der Protokollführer vermerkte auch, Spencer Macbain wäre weiterhin sehr aufgeregt gewesen.«

»Er hätte also ein Motiv gehabt, Hutchinson zu töten«, stellte Gavin fest.

»Ja. Vielleicht hat er Brendas Haus aus Eifersucht beobachtet und gesehen, wie der vermeintliche Peter Hutchinson das Gebäude in der Dunkelheit betrat. Vielleicht ist Macbain ihm gefolgt, um sich an ihm zu rächen.« Macnab zögerte. »Er hätte also Dalton in dessen Verkleidung für Hutchinson gehalten.«

»Aber Brenda hat doch angeblich auch mit Hutchinson vor mehr als nur zwei Monaten Schluss gemacht«, gab Gavin zu bedenken.

»Das wusste Macbain offenbar nicht«, erläuterte Macnab. »Ms Buchanan hatte seit ihrer Trennung von Macbain nur wenig Kontakt zu ihm und hielt es nicht für ratsam, Macbain diese Neuigkeit mitzuteilen. Sie befürchtete wohl, eine solche Information könne Macbain im Gegenteil nur ermutigen, sich ihr wieder zu nähern.«

»Damit hätten wir also ein mögliches Motiv«, fasste Gavin zusammen, »und zwar ein recht starkes: Spencer Macbain hätte aus Eifersucht den vermeintlichen Liebhaber seiner früheren Lebensgefährtin getötet.«

»Allerdings wäre ihm dabei so mancher Fehler unterlaufen«, relativierte Macnab die Hypothese. »Erstens hätte er einen Mann getötet, der überhaupt nicht der Liebhaber seiner ehemaligen Lebensgefährtin war, sondern sich nur als dieser verkleidete. Und zweitens wäre auch Peter Hutchinson, selbst wenn es sich tatsächlich um diesen gehandelt hätte, nicht mehr der Liebhaber der Buchanan gewesen, da auch diese Beziehung längst in die Brüche gegangen war.« Skeptisch zog Macnab die Stirn in Falten. »Irgendwie befriedigt mich diese Hypothese ebenso wenig wie alle anderen, die wir bisher durchgespielt haben.«

Gavin musste ihm beipflichten: »Denn auch diese Hypothese erklärt nicht, was Dalton überhaupt in Brendas Haus zu suchen hatte. Peter Hutchinson selbst hätte sich womöglich noch dorthin begeben können. Aber doch nicht Emmett Dalton in der Rolle des Hutchinson! Der hatte dort nichts verloren.« Gavin schüttelte den Kopf. »Oder haben Brenda Buchanan und Spencer Macbain vielleicht zusammengearbeitet? Waren die Anzeige und alles andere nur Tarnung gewesen, um den Mord an Hutchinson vorzubereiten und gleichzeitig den Verdacht von ihrer Komplizenschaft abzulenken?«

»Unwahrscheinlich«, urteilte Macnab. »Denn die Anzeige gegen Macbain richtet doch den Verdacht überhaupt erst auf diesen als Täter.«

»Aber vielleicht hat Brenda sich einfach nur Spencer Macbains bedient, um Hutchinson loszuwerden als dieser ihr lästig wurde? Und ihr war gleichgültig, ob er in Verdacht geriet oder nicht?«

»Denkbar. Doch unseres Wissens war sie Hutchinson zu diesem Zeitpunkt schon längst losgeworden, da sie sich von ihm vor Monaten getrennt hat. Wozu ihn also auch noch ermorden?«

Darauf fiel Gavin keine passende Antwort ein.

»Der Fall macht mich verrückt«, schimpfte Alan Macnab plötzlich und schlug mit der flachen Hand auf den Tisch. »Da steckt noch sehr viel mehr dahinter als wir bisher erkennen können. Wenigstens eine wesentliche Tatsache entgeht uns vollständig.« Er schnaufte laut. »Verdammt!«, brach es erneut aus ihm hervor.

Derartige Ausbrüche waren bei Macnab eine Seltenheit. Gewöhnlich war er ein ausgeglichener und eher zurückhaltender Mensch. Und nur, da er Gavin vertraute, zeigte er seine Gefühle in diesem Maße.

»Vielleicht müssen wir den Fall ja von der anderen Seite her aufrollen«, schlug Gavin nach einigen Sekunden vor. »Vielleicht wollte jemand gar nicht Hutchinson töten, sondern in Wirklichkeit Emmett Dalton! Vielleicht wusste der Täter ganz genau, dass Dalton sich als Hutchinson verkleidet hatte. Jeder denkt nun natürlich, dass der Täter Hutchinson und nicht Dalton zum Ziel hatte. Also verdächtigt niemand die Feinde Daltons, sondern nur die Feinde Peter Hutchinsons. Obwohl Hutchinson noch lebt und ihm kein Haar gekrümmt wurde.« Gavin zögerte, bevor er fortfuhr. »Wenn ich so darüber nachdenke: Andererseits könnte Hutchinson immer noch in Gefahr sein? Oder aber . . . « Er verstummte und grübelte vor sich hin.

Endlich setzte Gavin hinzu: »Wen verdächtigt man im Moment überhaupt nicht? Peter Hutchinson natürlich! Weil es so aussieht, als habe man ihn, Hutchinson, töten wollen. Das ist doch besser als jedes Alibi! Was aber, wenn er selbst seinen Chef ermordet hätte? Was, wenn er Dalton unter einem Vorwand in das Haus der Buchanans gelockt und dort getötet hätte?«

Macnab hob beide Hände in gespielter Verzweiflung. »Mach es doch nicht noch schlimmer als es schon ist!«, forderte er ihn ironisch auf. Doch auch Macnab sah ein, dass dieses Argument etwas für sich hatte. »Wir werden jedenfalls das Alibi von Peter Hutchinson überprüfen«, versicherte er. »Zunächst müssen wir aber davon ausgehen, dass ein weiterer Mordanschlag auf Hutchinson geplant werden könnte, sobald der Täter aus der Presse erfährt, dass er den Falschen getötet hat. Daher werde ich Hutchinson unter Polizeischutz stellen.«

Gavin nickte. »Aber wenn wir zu der Hypothese zurückkehren, dass tatsächlich Dalton und nicht Hutchinson getötet werden sollte«, führte er seine vorherigen Überlegungen fort, »müssen wir uns auch fragen, wer für diese Tat ein Motiv besaß.«

»Bedauerlicherweise gibt es da sehr viele Möglichkeiten«, stellte Macnab fest. »Ein Konkurrent oder ein unzufriedener Mitarbeiter«, zählte er auf, »oder ein Opfer seines Expansionsdrangs. Man hat schließlich keine Erfolge wie Dalton, ohne dabei einer ganzen Reihe von Personen auf die Füße zu treten. Es gab sicherlich genug Menschen, die Dalton hassten oder auf ihn eifersüchtig waren. Einer davon erfuhr von der Gewohnheit Daltons, sich als Hutchinson zu verkleiden, und ist ihm in die Brandon Street 128 gefolgt, wo er ihn tötete.«

»Und dadurch hat er jeden Verdacht erfolgreich von sich abgelenkt«, ergänzte Gavin. »Weil es so aussieht, als habe man Hutchinson töten wollen, und nicht Dalton.«

»Diese Vorstellung hat manches für sich«, bestätigte Macnab, »falls alles tatsächlich so geplant war, wie du es gerade ausgemalt hast. Dann wäre dieser Einfall tatsächlich genial.« Doch er zögerte: »Emmett Dalton hatte in dem Haus von Brenda Buchanan allerdings überhaupt nichts zu suchen. Das ist noch immer der entscheidende Punkt!« Macnab schüttelte den Kopf. »Uns fehlt noch mindestens eine wesentliche Information, um die Zusammenhänge wirklich zu verstehen«, wiederholte er seinen Gedankengang von zuvor. »Natürlich könnte der Täter beabsichtigt haben, den Verdacht dadurch von sich abzulenken, dass er Dalton dann tötete, als dieser sich als Peter Hutchinson verkleidete. Dies wäre sogar äußerst scharfsinnig von ihm gewesen. Aber was zum Teufel hatte Dalton in dem Haus der Buchanans zu suchen?«

Gavin überlegte: »Vielleicht hat der Täter Dalton in Brendas Haus gelockt, weil ihm die Beziehung zwischen Brenda und Hutchinson bekannt war. Dalton selbst aber wusste nicht, dass die Buchanan die ehemalige Geliebte seines Faktotums war und dass sie in dem betreffenden Haus in der Brandon Street wohnte. Man hat Dalton vielmehr mit einem ganz anderen Vorwand in die Brandon Street gelockt und ihm ein Duplikat des Haustürschlüssels zugespielt. Womöglich hat man dabei sogar mit einkalkuliert, dass auf diese Weise der Verdacht auf Spencer Macbain fallen würde, weil die Polizei schon nach kurzer Zeit auf die Anzeige Brendas gegen Macbain stoßen musste.«

Macnab rieb sich entnervt die Stirn. »Dazu müsste der Täter die persönlichen Verhältnisse der Beteiligten allerdings ausnehmend gut gekannt haben,« stellte er fest. »Doch es wäre tatsächlich ein genialer Schachzug gewesen, falls es sich so abgespielt hat.« Der Superintendent holte tief Luft. »Und dabei sah alles am Anfang noch so klar und einfach aus! Wenn jemand einem anderen die Kehle so aufschlitzt, wie es bei Dalton geschehen ist, handelt es sich in fast allen Fällen um eine Tat im Affekt. Und die wäre nicht derart akribisch vorausgeplant worden, wie es nach deiner Hypothese der Fall sein müsste. Das Ganze wird umso kniffliger, je länger wir uns damit beschäftigen.«

Wortlos hingen sie ihren Gedanken nach. Sie spürten jedoch deutlich, dass ihnen die wesentlichen Hintergründe des Falles immer noch verschlossen blieben.

Schließlich wurden sie durch das Läuten von Macnabs Telefon aus ihren Gedanken gerissen. Der Superintendent nahm den Hörer erst beim siebten Klingeln ans Ohr, so sehr war er in seine Überlegungen vertieft. Geduldig lauschte er den Worten am anderen Ende der Leitung. Dann brummte er unwillig: »Danke, Elspeth. Schicken Sie ihn zu mir ins Büro.«

Anschließend wandte er sich Gavin zu. »Wir bekommen hohen Besuch aus Glasgow: Chefermittler Donald Keyes wurde zu uns beordert und ist gerade eingetroffen. In den entsprechenden Kreisen hat man offenbar inzwischen erfahren, wer der Tote in Wirklichkeit ist.«

Gavin zog die Augenbrauen in die Höhe. Er kannte Keyes nicht nur aus verschiedenen Medienberichten, es war ihm auch durch seine Kollegen von der Presse einiges über diesen Mann berichtet worden — darunter wenig Positives. Doch das mochte nur das übliche missgünstige Gerede sein, ausgelöst durch die vielen spektakulären Verhaftungen, die Keyes in den vergangenen Jahren vornehmen konnte und die ihm viele Neider verschafft hatten.

»Kennst du Donald Keyes persönlich?«, erkundigte Gavin sich vorsichtig bei Macnab.

»Nur seinem Ruf nach.« Der Superintendent verzog angewidert das Gesicht. »Seine Vorgehensweise ist mir zu ungenau. Auch wenn Keyes noch so viele Verhaftungen gelingen und er dadurch eine steile Karriere hinter sich hat, halte ich nichts von der Sorgfalt seiner Ermittlungen.«

»Die Kollegen von der Presse sprechen ebenfalls eher schlecht von Keyes«, berichtete Gavin nun. Denn nach den deutlichen Worten Macnabs sah er keinen Grund mehr, die betreffenden Gerüchte für sich zu behalten. »Angeblich steht er gerne im Rampenlicht und liebt publikumswirksame Verhaftungen.«

Macnab nickte. »Und wenn er im Rampenlicht steht, dann am liebsten allein. Immerhin ist seine Aufklärungsquote nicht zu verachten. Und in einem System, das nur auf Zahlen achtet und nicht darauf, wie diese Zahlen zustande kommen, muss Keyes aus der Masse herausragen. Seine Methoden sind jedoch umstritten. Vor allem sagt man ihm nach, nicht mehr lockerzulassen, wenn er einmal einen Verdächtigen an der Angel hat, um genau diesen und keinen anderen zu überführen. Dabei sei ihm jedes Mittel recht und die Wahrheit nur zweitrangig. Keyes geht ungern weiteren Möglichkeiten nach, wie es eigentlich seine Aufgabe wäre, weil das nur zusätzlichen Aufwand bedeutet, der nichts für ihn einbringt und ihn nur Zeit kostet.«

»So etwas wäre deine Art nicht«, stellte Gavin mit Überzeugung fest. Er hatte oft genug miterlebt, wie Macnab noch Zweifel an der Schuld des Verdächtigen quälten, während die Kollegen ihrer Sache bereits sicher und von der Schuld des Verhafteten überzeugt waren.

Macnab senkte langsam den Kopf. »Wenn es tatsächlich so ist, wie man sagt, wäre es eine Schande.« Dann blickte er auf. »Behalte das aber bitte für dich!«, bat er Gavin eindringlich.

Der nickte. »Das ist doch selbstverständlich!« Dann wechselte er das Thema: »Offenbar haben die politischen Freunde Emmett Daltons inzwischen einige Fäden gezogen. Sonst hätte man Keyes wohl nicht hinzugezogen.«

»Sieht ganz so aus«, bestätigte Macnab. »So etwas geht dann meist sehr schnell — schneller jedenfalls als bei deinen Kollegen von der Presse.« Diese Spitze konnte Macnab sich nicht versagen. »Aber Donald Keyes wird sich gegen diesen Auftrag auch nicht gerade mit Händen und Füßen gewehrt haben. Eine weitere Gelegenheit, um im Rampenlicht zu stehen.«

In diesem Moment öffnete Elspeth Macmillan, eine etwa fünfzigjährige Staatsangestellte, die Macnab bei dessen Verwaltungsaufgaben zur Seite stand, die Tür zu Macnabs Büro. Sie führte einen elegant gekleideten Mann in Anzug und Krawatte herein und stellte diesen vor. Keyes war Mitte dreißig und hielt sich äußerst aufrecht.

»Chefermittler Keyes, dies ist Superintendent Alan Macnab«, machte Elspeth höflich bekannt, bevor sie das Büro wieder verließ.

Keyes begutachtete den Raum und die beiden Anwesenden mit kritischem Blick. Offenbar war er Besseres gewohnt.

Macnab erhob sich und ging Donald Keyes um den Schreibtisch herum entgegen, um diesem die Hand zu schütteln. Auch Gavin hatte sich höflich von seinem Stuhl erhoben.

Keyes nickte Macnab zu und ignorierte Gavin zunächst, indem er sich allein an den Superintendent wandte, da er diesen als höherrangig einstufte. »Ich hoffe, ich habe Sie nicht bei Ihrem kleinen Kaffeeklatsch unterbrochen?«, erkundigte Keyes sich unverbindlich und lachte selbst über seinen Scherz.

Keyes' Versuch, auf diese Weise das Eis zu brechen, verfehlte jedoch seine Wirkung. Macnab verzog keine Miene und überging die Bemerkung. »Darf ich vorstellen, dies ist mein Kollege Gavin Forbes. Er ist freier Mitarbeiter des CID in Houndslow und hat den Tatort für uns dokumentiert. Gerade haben wir den Fall Dalton miteinander diskutiert.« Er wies mit der Hand auf die Aktenstapel auf seinem Schreibtisch.

Donald Keyes nickte Gavin gönnerhaft zu, wandte sich jedoch sogleich wieder an Macnab. Ein über das Oberflächliche hinausgehender Kontakt zu freien Mitarbeitern des CID lag offenbar unter Keyes' Würde.

›Vermutlich‹, dachte Gavin sarkastisch bei sich, ›würde er sich mir gegenüber weitaus entgegenkommender zeigen, wenn er wüsste, dass ich außerdem für die hiesige Presse arbeite.‹

»Gerade wegen des Falles Dalton hat man mich zu ihnen berufen«, ergriff Donald Keyes das Wort. »Ich habe hierfür sogar meinen Urlaub unterbrochen.«

Macnab antwortete nicht auf diese Bemerkung, denn er war sich nicht sicher, ob Donald Keyes mit dieser Bemerkung darüber Klage führen wollte, dass er seinen wohlverdienten Urlaub hatte unterbrechen müssen, oder ob der andere ihm dadurch vielmehr die besondere Wichtigkeit seiner eigenen Person vor Augen führen wollte, weil man ausgerechnet ihn bei dieser Angelegenheit angefordert und dazu sogar aus dem Urlaub zurückbeordert hatte. Im Stillen ging Macnab allerdings von der zweiten Möglichkeit aus.

»Nun, Sie müssen sich jedenfalls keine Vorwürfe machen, wenn Sie mit dem Fall bisher noch nicht weit gekommen sind«, fuhr Keyes herablassend fort und blickte dabei kritisch in Richtung Gavin Forbes. Dieser Blick sollte vermutlich ausdrücken, dass dies auch kein Wunder sei, wenn man bei der Aufklärung von Morden auf die Hilfe freier Mitarbeiter angewiesen war. »Sie können natürlich auch noch keine große Erfahrung mit derartigen Fällen gesammelt haben«, stellte Keyes dann selbstsicher fest, obwohl diese Feststellung völlig unzutreffend war. Dabei wandte er sich ausschließlich an Macnab. »Darum hat man mich Ihnen als Unterstützung geschickt, um Ihnen unter die Arme zu greifen.«

Mit dieser Erklärung hatte Keyes es endgültig mit Macnab verdorben. Gavin erkannte dies an dem Gesichtsausdruck des Superintendents, der innerlich über die soeben implizit geäußerte Unterstellung seiner Unfähigkeit kochte und sich nur noch mühsam zusammennehmen konnte. Es war jedoch bewundernswert, wie sehr Macnab sich unter diesen Umständen zu verstellen wusste und statt einer bissigen Erwiderung nur doppeldeutig anmerkte: »Da war es wirklich sehr großzügig von Ihren Vorgesetzten, Sie eigens dazu aus dem Urlaub zu holen, um uns beiden hier vor Ort als Verstärkung zu dienen.«

»Nicht wahr?«, antwortete Keyes selbstzufrieden, ohne die Ironie zu erkennen. »Nun denn, wie weit sind wir denn bisher mit den Ermittlungen gekommen?«

Macnab und Gavin warfen einander bei dieser Frage einen vielsagenden Blick zu. Doch da der Superintendent seinen Dienst stets äußerst korrekt versah, hielt er an sich und fasste die bisherigen Ermittlungsergebnisse sachlich und knapp für Donald Keyes zusammen. Am Ende seiner Ausführungen deutete Macnab an, dass ihre neueste Spur zu Spencer Macbain führte, den man baldmöglichst zu vernehmen gedachte. Er erklärte Keyes auch die Gründe für diesen Verdacht. Vor allem beabsichtige man festzustellen, ob Macbain ein Alibi für den Tatzeitpunkt besaß.

»Na sehen Sie, da sind Sie ja auch ohne meine Hilfe schon recht weit gekommen!«, erklärte Keyes gönnerhaft und lachte. »Ich wette mit Ihnen, dass der Mann, dieser Spencer Macbain, unser Mörder ist. So etwas habe ich einfach im Gefühl.« Er holte tief Luft und fuhr dann mit unnötig hoher Lautstärke fort: »Keine Angst, bald ist der Fall in trockenen Tüchern! Wir werden das Kind schon schaukeln.«

Der banale Optimismus war zu viel für Macnab. Und 'Angst' hatte er ohnehin nicht bei dieser Sache. »Könnte es nicht auch sein, dass wir einige sehr wichtige Punkte vernachlässigen, wenn wir Macbain vorschnell als Haupttatverdächtigen einstufen?«, gab er höflich zu bedenken. »Vor allem die Frage, was Dalton als Peter Hutchinson verkleidet in dem Haus der Buchanans zu suchen hatte?«

Man merkte Keyes trotz seines starren Gesichtsausdrucks an, dass dieser mit dem Namen 'Buchanan' wenig anzufangen wusste — obwohl dieser Name in Macnabs vorausgegangenem Bericht aufgetaucht war. Seine Verwirrung verstand Keyes allerdings selbstsicher zu überspielen, indem er leichthin erklärte: »Machen Sie sich darüber keine Gedanken, Superintendent Macnab. Mein Spürsinn hat mich noch nie getäuscht, das werden Ihnen auch meine Vorgesetzten bestätigen. Dass jemand den Falschen ermordet, klingt zwar im ersten Moment sehr unwahrscheinlich. Aber wie schon unser aller Vorreiter, der berühmte, wenn auch fiktive Detektiv Sherlock Holmes zu sagen pflegte: 'Wenn man alle anderen Möglichkeiten ausgeschlossen hat, so ist das, was übrig bleibt, selbst wenn es noch so unwahrscheinlich erscheint, doch die Wahrheit.' Und die Wahrheit wird sich auch in diesem Fall erweisen.«

Dieses zwar wortgetreu, aber ohne tieferes Verständnis wiedergegebene Zitat brachte nun auch bei Gavin das Fass zum Überlaufen. Er hasste es, wenn jemand auswendig Gelerntes nachplapperte, ohne dessen Sinn zu begreifen, um damit seine eigene Überlegenheit zu unterstreichen. »Meinte Sherlock Holmes mit diesen Worten aber nicht auch«, merkte er daher an, »dass man, um eben diese Schlussfolgerung ziehen zu können, zuerst sorgfältig allen anderen Möglichkeiten nachgegangen sein müsse?«

Donald Keyes bedachte Gavin mit einem unwilligen Seitenblick. Offenbar war er es nicht gewohnt, von freien Mitarbeitern des CID direkt angesprochen zu werden, geschweige denn von diesen unaufgefordert Ratschläge zu erhalten. Keyes antwortete daher abweisend mit einer weiteren Floskel: »Sie sehen einfach nicht — können es ohne kriminalistische Ausbildung auch gar nicht sehen — wie klar solch ein Fall für einen Mann mit meiner Erfahrung in diesen Dingen liegen muss.«

Anschließend wandte Keyes sich wieder ausschließlich Macnab zu: »Finden Sie Macbain, und ich bin sicher, Sie werden feststellen, dass er der Täter ist. Jemand, der eine Frau bedrängt, die ihn verlassen hat, jemand, der ihr weiterhin nachstellt, obwohl sie nichts mehr von ihm wissen will, so jemand ist zu allem fähig«, erklärte er, wie aus eigener Erfahrung. Und Keyes' Tonfall erweckte dabei den Eindruck, als reiche diese Erkenntnis allein bereits aus, um Spencer Macbain für den Rest seines Lebens hinter Gitter zu bringen.

Jean Doe

DEN FOLGENDEN TAG widmete Gavin Forbes der Fertigstellung eines weiteren Artikels, dessen Abgabetermin immer näher rückte: Für eine Wochenzeitschrift sollte er eine Fotoreportage über das von Lilian Russell mitbegründete Albert-Schweitzer-Kinderheim in Duncan's Crossing anfertigen. Die Zeitschrift, die Gavin für den Artikel sehr gut bezahlte, erhoffte sich eine Fülle strahlender Kindergesichter in einer ihrer nächsten Ausgaben. Zu diesem Zweck hatte Gavin bereits vor Wochen einen Termin mit der Heimleiterin vereinbart, einer Mrs Harper.

Mit geringer Verspätung traf Gavins Zug in dem etwa zwanzig Meilen von Houndslow gelegenen Ort Duncan's Crossing ein. Das Albert-Schweitzer-Kinderheim lag an seinem nördlichen Rande. Gavin ging vom Bahnhof aus zu Fuß und erreichte pünktlich das Heim.

Mrs Harper erwartete ihn bereits. Die Heimleiterin war etwa fünfundvierzig Jahre alt und wirkte auf mütterliche Weise autoritär. Sie machte auf Gavin einen freundlichen Eindruck, schien jedoch von allzu viel Arbeit erschöpft zu sein.

Während eines fast eineinhalbstündigen Gesprächs in Mrs Harpers Büro, bei dem Gavin sich zahlreiche Notizen machte, berichtete die Heimleiterin von der Geschichte der Einrichtung und von der darin bis heute geleisteten Arbeit, aber auch von den finanziellen Problemen, mit denen die meisten Kinderheime zurzeit zu kämpfen hatten. Mrs Harper hoffte, dass Gavins Reportage ihr dabei helfen würde, weitere Geldgeber zu gewinnen.

Gavins Einschätzung nach hatte Mrs Harper sich ihrer Aufgabe aus Idealismus verschrieben. Außerdem hatte sie sich diesen Idealismus über die Jahre hinweg weitgehend erhalten. Ihre leichte Resignation rührte vor allem aus dem Verhalten vieler ihrer Geldgeber her, aber auch aus dem Umgang mit der Presse: »Entweder wird über Skandale in einzelnen Heimen berichtet, wobei jedoch von diesen einzelnen Einrichtungen, die tatsächlich besser geschlossen würden, auf die Gesamtheit verallgemeinert wird«, erläuterte sie, »oder man will, wie Ihre Zeitschrift, das Bild einer heilen Welt heraufbeschwören, das gar nicht existiert. Die wirklichen Probleme, mit denen wir zu kämpfen haben, will man jedenfalls nicht sehen.«

Gavin begriff, worauf sie hinauswollte.

»Doch was soll man schon erwarten,« fuhr Mrs Harper fort und schüttelte den Kopf. »Die Menschen wünschen sich eine leicht durchschaubare Welt. Sie wollen nichts von traurigen, aber unvermeidlichen Einzelschicksalen hören, sofern daran nichts Sensationelles ist oder die Geschichte nicht doch noch auf ein Happy End hinausläuft. Die Menschen wollen nicht wirklich wissen, dass es sich hier meist um Kinder handelt, die keine Eltern und Verwandte mehr haben. Oder um Kinder, die sogar noch Eltern oder Verwandte besitzen, von diesen jedoch zu uns abgeschoben wurden. Den Kindern selbst ist bewusst, dass niemand sonst sie haben wollte. Das ist für die meisten von ihnen schwer zu bewältigen. Nur, weil man ihnen hier bei uns Essen gibt und einen Platz zum Schlafen, ist für sie die Welt nicht wieder in Ordnung.«

Gavin nickte. »Ich würde auch lieber die Wahrheit berichten«, erklärte er Mrs Harper. »Aber die Zeitschrift, für die ich arbeite, macht nur dann Auflage und damit Gewinn, wenn sie die Bedürfnisse ihrer Leserschaft erfüllt. Und diese Leserschaft erwartet, wie Sie selbst gerade zutreffend festgestellt haben, dass keine unlösbaren Probleme präsentiert werden, sobald man unsere Zeitschrift aufschlägt. Man darf also nicht allein der Presse die Schuld daran geben, wenn bestimmte Themen in der Berichterstattung so häufig unter den Tisch fallen. Man muss die Ursache genauso bei der Masse der Leser suchen, die unsere Zeitschrift nur dann kaufen, wenn ihnen gefällt, was sie darin zu lesen bekommen.«

Mrs Harper neigte nachdenklich den Kopf. »Ich verstehe. Doch das Wissen um diese Zusammenhänge macht die Sache leider nicht einfacher. Denn wenn wir Paare zu Gast haben, die sich vielleicht für eine Adoption entscheiden würden, so wissen diese Paare aufgrund derartig beschönigender Darstellungen meist überhaupt nicht, was sie in Wirklichkeit erwartet. Sie wissen nicht, mit welchen seelischen Vorbelastungen viele der Kinder zu kämpfen haben. Eine ganze Reihe hoffnungsvoller Adoptiveltern meint sogar, die Kinder müssten ihnen unendlich dankbar dafür sein, dass sie von ihnen angenommen werden sollen. Sie glauben, von da an müsse alles von selbst gut werden. Doch dass derartige seelische Verletzungen sich nicht schlagartig in Nichts auflösen, das sehen sie nicht.«

»Sicherlich versuchen Sie aber, den Paaren diese Zusammenhänge klarzumachen?«, wandte Gavin ein.

»Gewiss.« Mrs Harper wurde noch ernster. »Aber es ist oft schwierig, ihnen die Tragweite dessen begreiflich zu machen, was in den Kindern vorgeht.«

»Vielleicht kann ich doch einen Hauch dieser Problematik in meine Aufnahmen einfließen lassen«, bot Gavin an. »Wenn ich es in dem Artikel selbst erwähne, wird man es mir mit großer Wahrscheinlichkeit wieder herausstreichen. Ich werde es dennoch versuchen. Mit einem Bild aber kann man eine solche Botschaft oft sehr subtil vermitteln, und vielleicht kommen wir so zum Ziel.«

»Jede Kleinigkeit würde uns helfen.« Mrs Harper lächelte, dankbar für Gavins Verständnis, auch wenn sie keine große Hoffnung hegte, dass er tatsächlich Erfolg haben würde. Es war der Gedanke, der für sie zählte.

Gavin wandte sich wieder seinem Notizblock zu, auf dem er sich während der Herfahrt im Zug verschiedene Fragen notiert hatte, die er nun der Reihe nach durchging: »Wie steht es mit Ihren Angestellten? Findet man heutzutage ausreichend qualifiziertes Personal?«

»Das ist ein heikler Punkt.« Mrs Harper zögerte zunächst. Dann holte sie aus: »Die Arbeit ist körperlich zwar nicht derart anstrengend wie beispielsweise eine Pflegetätigkeit in einem Krankenhaus oder die in einem Altenheim. Doch sie verlangt seelische Stärke und viel Geduld. Menschen mit Geduld und auch mit Verständnis für die Situation der Kinder sind jedoch nicht einfach zu finden. Vor allem nicht für das Gehalt, das wir ihnen bezahlen können. Und gerade die Kinder bei uns, die niemand mehr haben wollte, benötigen viel Geduld und Verständnis. — Glücklicherweise finden wir aber immer wieder auch Mitarbeiter, die ihren Beruf aus Idealismus gewählt haben. Das macht das mangelnde Einfühlungsvermögen manch anderer wett.« Mrs Harpers Gesicht strahlte bei diesen Worten ehrlich empfundene Zufriedenheit aus.

»Einfühlungsvermögen haben die Kinder gewiss nötig«, pflichtete Gavin ihr bei, um sie zum Weitersprechen zu bewegen.

Mrs Harper beugte sich vor. »So ist es. Daher werde ich Sie für die Besichtigung auch Ms Cameron anvertrauen, die ein ganz besonderes Engagement zeigt. Die Kinder mögen sie.«

Gavin blickte von seinem Notizblock auf. »Könnten Sie mich denn nicht selbst herumführen?«, wandte er ein und runzelte die Stirn. Er wusste, dass seine Zeitschrift von ihm erwarten würde, genau diese Frage zu stellen. Man musste sich als Journalist immer an die Spitze der Hierarchie hängen. Denn dann klang alles, was man berichtete, weitaus glaubhafter und authentischer, unabhängig davon, wie hoch der Wahrheitsgehalt tatsächlich war.

»Leider ist mir das nicht möglich«, entschuldigte Mrs Harper sich. »Ich hätte es gerne selbst getan, doch ich muss an einer kurzfristig anberaumten Gemeinderatssitzung teilnehmen, auf der über die Verteilung weiterer Hilfsgelder beraten wird. Aber ich bin heute Nachmittag wieder hier. Dann können wir Ihre Eindrücke gemeinsam durchsprechen, und ich kann Ihnen auch Ihre weiteren Fragen beantworten.«

»Nun gut, wenn es sich nicht anders einrichten lässt.« Gavin verschränkte die Hände vor der Brust. Persönlich machte es für ihn allerdings keinen Unterschied, wer ihn herumführte.

»Lassen Sie mich jetzt kurz Rhona Cameron verständigen, damit sie Sie abholt. Rhona ist bereits informiert.« Mrs Harper nahm den Telefonhörer und verlangte Ms Cameron.

Nach dem Telefonat wandte sie sich wieder Gavin zu. »Rhona braucht noch eine Viertelstunde«, berichtete sie. »Wollen Sie so lange im Hof auf sie warten? Vielleicht können Sie dort ja schon ein paar passende Motive für Ihre Aufnahmen auskundschaften.«

Gavin nickte. »Das ist eine gute Idee«, erklärte er unverbindlich und erhob sich von seinem Stuhl.

»Ich gehe mit Ihnen hinunter.« Mrs Harper ergriff Aktentasche und Mantel und begleitete Gavin die Treppe hinab. Auf dem Hof verabschiedete sie sich von ihm und eilte in Richtung Parkplatz.

Neugierig sah Gavin sich um. Der Hof des Kinderheims erstreckte sich über viele Yards und war mit Schatten spendenden Bäumen bepflanzt. Es gab auch Hecken und Blumenbeete, die verschiedene Bereiche voneinander abtrennten.

Direkt am Hintereingang des Heims befanden sich Sandkästen für die kleineren Kinder. Auf der anderen Seite einer schulterhohen Hecke standen einige Schaukeln. Dahinter wiederum befand sich ein Bereich mit einem Spielfeld und zwei kleinen Fußballtoren.

Kinder waren jedoch keine zu sehen. Um diese Zeit dauerte der Unterricht offenbar noch an. Daher lohnte es sich nicht, die Kamera schon jetzt hervorzuholen.

Gavin setzte sich auf eine Holzbank, die mit dem Rücken zu jener Hecke stand, hinter der sich die Schaukeln befanden. Den Kamerarucksack stellte er neben sich und hing seinen Gedanken nach: Trotz der vielen Spielgelegenheiten im Hof machte das Kinderheim auf Gavin einen eher traurigen Eindruck — der nur wenig durch den Idealismus gemildert wurde, den Mrs Harper an den Tag legte.

Vielleicht entstand dieser Eindruck aber auch, weil die Kinder noch in den Klassenräumen saßen und einem menschenleeren Spielplatz stets etwas Melancholisches anhaftete. Vielleicht auch deshalb, weil Gavin an seine eigene Kindheit denken musste. Außerdem befand er sich mit sich selbst im Unreinen, weil er durch seine Fotos für die Öffentlichkeit eine Illusion erschaffen sollte, die nicht der Wirklichkeit entsprach. Dokumentarische Fotografie lag ihm weitaus mehr.

Während er sich selbst erforschte und sich dabei auch die Frage stellte, ob seine negative Sichtweise vielleicht durch die intensive Beschäftigung mit dem Fall Dalton am Vortag verstärkt wurde, schreckte eine laute Frauenstimme Gavin auf, die von der anderen Seite der Hecke herübertönte, von dort also, wo die Schaukeln standen. Vorsichtig beugte Gavin sich zur Seite und warf einen Blick um die Hecke herum. Er wollte herausfinden, was der Lärm zu bedeuten hatte.

Als Erstes erblickte er ein etwa neunjähriges, dunkelhaariges Mädchen in einem einfachen, jeansfarbenen Hosenanzug, das den Blick verbissen zu Boden richtete. Dann, als er sich noch weiter vorbeugte, sah er schließlich die Quelle des Geschreis: eine wenigstens dreißig Jahre alte Frau mit sandfarbenem Haar, die einen langen, grünlichen Kittel trug und lautstark auf das Kind einredete. Worum genau es ging, konnte Gavin ihren Worten nicht entnehmen; das Kind musste jedoch etwas getan haben, das der Frau missfiel.

Worum auch immer es sich handelte, die Vorwürfe wurden in recht giftigem Ton vorgebracht. Gavin wunderte es nicht, dass das Kind nichts darauf erwiderte. Vielmehr hielt es den Blick weiterhin hartnäckig auf den Boden vor seinen Füßen gerichtet.

Die Worte der Frau wurden nun geradezu bösartig: »Kein Wunder, dass deine Eltern nichts mehr von dir wissen wollten, du kleines Miststück«, geiferte sie. »Du machst ja doch nichts so, wie man es dir sagt. Wenn ich dich noch einmal dabei erwische, Jean, fliegst du hier raus. Dann kannst du sehen, wo du bleibst. Dann landest du auf der Straße!«

Das Gesicht des Mädchens wurde kreidebleich; aber es weinte nicht und kniff nur den Mund fest zusammen. Immer noch antwortete es nicht auf die Beschimpfungen, sondern nahm sie schweigend hin.

Diese Wirkung ihrer Worte befriedigte die Frau im grünlichen Kittel offenbar. Endlich brach sie ihre Tirade ab und drehte sich um. Sie ließ das Kind stehen und ging mit raschen Schritten auf das Hauptgebäude des Kinderheims zu.

Gavin wäre der Erzieherin am liebsten nachgeeilt, um sie zur Rede zu stellen. Ihre Verhaltensweise erschien ihm wenig angebracht. Dies war gewiss keine der idealistischen, einfühlsamen Erzieherinnen, von denen Mrs Harper ihm zuvor berichtet hatte. Doch wenn er sie jetzt zur Rede stellte, würde dies später nur das Kind auszubaden haben, sobald es wieder allein war. Es musste einen anderen Weg geben, dem Mädchen zu helfen.

Das Kind tat Gavin leid. Woher sollte es wissen, dass die Erzieherin im Unrecht war — und nicht es selbst? Als Kind, dem das Leben bereits übel genug mitgespielt hatte, erwartete Jean vielleicht sogar, immer wieder ein Opfer derartiger Ungerechtigkeiten werden zu müssen.

Gavin überlegte daher, ob er nicht hinübergehen und mit dem Kind sprechen sollte. Doch er zögerte, da er wenig Erfahrung im Umgang mit Kindern besaß, und beobachtete nur.

Immer noch stand Jean still und fast leblos da, wie eine Marionette. Mit verbissenem Blick starrte sie vor sich hin, das Gesicht bleich, die Haltung verkrampft.

Plötzlich rührte Jean sich. Völlig überraschend für Gavin hob sie die rechte Hand in Kopfhöhe, ballte sie zur Faust und gab sich selbst damit einen Schlag gegen die Schläfe. Nicht hart; aber durchaus so, dass es sie schmerzen musste. Anschließend ließ sie die Hand kraftlos sinken und stand genauso still und leblos da wie zuvor.

Gavin war bei diesem unerwarteten Verhalten zusammengezuckt, so als hätte der Schlag ihm selbst gegolten. Er starrte Jean fassungslos an. Intuitiv verstand Gavin jedoch, was das Kind zu dieser Handlung veranlasst hatte: Der Schlag gegen sich selbst war der deutlich greifbare Kommentar des Kindes zu dem, was sich wenige Minuten zuvor abgespielt hatte. Diesen Schlag hätte ihr genauso gut die Erzieherin verabreicht haben können.

Der Schlag brachte außerdem zum Ausdruck, was Jean bei den Beschimpfungen der Frau empfunden hatte: Verdiente sie es im Leben denn tatsächlich nicht anders? War ihr beständiger innerer Schmerz nicht die berechtigte Strafe für ihre Existenz? Oder vielleicht auch für etwas, das sie einst getan hatte, auch wenn sie sich dessen selbst nicht bewusst war?

Noch eine weitere Bedeutung dieses Schlages erkannte Gavin: Jean hatte sich damit auch selbst für ihre erneut enttäuschte Erwartung bestraft, es könne eines Tages anders kommen. Für ihre offenbar unbegründete Hoffnung, eines Tages doch noch glücklich werden zu können.

Außerdem wollte Jean durch den Schlag ein äußerliches Gegengewicht zu all den schmerzhaften Gefühlen schaffen, die nun innerlich in ihr hochkamen, und diese Gefühle so unterdrücken.

Gavin begriff diese Zusammenhänge intuitiv und empfand dadurch eine starke Sympathie für das Kind. Welcher Mensch hätte sich nicht schon über sich selbst geärgert, weil er Hoffnungen nachgegeben hatte, die sich in der konkreten Situation nicht erfüllten.

Langsam richtete Gavin sich von der Bank auf, um zu dem Kind hinüberzugehen und es zu beruhigen. Als er um die Hecke bog, hörte Jean seine Schritte. Sie drehte sich erschrocken zu Gavin um, denn sie hatte geglaubt, auf dem Hof allein zu sein. Misstrauisch starrte sie den Fremden an.

Gavin ging weiter auf sie zu und blieb dann etwa einen Meter vor Jean stehen. Er versuchte, sein Mitgefühl und das von ihm empfundene Verständnis in seinen Blick zu legen.

Zunächst wusste er jedoch nicht, was er sagen sollte. Er wollte nicht allzu banal klingen. Was hätte Gavin dem Kind auch sagen können, ohne von Dingen zu sprechen, deren Hintergründe er nicht kannte. Von Dingen, die ihn vielleicht nicht einmal etwas angingen.

Ohne ein Wort zu sprechen oder den Gesichtsausdruck zu verändern, sahen sie einander daher fast eine Minute lang in die Augen. Doch auch ohne Worte erkannte Jean, dass Gavin sie weder verurteilte noch ihr Vorwürfe machen wollte.

»Hast du alles mit angesehen?«, erkundigte sie sich schließlich mit leiser Stimme.

Gavin nickte, sagte aber immer noch nichts. Er lächelte leicht.

Auf einmal entspannte das Kind sich. Der Erwachsene redete weder auf sie ein noch machte er ihr überhaupt Vorhaltungen. Hatte er etwa begriffen, wie sie sich fühlte? ›So schwer ist es also doch nicht, Verständnis für das zu zeigen, was in mir vorgeht‹, dachte Jean bei sich. ›Oder mich so zu nehmen, wie ich bin. Jedenfalls nicht so schwer, wie man es mir immer glauben machen will.‹

Sie lächelte Gavin schüchtern zu, und ihre Haltung entspannte sich. Dann wandte Jean sich um und rannte zum Hauptgebäude des Kinderheims. Flink erklomm sie die Stufen zum Hintereingang.

Gavin blickte ihr gedankenverloren nach. Er fragte sich, was diesem Kind in seinem kurzen Leben widerfahren sein mochte, um eine derart komplexe Gefühlswelt hervorzubringen. Langsam ging er um die Hecke herum zurück zu der Bank, auf der sein Kamerarucksack stand, und setzte sich. Immer noch in Gedanken versunken legte er den rechten Arm um den Rucksack — so als sei dieser ein lebendiges Wesen, das es vor den hässlichen Seiten der Welt zu beschützen galt.

RHONA CAMERON ließ nicht lange auf sich warten. Als Gavin das nächste Mal aufblickte, kam sie mit raschen Schritten auf ihn zu. Er erhob sich und ging ihr entgegen, um sie zu begrüßen.

Die Erzieherin war knapp dreißig Jahre alt, dunkelhaarig und mittelgroß. Auch Rhona Cameron trug einen grünlichen Kittel, doch bei ihr wirkte er fast modisch. Und sie strahlte eine freundliche Ruhe aus. Schon beim Näherkommen streckte sie Gavin die Hand zur Begrüßung entgegen.

Während sie einander die Hände schüttelten, musterten sie einander prüfend und fanden sich sogleich sympathisch. »Sie sind also der Mann von der Presse, auf den man hier seit Tagen gespannt wartet«, eröffnete Rhona schmunzelnd das Gespräch. »Und jeder möchte einen guten Eindruck bei Ihnen hinterlassen.« Sie lachte hell auf.

›Nicht jeder‹, dachte Gavin bei sich und erinnerte sich an den soeben beobachteten Vorfall mit Jean und der anderen Erzieherin. Doch er sprach diesen Gedanken nicht laut aus. »Kommt wahrscheinlich nicht jeden Tag vor«, meinte er bloß lächelnd, »dass eine Zeitschrift über das Heim berichtet.«

»Nein, das bestimmt nicht«, bestätigte Rhona. »Mrs Harper hat mir übrigens erklärt, dass Sie vor allem Fotos machen wollen. Ist dies Ihre Ausrüstung?« Sie deutete neugierig auf den Kamerarucksack, der immer noch auf der Holzbank lag.

Gavin nickte. »Ja. Aber ich will auch mehr über das Heim und das Leben darin erfahren. Vielleicht kann ich auch mit einigen der Kinder sprechen.« Er dachte dabei unwillkürlich an Jean. »Um mir einen Eindruck zu verschaffen«, setzte er hinzu. »Und um in den Bildern etwas davon wiedergeben zu können. Davon, wie das Leben hier wirklich ist«, erklärte er, in Erinnerung an sein Gespräch mit Mrs Harper.

»Das ist mehr, als wir zu hoffen gewagt hätten.« Rhona lachte freundlich. »Sie müssen wissen, dass dies hier keine heile Welt ist. Und es auch gar nicht sein kann.«

»Das hat mir auch Mrs Harper erklärt«, bestätigte Gavin. »Viele der Kinder haben sicherlich eine Menge durchgemacht.«

»In der Tat«, bekräftigte Rhona. »Hoffentlich haben wir noch Zeit, darüber zu sprechen.« Sie blickte sich kurz um. »Am besten fangen wir mit dem Hauptgebäude an. Dort gehen wir in einen der Unterrichtsräume, wo Sie die Kinder beim Lernen ablichten können. Das kommt bei Ihren Lesern bestimmt gut an.«

»Bestimmt — genauso wie spielende Kinder.«

»Die werden wir in etwa einer Stunde haben, wenn der Vormittagsunterricht beendet ist.«

»Gut.« Gavin strich sich über das Kinn. »Und wann kann ich mit einigen der Kinder sprechen?«

»Heute Nachmittag.« Rhona blickte auf. «Sie nehmen sich ja richtig Zeit!«, stellte sie erfreut fest.

»Warum auch nicht?« Gavin war überrascht. Ihm erschien es vielmehr als nicht ausreichend, nur einen einzigen Tag für solch einen Auftrag zur Verfügung zu haben. Doch mehr war ihm für Recherchen nicht bewilligt worden.

»Vor drei Jahren war schon einmal jemand von einer Zeitschrift hier«, erklärte Rhona als Antwort auf Gavins Frage. »Alles ging damals im Schnelldurchgang: Er bastelte sich einfach eine erfundene Schlagzeile zusammen, die kitschig klang und nichts mit der Wahrheit zu tun hatte. Überhaupt war er genauso schnell wieder verschwunden, wie er hier aufgetaucht war.«

»Diese Art von Journalismus kenne ich.« Gavin verzog das Gesicht. »Und sie ist nicht umsonst berüchtigt. Derartige Artikel werden dennoch von vielen Menschen gelesen und genauso für bare Münze genommen wie die sorgfältig recherchierten. Vor allem, wenn man lieber seine eigenen Illusionen bestätigt bekommen will anstatt mit unangenehmen Realitäten konfrontiert zu werden.«

»Sie meinen also, die meisten Leser mögen es nicht, wenn man versucht, ihre Vorurteile über die Welt umzustoßen?« Rhona schmunzelte herausfordernd, während sie es auf den Punkt brachte.

»Mag das denn überhaupt jemand?«, konterte Gavin.

Rhona lachte hell auf. »Wohl kaum. Aber darum ist die Welt dennoch so, wie sie ist. Und nicht so, wie wir sie gerne haben würden.«

Gavin erkannte die Anspielung: »Aber hat nicht gerade Albert Schweitzer, der Namensgeber Ihrer Einrichtung, erklärt, um einen Unterschied zu machen, müsse man gerade nicht so sein, wie es die Welt in Wirklichkeit ist?« Gavin betrachtete Rhona erwartungsvoll.

»Sie haben ihn also gelesen? In der Übersetzung von Lilian Russell?« Rhona musterte Gavin mit aufrichtigem Interesse. »Vielleicht können also ja wenigstens Sie mit Ihrem Artikel einen Unterschied zu dem letzten Pressebericht über uns machen«, schlug sie lachend vor.

»Das hoffentlich auch«, versprach Gavin mit einem Lächeln. »Aber das war wohl nicht exakt das, was Schweitzer mit seinen Worten ausdrücken wollte.«

»Nein, das war es nicht.« Rhona lachte abermals hell auf. »Er meinte damit, man solle sich, bloß weil die Welt oft hässlich und rücksichtslos ist und man mit Gemeinheit und Rücksichtslosigkeit in dieser Welt weitaus leichter zu materiellen Vorteilen gelangt als durch Rücksichtnahme und Toleranz, dennoch nicht an diese Welt anpassen, sondern an den wahren Werten festhalten.«

»Auch wenn es oft alles andere als einfach ist, das zu tun«, bekräftigte Gavin ernsthaft.

IM VERLAUF DER FOLGENDEN STUNDEN machte Gavin in Begleitung von Rhona Cameron unzählige Aufnahmen: Bilder vom Heim. Bilder vom Park. Bilder von der näheren Umgebung.

Aber vor allem machte er Bilder von Kindern: Bilder von Kindern beim Unterricht. Bilder von Kindern beim Lernen, beim Essen und beim Spielen. Vor allem beim Spielen. Er würde mindestens zwei Tage damit verbringen, diese Bilder auszusortieren, sich für die gelungensten zu entscheiden und diese dann digital nachzubearbeiten.

Mit Rhona Cameron verabredete Gavin außerdem, dass sie seinen Artikel zusammen durchgehen würden, um alle Fakten zu überprüfen, bevor er ihn an seinen Auftraggeber weitergab. Diese Verabredung erfolgte nicht ohne Hintergedanken — sowohl aufseiten Gavins als auch aufseiten Rhonas. Beide wollten einander auf diese Weise wiedersehen, ohne dieser Verabredung sogleich den Anschein eines romantischen Beisammenseins zu geben. Denn je länger Gavin mit Rhona zu tun hatte, umso anziehender fand er sie. Und ihr ging es mit ihm ebenso.

»Kann ich nun auch mit einigen der Kinder sprechen?«, erinnerte Gavin Rhona schließlich an seine Bitte vom Vormittag.

»Selbstverständlich«, erwiderte sie. »Hast du irgendwelche besonderen Vorstellungen?«

»Obwohl ich das vermutlich nicht in meinem Artikel werde verwenden können, würde ich doch lieber mit Kindern sprechen, die es in der Vergangenheit besonders schwer hatten.« Gavin überlegte, ob er Rhona direkt nach Jean fragen sollte, und entschied sich dafür: »Heute Morgen habe ich zufällig etwas beobachtet«, begann er.

Rhona sah ihn fragend an.

»Es war ein Mädchen auf dem Hof, als ich auf dich wartete, und eine der Erzieherinnen schimpfte mit dem Kind.«

»Weißt du zufällig, wie das Kind hieß?«, wollte Rhona wissen.

»Ihr Name ist Jean. Die Erzieherin hat sie so genannt.«

Rhona nickte und wurde ernst. »Ich weiß, wen du meinst. Jean ist ein besonderer Fall. Ich selbst mag sie sehr gern. Aber viele der Erzieherinnen halten sie für verstockt und bösartig, weil sie kaum ein Wort sagt. Seltsam, dass du gerade nach ihr fragst.«

Gavin hob die Schultern. »Ist das ein Problem?«, erkundigte er sich.

»Nein, überhaupt nicht. Ich wäre froh, wenn sie sich jemandem anvertrauen könnte.«

»Dann werde ich es versuchen.« Gavin drehte die Handfläche der linken Hand nach oben. »Vielleicht fasst sie ja dieses Vertrauen zu mir.«

»Einverstanden.« Doch dann zögerte Rhona. »Am besten gehen wir dazu in mein Büro. Dort kannst du auf uns warten und später ungestört mit ihr sprechen. — Eines solltest du jedoch beachten …« Rhona blickte ihn fest an.

»Was meinst du?«

»Pack deine Ausrüstung besser weg. Aus irgendeinem Grunde mag Jean keine Kameras.«

Gavin nickte überrascht. Normalerweise freuten Kinder sich über die Aufmerksamkeit, die das Fotografiertwerden mit sich brachte. Doch er hakte nicht nach und tat, wie Rhona ihm nahegelegt hatte.

Als sie in Rhonas Büro eintrafen, schob Gavin seinen Kamerarucksack in die hinterste Ecke des Zimmers. Dann wartete er auf ihre Rückkehr und schaute sich währenddessen in dem Raum um: Er war einfach, aber geschmackvoll eingerichtet. An den Wänden hingen Kinderzeichnungen und Landschaftsaufnahmen. In einem großen Regal standen zahlreiche Aktenordner. Dazwischen einige Fachbücher sowie mehrere Werke von Albert Schweitzer in der Übersetzung von Lilian Russell und sogar im Original.

Auf dem Schreibtisch befand sich der heutzutage von kaum einem Arbeitsplatz mehr wegzudenkende Computermonitor. Neben der Tastatur lag ein Stapel Papiere. Das Telefon klingelte mehrmals.

Nachdem er sich alles angesehen hatte, setzte Gavin sich an den kleinen, niedrigen Tisch, der dem Schreibtisch gegenüberstand. An diesem Tisch unterhielt Rhona sich vermutlich mit den Kindern, die in ihr Büro kamen, ohne dabei den großen Schreibtisch als Barriere zwischen sich zu haben. Hier war sie mit den Kindern auf gleicher Höhe.

Kurz darauf hörte Gavin durch die leicht offen stehende Bürotür hindurch, wie sich auf dem Gang Schritte näherten. Dann erkannte er Rhonas Stimme: »Du brauchst keine Angst vor ihm zu haben, Jean. Er möchte nur mit dir sprechen.«

» *Warum* möchte er das?«, entgegnete das Kind misstrauisch.

»Er will mehr über uns erfahren. Mehr über dich.«

»Warum gerade über mich?« Jean klang skeptisch.

»Er interessiert sich einfach für alles hier.«

»Aber warum für *mich*?«

Rhona antwortete darauf nicht sofort.

Jean erwartete jedoch offenbar selbst keine Antwort auf ihre Frage. »Na gut, ich spreche mit ihm«, erklärte sie sich schließlich einverstanden. »Du bleibst aber bei uns«, verlangte sie.

»Selbstverständlich. Er ist aber nett, du wirst schon sehen«, versprach Rhona.

Gemeinsam betraten sie das Büro. Das Kind sah zu dem Tisch hinüber und erkannte Gavin sofort wieder. Jeans Gesichtsmuskeln spannten sich an, denn sie vermutete, der Fremde habe mit Rhona über das gesprochen, was er heute Morgen auf dem Hof beobachtet hatte, und nun sollte sie dafür doch noch zur Rede gestellt werden.

Wiederum begriff Gavin intuitiv, was dem Kind durch den Kopf ging. Fast unmerklich schüttelte er den Kopf, um Jean zu verstehen zu geben, dass er ihr Geheimnis bewahrt hatte.

Auch Jean begriff. Und sie war überrascht. Allmählich entspannte sie sich wieder und wurde neugierig, was dies alles zu bedeuten habe.

In diesem Moment klingelte das Telefon auf Rhonas Schreibtisch ein weiteres Mal. Rhona ging zu dem Telefon und meldete sich mit Namen. Dann lauschte sie einer langatmigen Erklärung.

»Ich komme«, erklärte sie schließlich ärgerlich und legte auf. »Ich muss in die Kantine«, wandte sie sich anschließend an Gavin. »Dort hat es Streit beim Küchenpersonal gegeben.« Nun sah sie Jean an: »Ich hatte dir aber versprochen, hierzubleiben. Wenn du also willst, kannst du mit mir gehen, und wir kommen dann später wieder hierher zurück, um mit Gavin zu sprechen.«

Jean schüttelte jedoch den Kopf. »Das ist nicht nötig.«

»Wirklich nicht?« Rhona war überrascht. Jean zeigte Fremden gegenüber im Normalfall wenig Zutrauen.

»Nein, es ist in Ordnung«, bekräftigte Jean und setzte sich auf einen der freien Stühle an dem niedrigen Tisch, an dem Gavin bereits Platz genommen hatte.

Rhona nickte und lächelte erleichtert. »Gut, dann lasse ich euch jetzt allein. Ich bin bald zurück.«

»Einverstanden«, erklärte Gavin.

Nachdem Rhona den Raum verlassen hatte, drehte Jean sich zu Gavin um und betrachtete ihn neugierig. »Du hast es ihr nicht gesagt«, stellte sie fest.

»Nichts von dem Schlag«, bestätigte Gavin. »Nur generell, dass ich euch beobachtet hatte. Aber, ehrlich gesagt, konnte ich es nicht so einfach vergessen und wollte daher mit dir darüber sprechen.«

»Weil ich so widerspenstig bin? Weil man sich nicht so zu benehmen hat, wie ich es tue?« Jean zog die Stirn in Falten.

»Nein.« Gavin schüttelte entschieden den Kopf. »Weil ich irgendwie alles begriffen habe und doch nicht weiß, wieso du es getan hast.« Er wusste nicht, wie er fortfahren sollte. »Mir ist aber selbst nicht klar, warum ich es begriffen habe.«

»Du hast begriffen, wieso ich mich selbst geschlagen habe?« Jean wurde auf einmal unsicher.

Gavin nickte. »Die Hintergründe kenne ich natürlich nicht.« Er lächelte schwach. »Darum wollte ich auch mit dir sprechen. Aber ich glaube, ich habe intuitiv begriffen, wie du dich heute Morgen gefühlt hast.«

Jean musterte ihn aufmerksam. »Das habe ich schon heute Morgen bemerkt«, erklärte sie dann und lächelte zaghaft.

Gavin erwiderte erleichtert das Lächeln. »Manchmal passiert das«, erklärte er. »Man begegnet Tausenden von Menschen und weiß doch nicht, was sie denken und fühlen. Selbst wenn man sie schon jahrelang kennt, weiß man es häufig nicht. Und dann trifft man plötzlich auf einen Menschen, den man fast wortlos begreift, obwohl man ihm zum ersten Mal begegnet.«

Jean sah nachdenklich vor sich auf die glattpolierte Tischplatte. »Aber mit fast allen hier verstehe ich mich eben nicht«, stellte sie fest. »Sie mögen mich nicht, weil ich meist für mich allein sein will. Bloß Rhona gibt sich wirklich Mühe und kann auch zuhören.« Sie sah Gavin erneut direkt an.

»Ich würde dir auch zuhören«, schlug Gavin vor.

Jean nickte, sagte aber nichts, sondern nahm mit Bedacht eine abwartende Haltung ein. So schnell fasste sie zu niemandem Vertrauen, auch wenn ihr Instinkt ihr dazu riet.

Gavin wollte Jean nicht gegen ihren Willen ausforschen. Sie musste von sich selbst aus über das sprechen wollen, was in ihr vorging. Jean würde erst dann Vertrauen zu ihm fassen können, wenn sie von der Aufrichtigkeit seiner Anteilnahme überzeugt war. Daher wechselte Gavin zunächst das Thema: »Du kommst mit Rhona also gut aus?«

Jean entspannte sich durch den Themenwechsel. Sie hatte schon befürchtet, auch Gavin würde sie nun, wie es die meisten anderen Erwachsenen taten, darüber ausforschen wollen, warum sie so war, wie sie war. Und warum sie sich so verhielt, wie sie es tat. Und vor allem, warum sie *nicht* so war, wie die anderen es von ihr erwarteten.

»Ja, ich mag Rhona«, bestätigte sie unumwunden.

»Was würdest du sagen, wenn wir einmal zu dritt etwas unternehmen würden?« Die Idee dazu kam Gavin ganz spontan.

Jean wurde nun neugierig. »Du magst sie wohl auch gern?«, erkannte sie.

»Ja.« Gavin hoffte, dass man ihm die Verlegenheit nicht anmerkte, die ihn auf einmal überkam.

»Ihr würdet jedenfalls gut zueinander passen.« Jean hatte Gavin durchschaut.

»Vielleicht«, antwortete Gavin etwas unsicher. »Auf jeden Fall könnten wir uns alle auf diese Weise besser kennenlernen. Wäre dir das recht?«

Jean entspannte sich vollends und lächelte. »Ja«, stellte sie einfach fest.

»Wir müssen also nur noch Rhona überzeugen«, fasste Gavin mit einem Lachen zusammen.

Jean nickte verschwörerisch.

Danach schwiegen sie für einige Sekunden.

Das Thema, das er eigentlich mit Jean hatte besprechen wollen, ging Gavin nicht aus dem Kopf: »Geht es dir wieder besser, nach heute Morgen?«, erkundigte er sich schließlich vorsichtig.

»Es geht«, antwortete Jean ausweichend.

Gavin nickte. »Nimm diese Frau nicht zu ernst«, riet er ihr.

Jean blickte ihn scharf an, sagte aber nichts.

In diesem Moment betrat Rhona das Büro. Sie erkannte sofort, dass es kein Fehler gewesen war, Jean mit Gavin allein zu lassen, denn die Atmosphäre wirkte entspannt.

»Ist der Streit in der Kantine beigelegt?«, erkundigte Gavin sich.

»Mehr oder weniger. Es war der übliche Kleinkrieg am Arbeitsplatz.« Rhona zögerte. »Habt ihr euch in der Zwischenzeit gut miteinander unterhalten?«

»Ich denke schon«, antwortete Gavin und blickte Jean fragend an. Diese nickte Rhona bestätigend zu. Außerdem war Jean gespannt darauf, wie Gavin seinen Vorschlag, einen Ausflug miteinander zu unternehmen, vorbringen würde.

Der verzichtete auf jede Umschweife:»Wir haben uns gerade gedacht, es wäre eine gute Idee, nächstes Wochenende zu dritt etwas zu unternehmen«, erklärte er Rhona mit dem Versuch eines zuversichtlichen Lächelns.

Rhona fühlte sich überrumpelt:»Zu dritt?«, erkundigte sie sich überrascht.

Gavin erkannte seinen Fehler.»Hättest du denn Zeit«, fragte er höflich.

Rhona blickte zu Jean hinüber, die ihr zuzwinkerte. Das Funkeln in den Augen des Kindes gab für Rhona den Ausschlag:»Ich habe Zeit«, erklärte sie und lachte hell auf.

Spencer Macbain

AM NÄCHSTEN MORGEN erwachte Gavin mit dem Gedanken an Rhona Cameron. Auch nach dem Frühstück, als er eine erste Auswahl unter den Bildern traf, die er am gestrigen Tag aufgenommen hatte, freute Gavin sich bereits auf den gemeinsamen Ausflug am Wochenende.

Nach dem Mittagessen rief er Alan Macnab an. Gavin wollte erfahren, ob der Superintendent in der Mordsache Dalton auf neue Fakten gestoßen war. Sie vereinbarten ein Treffen in Macnabs Büro für vierzehn Uhr.

Als Gavin in Macnabs Büro trat, vertilgte dieser gerade das letzte Stück eines belegten Brotes. Alans Frau gab ihm jeden Tag einen kalten Imbiss mit, da sie wusste, wie ungern ihr Mann sich von dem Fall löste, den er gerade bearbeitete. An Essen dachte er dabei zuletzt.

»Wo warst du denn gestern?«, wollte Macnab sogleich von Gavin wissen.

»Unterwegs, für einen anderen Auftrag. In einem Kinderheim in Duncan's Crossing«, erklärte Gavin knapp und wechselte das Thema. »Habt ihr schon mit Spencer Macbain gesprochen?«

»Ja, er war leicht zu finden. Und er hat kein Alibi für die Tatzeit.« Macnab blickte Gavin unverwandt an. Ihm war nicht entgangen, wie rasch Gavin soeben das Thema gewechselt hatte.

Gavin ignorierte die Neugier in Macnabs Blick. »Dass Macbain kein Alibi hat, kommt Donald Keyes sicherlich entgegen«, spekulierte er.

Der Superintendent verzog das Gesicht. »Sehr«, bestätigte er. »Macbain hatte nicht nur ein Motiv, sondern auch die Gelegenheit. Was will man mehr, um eine medienwirksame Verhaftung zu erreichen?«

»Bedeutet das, dass ihr Macbain bereits verhaftet habt?«, erkundigte Gavin sich ungläubig. Ein derart übereiltes Vorgehen wäre nicht Macnabs Art gewesen.

»Nicht ich; Donald Keyes hat es getan.« Es war Macnab anzusehen, dass es gegen seinen Willen geschehen war.

»Du selbst glaubst aber nicht an Macbains Schuld?« Es war mehr eine Feststellung als eine Frage.

Der Superintendent zögerte. »Möglicherweise ist Macbain tatsächlich der Täter. Auch wenn er es bestreitet. Jedoch reichen mir die Beweise zum jetzigen Zeitpunkt nicht für eine Verhaftung aus. Erst recht nicht für eine Verurteilung.«

»Wo behauptet Macbain denn, zur Tatzeit gewesen zu sein?«

»Zu Hause, vor dem Fernseher.«

»Das ist wirklich nicht gerade originell.« Gavin schob die Unterlippe nach vorn.

»Eben«, bestätigte Macnab. »Aber wir können ihm auch nicht das Gegenteil beweisen. Er kann genauso gut die Wahrheit sagen. Wenn er tatsächlich der Mörder ist, hätte er sich jedenfalls reichlich einfallslos bei der Sache angestellt.«

In diesem Moment wurde die Tür zu Macnabs Büro ohne Anmeldung von außen geöffnet. Donald Keyes betrat den Raum. »Sind Sie mit Ihrem Mittagessen fertig?«, erkundigte er sich ungeduldig. Dann fiel sein Blick auf Gavin Forbes. »Ach so, wieder in Beratung mit unseren freien Mitarbeitern.« Keyes blickte hochmütig und winkte ab. »Lassen Sie nur, ich kann das auch alleine übernehmen.« Bevor Macnab etwas erwidern konnte, hatte Keyes den Raum bereits wieder verlassen.

»Was er diesmal wohl vorhat«, brummte Macnab verärgert vor sich hin.

Eine Minute später klingelte das Telefon. Macnab knüllte das Butterbrotpapier zusammen, da er seine Mahlzeit beendet hatte, und starrte auf das Display des Apparates. Erst dann meldete er sich: »Hallo Elspeth. Was gibt es?«

Er lauschte kurz und wurde dann laut: »Eine Pressekonferenz? Wer hat das veranlasst?«

Selbst Gavin konnte die Antwort verstehen, die vom anderen Ende der Leitung kam. Zornig knallte Macnab den Hörer auf den Apparat. »Du hast es ja mitbekommen. Deshalb war Keyes gerade hier. Er hat eine Pressekonferenz angesetzt und wollte mich eben der Form halber informieren. Aber nun findet sie ohne uns statt.«

»Netter Kollege«, kommentierte Gavin. »Er weiß jedenfalls genau, wie man sich selbst ins rechte Licht rückt.«

»Und wie er andere dazu bringt, sich diebisch darüber zu freuen, wenn er einmal von der Karriereleiter stürzen sollte, die ihm offenbar alles im Leben bedeutet«, fügte Macnab zornig hinzu.

Gavin blickte seinen Freund überrascht an. Schließlich kannte er Alan Macnab als ausgeglichenen und besonnenen Menschen, der selten die Fassung verlor. »Sollen wir etwas dagegen unternehmen?«, erkundigte er sich, um den Superintendent zu beschwichtigen. »Ich könnte beispielsweise deinen Standpunkt an die *Houndslow Times* weitergeben. Am Ende wird sich dann zeigen, wer recht behält.«

Macnab hatte sich jedoch wieder beruhigt und zuckte mit den Schultern. »Danke, aber es spielt keine Rolle. An solch einer Zirkusveranstaltung, bei der ein womöglich Unschuldiger dem Publikum zum Fraß vorgeworfen wird, will ich mich ohnehin nicht beteiligen. Nun werde ich erst recht weiter ermitteln. Zu viele Punkte sind bei diesem Fall noch ungeklärt. Die Öffentlichkeit wird sich am Ende hoffentlich daran erinnern, wer heute den Falschen beschuldigt hat. — Hilfst du mir dabei?« Er blickte Gavin unternehmungslustig an.

Gavin musste nicht lange überlegen: »Auf jeden Fall. Ich kann Keyes ebenso wenig leiden wie du.«

Macnab musterte Gavin überrascht. »Das hat man dir gar nicht angemerkt. Hat es mit deinem Besuch in dem Kinderheim zu tun, dass du heute so gelassen wirkst?«

»Du bist ein guter Beobachter«, gab Gavin zu und senkte den Blick. Aber auch diesmal ging er auf das Thema nicht weiter ein.

Macnab, der gerne mehr erfahren hätte, wollte nicht aufdringlich erscheinen. Daher wechselte er wieder zum Fall Dalton: »Keyes wird nun alles tun, um Beweise gegen Macbain zu finden, die seine vorschnelle Verhaftung rechtfertigen. Daher gehen wir umgekehrt davon aus, dass Keyes unrecht hat und Spencer Macbain unschuldig ist. Wir werden also systematisch nach Hinweisen suchen, die auf den wahren Täter deuten.« Macnab rieb sich die Stirn. »Aber ich muss das wohl in meiner Freizeit tun. Offiziell sind mir die Ermittlungen aus der Hand genommen worden.«

Gavin war entsetzt. »Ihr wollt den Fall doch nicht jetzt schon abschließen?«

»Keyes hat meine Vorgesetzten und den Bürgermeister äußerst wortgewandt von seinem Standpunkt überzeugt«, erläuterte der Superintendent. »Daher müssen wir beide den Ball flach halten. Und ich selbst werde nicht einmal viel Zeit dafür haben. Bezahlen können wir dich unter diesen Umständen wohl auch nur zum Teil.«

Gavin zögerte. Zum Vergnügen zu ermitteln, konnte er sich auf Dauer nicht leisten — so sehr ihn der Fall auch interessierte und so gern er Macnab helfen wollte.

Doch dann dachte er wieder an die herablassende Art, die Donald Keyes ihm gegenüber an den Tag gelegt hatte. Und daran, wie ihm Alan Macnab stets ein verlässlicher Freund gewesen war und es ihm leicht gemacht hatte, in seiner neuen Stellung als Polizeifotograf Fuß zu fassen. Dies gab den Ausschlag: »Ich übernehme die Aufgabe trotzdem«, erklärte Gavin. »Denn wir sind — auch wenn ich selbst nur ein freier Mitarbeiter des CID bin — vor allem dazu verpflichtet, die Wahrheit herauszufinden. Und nicht dazu, die Karriere einzelner Staatsdiener zu fördern.«

Macnabs Gesicht entspannte sich. »Ich wusste, dass ich auf dich zählen kann.« Dann holte er tief Luft. »Wir machen also Folgendes: Du setzt dich, wenn du heute noch nichts anderes vorhast, in einen Vernehmungsraum und studierst die Akten.« Er deutete dabei auf einen hohen Aktenstapel auf der linken Seite seines Schreibtischs. »Darin finden sich alle uns bekannten Hinweise und Fakten im Zusammenhang mit Brenda Buchanan, Emmett Dalton, Peter Hutchinson und Spencer Macbain. Alle, denen wir nachgehen müssen, bevor wir den Fall tatsächlich mit gutem Gewissen für abgeschlossen erklären dürfen. — Hättest du heute Zeit dafür?«

Gavin überlegte kurz. »Das lässt sich einrichten«, erwiderte er dann.

»Ausgezeichnet. Und wenn du sonst etwas benötigst, wendest du dich an Elspeth.« Macnab meinte damit Elspeth Macmillan, seine Assistentin für Verwaltungsaufgaben.

Gavin nickte. »Ich werde mir auch meine Fotos vom Tatort nochmals genauer ansehen. Vielleicht finde ich darauf einen Hinweis.«

»Brauchst du dazu einen Rechner?«

Gavin klopfte mit der flachen Hand auf den Rucksack, den er neben seinem Stuhl abgestellt hatte. »Ich habe alles dabei.«

Macnab grinste. »Der ist wohl ohnehin deutlich leistungsstärker als das, was wir zugeteilt bekommen.« Dann wurde er wieder ernst. »Was wir beide im Fall Dalton herausfinden, kannst du dann auch gerne an deine Zeitung weitergeben, sodass du vielleicht doch noch etwas an unseren Ermittlungen verdienst. Schließlich wird das alles nicht Teil der offiziellen Polizeiarbeit sein. Nur den Inhalt dieser Akten musst du vertraulich behandeln.«

Gavin nickte. An diese Möglichkeit der Verwertung seiner halboffiziellen Arbeit hatte er bei seinem Entschluss, Macnab zu unterstützen, nicht gedacht.

OBWOHL GAVIN BEREITS SEIT ETWA EINER STUNDE mit großer Sorgfalt die Aufnahmen studierte, die er am Tatort gemacht hatte, konnte er darauf keine neuen Hinweise finden. Immerhin war ihm nun jede Einzelheit vertraut.

Tief Luft holend wandte er sich den Akten zu, die Macnab ihm überlassen hatte. Seite um Seite arbeitete er systematisch durch.

Es wurde ein langer Nachmittag. Zwischendurch schaute Elspeth Macmillan zu Gavin herein und versorgte ihn mit Tee und Scones. Gavin war froh über die Abwechslung und erkundigte sich bei Elspeth nach ihren beiden Söhnen, die in Edinburgh arbeiteten.

Elspeth war geschieden und hatte es geschafft, nach zwanzig Jahren als Hausfrau nicht nur einen Fulltime-Job zu finden, sondern diesen auch derart erfolgreich auszufüllen, um sich keine Sorgen um ihre Zukunft machen zu müssen. Gavin bewunderte offen ihre Tatkraft und Entschlossenheit. Wahrscheinlich war dies einer der Gründe, warum er sich mit Elspeth gut verstand — anders als so manch hartgesottener

Uniformierter, der sich von ihrer resoluten Art eher eingeschüchtert fühlte.

»Wenn Sie noch mehr benötigen«, erklärte Elspeth ihm, auf den Teller mit den Scones deutend, »geben Sie mir Bescheid. Dann lasse ich etwas kommen. Und sehen Sie bloß zu, dass Sie Keyes nicht über den Weg laufen. Der würde bloß neugierig werden, wenn er Sie aus einem Vernehmungsraum kommen sähe.«

Gavin lachte. »Sie glauben, er würde einen freien Mitarbeiter des CID überhaupt beachten?«

»Ich weiß, was Sie meinen«, erwiderte Elspeth und verzog das Gesicht. »Durch mich sieht er ebenfalls hindurch, als gäbe es mich überhaupt nicht. Das ist vielleicht ein geschniegeltes Früchtchen! Und so etwas macht Karriere, während unsereins zu Hause Kinder großzieht!«

Gavin wusste, dass Elspeth einen Abschluss an der Universität gemacht, ihren Job später aber wegen ihrer Söhne aufgegeben hatte. »Der wird auch noch auf die Nase fallen«, versprach er ihr. »Und hoffentlich erleben wir beide es mit.«

Elspeth lachte trocken. »Vielleicht«, antwortete sie nur. »Vielleicht aber auch nicht.« Lange Erfahrung klang in ihren Worten mit. Dann verließ Elspeth den Raum. »Schön wäre es aber«, hörte Gavin sie auf dem Gang noch vor sich hin murmeln.

Schmunzelnd kostete Gavin von einem der dick mit Clotted Cream bestrichenen Scones und wandte sich dann erneut den Akten zu. Das meiste, was er darin las, hatte ihm Alan Macnab bereits mündlich berichtet. Schließlich verband Gavin seinen Rechner mit dem Internet und recherchierte über verschiedene Suchmaschinen nach den Beteiligten. Zwar waren Informationen, die man im Internet fand, stets mir großer Vorsicht zu genießen; doch suchte Gavin nicht nach vor Gericht verwertbaren Beweisen, sondern nur nach Hinweisen, die er als Grundlage für seriösere Nachforschungen verwenden konnte.

Als Gavin die Namen aller Beteiligten in Kombination eingab, ergab dies überhaupt keinen sinnvollen Treffer. ›Wäre auch zu einfach gewesen‹, dachte er bei sich.

Danach konzentrierte er sich zunächst auf den ermordeten Emmett Dalton. Dies ergab jedoch derart viele Treffer, dass auch damit wenig gewonnen war. Dalton war einfach zu bekannt.

Für den Namen 'Spencer Macbain' dagegen bekam man zahlreiche Treffer, die sich offenbar auf ganz andere Personen gleichen Namens bezogen. Gavin grenzte die Suchkriterien daher zusätzlich auf 'Houndslow' ein. Wieder bekam er jedoch nur Verweise, die für seinen Zweck nutzlos waren.

Gavin kam sich allmählich vor wie auf der Suche nach der sprichwörtlichen Nadel im Heuhaufen: Daten gab es im Internet wie Sand in der Wüste. Aber in gewisser Weise war das Internet tatsächlich nicht viel mehr als eine Wüste, nämlich dann, wenn man sich auf der Suche nach klarem Wasser befand — wobei das klare Wasser in dieser Metapher jenen Daten entsprach, die tatsächlich auf Wahrheit beruhten und nicht nur oder zum Teil der digitalen Gerüchteküche entsprangen.

Er brach seine ergebnislosen Versuche daher ab und entschloss sich, nochmals mit Macnab zu sprechen. Er wollte dem Superintendent einen bestimmten Vorschlag unterbreiten und rief in dessen Büro an. Macnab bat Gavin, sofort zu ihm hinaufzukommen. Gavin packte rasch seine Sachen zusammen.

Der Superintendent war zunächst enttäuscht, als er von Gavins vergeblichen Bemühungen erfuhr: »Ich hatte gehofft, du würdest etwas herausfinden, das wir bislang übersehen haben.«

»Immerhin kenne ich jetzt die Einzelheiten des Falles nahezu auswendig«, betonte Gavin das positive Ergebnis seiner Anstrengungen. »Vielleicht stelle ich ja auch ein paar Zusammenhänge her, nachdem ich eine Nacht darüber geschlafen habe. Momentan schwirrt mir der Kopf noch von all den Fakten. Und auch von dem vielen Tee, den Elspeth mir so großzügig verabreicht hat.«

Macnab lachte gutmütig. »Sie hat dich eben ins Herz geschlossen. Das bedeutet viel bei ihr.«

»Ich weiß.« Gavin sagte es ernsthaft, denn er mochte Elspeth ebenfalls, gerade wegen ihrer ruppig aufrichtigen Art. »Auf jeden Fall habe ich mir vorgenommen, persönlich mit Brenda Buchanan zu sprechen, wenn es dir recht ist.« Dies war der Vorschlag, den er Macnab hatte unterbreiten wollen. »Du selbst hast kürzlich erwähnt, dass es vermutlich noch etwas zwischen ihr und Peter Hutchinson gab, das sie dir nicht erzählt hat.«

»Richtig.« Macnab nickte. »Wir sollten tatsächlich noch einmal mit ihr sprechen. Aber jetzt dürfen wir es eben nicht mehr offiziell tun.«

»Es ist dir also recht, wenn ich das übernehme?«, versicherte Gavin sich ausdrücklich.

»Selbstverständlich. Aber warum denkst du, dass sie dir mehr erzählen wird als mir?« Macnab schnippte mit den Fingern und beantwortete die Frage gleich darauf selbst: »Richtig, du kennst sie ja von früher! Das hätte ich beinahe vergessen. Was war das genau für eine Geschichte?«

»Werbeaufnahmen vor ein paar Jahren. Sie stand mir dabei Modell«, erklärte Gavin.

»Dein Leben möchte man führen«, brummte Macnab.

»An deiner Stelle würde ich das auch denken«, konterte Gavin lachend.

NOCH AN DER BUSHALTESTELLE vereinbarte Gavin per Mobiltelefon ein Treffen mit Brenda Buchanan.

»Geht es um ein Engagement?«, wollte sie von ihm wissen.

Gavin zögerte nur kurz. »Nein«, erklärte er dann wahrheitsgemäß. »Du weißt, dass ich inzwischen auch für den CID arbeite?«

»Ja, habe ich gehört«, antwortete Brenda knapp. Es klang abweisend.

»Ich würde gerne mit dir über den Mord sprechen, der in deinem Haus verübt wurde.«

»Du jetzt auch noch?«, erwiderte Brenda grimmig. »Und was ich dir sage, erscheint dann später in allen Zeitungen? — Kein Interesse!«

»Nein, wird es nicht«, versicherte Gavin ihr. »Ich werde selbstverständlich alles vertraulich behandeln, was du mir erzählst. Schließlich spreche ich mit dir als Mitarbeiter des CID, nicht als Vertreter der Presse.«

Brenda Buchanan zögerte. »Früher hat man dir jedenfalls trauen können«, stellte sie fest. Doch sie war immer noch skeptisch. Was bedeutete es schon, dass er damals einen vertrauenswürdigen Eindruck auf sie gemacht hatte — denn wenn es um Geld ging, veränderte sich das Verhalten der meisten Menschen schlagartig.

Gavin hatte jedoch noch ein weiteres Argument parat: »Du hast bereits gehört, dass man Spencer Macbain inzwischen verhaftet hat?«

»Ja, das habe ich gestern Abend aus den Nachrichten erfahren.« Brenda klang nun weniger abweisend.

»Man glaubt, er habe den Mord begangen, weil er Dalton für Peter Hutchinson hielt«, führte Gavin weiter aus.

Brenda Buchanan schwieg dazu.

»Ich selbst glaube aber nicht, dass Macbain den Mord begangen hat«, fuhr Gavin fort. »Doch da Chefermittler Keyes mit ihm nun einen Verdächtigen hat, der nicht nur kein Alibi vorweisen kann, sondern der außerdem ein starkes Motiv gehabt hätte, den Mord tatsächlich zu begehen, ermittelt man vorerst nicht mehr weiter in Richtung anderer möglicher Täter. — Also muss es ein anderer tun.«

»Und der bist du?« Brenda klang wenig überzeugt. »Arbeitest du allein?«

»Ich habe einen inoffiziellen Auftrag. Auch beim CID glaubt nicht jeder, dass Macbain der Täter ist. Zu viel ist noch unklar.«

»Ich bin mir sicher, dass Spencer es nicht war«, stellte Brenda entschieden fest.

»Dann hilf mir dabei, es zu beweisen!«, ergriff Gavin die sich ihm bietende Gelegenheit.

»Ich weiß aber nichts über diese Nacht. Ich war zusammen mit Mary in Carsethorn.«

»Das ist mir bekannt«, erklärte Gavin. »Aber du kannst mir mehr über die Beteiligten erzählen. Du kannst mir helfen, die Hintergründe zu verstehen. Ich habe den ganzen Nachmittag damit verbracht, die Akten zu studieren. Aber diese Akten sind trocken und leblos. Man erfährt daraus wenig über die Beweggründe der Menschen. Wenig über ihre Beziehungen zueinander.«

»Glaubst du wirklich, dass sie Spencer anklagen und verurteilen werden? Schließlich ist er vor einigen Monaten tatsächlich fast durchgedreht. Das macht bestimmt keinen guten Eindruck auf die Geschworenen.« Brenda war besorgt.

»Davon habe ich auch schon gehört. Und es war einer der Gründe für seine jetzige Verhaftung. Aber hast du die Anzeige gegen ihn nicht zurückgezogen? Willst du ihm denn nicht auch diesmal Gerechtigkeit widerfahren lassen?«

Dieses Argument traf sein Ziel. Brendas Stimme wurde weicher. »Gut, ich werde mit dir sprechen. Um Spencers willen. Aber nur, wenn du mir versprichst, alles absolut vertraulich zu behandeln. Sonst kann ich ganz gehörig in Schwierigkeiten geraten.«

Gavin holte überrascht Luft. Was wusste Brenda, das sie Macnab nicht berichtet hatte und das sie derart in Schwierigkeiten bringen konnte? »Selbstverständlich werde ich alles vertraulich behandeln«, versicherte Gavin ihr. »Das verspreche ich. Wir sind einzig und allein an der Aufklärung des Falles interessiert.«

»Nun gut, dann treffen wir uns morgen Nachmittag in Arthur's Pub am Stadtpark. Dort können wir ungestört reden.«

»Danke, Brenda«, erklärte Gavin. »Und ich möchte auch noch sagen, dass es mir leidtut, was da passiert ist. Ich war nämlich dort.«

»Was meinst du?«, erkundigte Brenda sich überrascht.

»An dem Abend, als du die Leiche gefunden hast, hat mich der CID angefordert. Um Aufnahmen vom Tatort zu machen. Zuerst war mir nicht klar, dass es dein Haus war. Und als ich es später erfuhr, ließ man mich nicht mehr zu dir. Der Gerichtsmediziner hatte dir bereits ein Schlafmittel verabreicht und du warst schon eingeschlafen.«

»Es war eine furchtbare Nacht«, stellte Brenda mit tiefer Stimme fest.

»Ich weiß.«

»Dann sehen wir uns also morgen«, beendete Brenda das Gespräch nach einer kurzen Pause des Schweigens.

AM FOLGENDEN TAG erschien Gavin pünktlich in Arthur's Pub, der direkt am Waverley Square gelegen war, dem Zentrum von Houndslow. Der Stadtpark befand sich hinter der betreffenden Gebäudezeile.

Brenda Buchanan saß bereits an einem jener Fenster, die eine herrliche Aussicht auf den Stadtpark boten und wegen derer der Pub so beliebt war. Das sieben Meter hohe Standbild Sir Walter Scotts am hiesigen Ende des Parks war deutlich in einigen Hundert Metern Entfernung zu erkennen.

Vor Brenda stand ein unberührtes Glas mit Orangensaft. Als sie Gavin sah, erhob sie sich kurz und nickte ihm freundlich zu. Sie begrüßten einander. Brenda musterte ihn dabei abschätzend. Dann setzten sie sich einander gegenüber.

Gavin bestellte bei der Kellnerin, die gerade vorübereilte, einen Tee sowie zwei Scones mit Butter, Marmelade und Clotted Cream.

»Möchtest du auch etwas essen?«, erkundigte Gavin sich bei Brenda. Sie sah müde und erschöpft aus. Doch ihre natürliche Eleganz, aufgrund derer Gavin sie damals als Fotomodell engagiert hatte, war selbst unter diesen Umständen unverkennbar. Obwohl sie unauffällig gekleidet war, ließen viele der Männer im Raum den Blick länger als nötig auf ihrer schlanken Figur und dem rätselhaften, von langem, schwarzem Haar umrahmten Gesicht ruhen.

Brenda nahm diese Form der Aufmerksamkeit schon seit langer Zeit nicht mehr wahr, denn sie bedeutete ihr nichts.

Ihre Antwort auf Gavins Frage war ein Kopfschütteln. »Nein, vielen Dank. Ich bin nicht hungrig.«

Gavin nickte verständnisvoll. »Wie geht es dir?«, erkundigte er sich freundlich.

Brenda schüttelte den Kopf und holte tief Luft. »Nicht besonders.«

»Wegen Daltons Tod?«

»Nein.« Zu Gavins Überraschung verzog Brenda für einen Moment abfällig das Gesicht. »Mit ihm und Peter Hutchinson habe ich längst abgeschlossen.«

»Darf ich fragen, warum?«

Brenda schwieg jedoch, in Gedanken versunken.

»Und wie geht es deiner Schwester?«, tastete Gavin sich vorsichtig voran.

Brenda blickte überrascht auf. ›Hat er mich so leicht durchschaut?‹, fragte sie sich insgeheim, während sie ihm antwortete: »Mary ist immer noch bei ihrer Freundin in Carsethorn. Sie muss diese Woche nicht mehr zur Schule. Das Ganze belastet sie sehr.«

Gavin sprach die Frage nicht aus, wieso der Mord an Dalton ausgerechnet Mary belasten sollte, da sie zu dem fraglichen Zeitpunkt nicht in Houndslow gewesen war. Gavin behielt diesen Punkt jedoch im Hinterkopf. »Und dich belastet das Ganze offenbar auch«, hakte er in einer anderen Richtung nach.

Brenda nickte. »Ja. Aber nicht so, wie du vielleicht vermutest. Es tut mir nicht leid um Dalton. So wenig, wie es mir um Peter Hutchinson leidgetan hätte, wäre er in meiner Wohnung ermordet worden.«

Gavin nahm Brendas Abneigung gegen die beiden Männer mit Interesse zur Kenntnis. »Was ist es dann?«, forschte er weiter. »Wenn es nicht wegen Hutchinson oder Dalton ist, was nimmt dich dann so mit?«

Brenda zögerte. »Andere Dinge sind dadurch wieder in mir emporgestiegen. Vielleicht ist es sogar, weil es Tage gab, an denen ich mir ihren Tod gewünscht hätte.« Sie blickte sich vorsichtig um und fürchtete, zu viel gesagt zu haben.

Gavin aber war nun hellwach. War er hier auf jene Spur gestoßen, die Licht in das Dunkel bringen würde?

Doch bevor er erneut nachhaken konnte, wurden sein Tee und die Scones serviert. Gavin bedankte sich freundlich bei der Bedienung.

Brenda entspannte sich durch dieses Zwischenspiel.

»Möchtest du ein Stück probieren?« Gavin schob den Teller über den Tisch.

Brenda nickte und nahm eine zweite Gabel aus einem Behälter in der Tischmitte, um sich ein kleines Stück von den Scones abzuschneiden. Lange kaute sie darauf herum, um Zeit zu gewinnen.

Gavin ließ ihr die Zeit. Er aß selbst ein Scone und schwieg.

Schließlich entschied Brenda sich und holte tief Luft: »Es gibt etwas, von dem ich der Polizei nichts gesagt habe«, eröffnete sie ihr Geständnis. »Etwas, das mit dem Mord nichts zu tun hat. Daher musst du mir versprechen, alles für dich zu behalten, was ich dir jetzt erzähle.«

»Das werde ich.« Gavin blickte Brenda fest in die Augen. »Versprochen.«

»Gut.« Brenda machte eine kurze Pause. »Dass ich es dir jetzt anvertraue, hat zwei Gründe: Erstens wird es mir guttun, mit jemandem darüber zu sprechen. Und zweitens wird Spencer verdächtigt — und du kannst womöglich helfen, seine Unschuld zu beweisen. Spencer war schließlich immer gut zu mir. Und zu Mary. Sie hat ihn immer gemocht. Vor allem nach dem, was später passiert ist.«

Gavin blickte Brenda gespannt an, hielt sich jedoch zurück. »Du glaubst also nicht, dass Spencer Macbain jemanden ermorden könnte?«

»Dazu wäre er nie fähig! Er hat ein zu gutes Herz. Eher lässt er sich zu viel von anderen gefallen.«

»Aber war er nicht eifersüchtig auf Hutchinson? Hat er dich nicht bedrängt, sodass du die Polizei rufen musstest? Und verstehe ich es recht: Warst du nach Macbain nicht mit Hutchinson zusammen.«

»Es stimmt alles, was du sagst. Vor allem, dass ich mit Hutchinson zusammen war.« Gavin schien es, als ekle es Brenda deswegen vor sich selbst. »Spencer war auch tatsächlich sehr eifersüchtig. Aber er würde deshalb keinen Mord begehen.« Sie schüttelte den Kopf. »Er hat mich zwar bedrängt und wurde auch zornig. Aber in den ganzen drei Jahren hat er weder mir noch Mary je etwas angetan.«

›Schon wieder spricht sie ausdrücklich von Mary‹, notierte Gavin in Gedanken. »Du hast jedoch wegen Macbain die Polizei gerufen«, betonte er. »Und erst eine Woche später die Anzeige gegen ihn wieder zurückgezogen. Damals hat er dich doch bedroht, nicht wahr?«

»Das hat er. Aber auch damals hatte ich nicht wirklich Angst, dass er mir etwas antun könnte. Ich wollte ihn nur loswerden.« Brenda schüttelte verbittert den Kopf. »Es war hässlich von mir, die Polizei einzuschalten. Aber er hat mich andauernd bedrängt, wieder zu ihm zurückzukehren.«

»Bedrängt — aber nicht mehr?« Gavin verfolgte aufmerksam Brendas Geschichtsausdruck.

»Er hat herumgetobt wie ein Verrückter«, gab sie widerwillig zu.

»So jemand könnte im Affekt auch einen Mord begehen«, wandte Gavin ein.

»Nicht Spencer«, widersprach Brenda. »Er war verzweifelt, weil ich ihn verlassen hatte. Aber sein Hass richtete sich nicht gegen mich oder Hutchinson. Sondern am meisten gegen sich selbst.«

Gavin war überrascht: »Wieso gegen sich selbst?«

»Weil er glaubte, es läge an ihm, dass es mit uns beiden nicht auf Dauer funktioniert hat. Er hasste sich dafür, dass er nicht in der Lage war, mich zu halten.« Offensichtlich machte Brenda sich auch selbst Vorwürfe deswegen. »Er war immer gut zu uns«, setzte sie dann zur Bekräftigung hinzu.

»Aufgrund dessen, was ich bisher in Erfahrung gebracht habe, glaube ich ebenfalls nicht, dass Macbain den Mord begangen hat«, stellte Gavin erneut fest. »Ich glaube, dass mehr dahintersteckt. Aber ich kann es nicht beweisen, solange wir nicht alle Fakten in der Hand halten. Daher musst du mir jetzt alles erzählen, was du weißt. Selbst das, was du nur vermutest.«

Brenda senkte den Kopf und starrte auf die Tischplatte. »Das will ich gerne tun. Spencer hat es nicht verdient, dass man ihn derart beschuldigt.«

Gavin nickte stumm. Er überlegte, ob er Brenda fragen sollte, warum sie sich überhaupt von Macbain getrennt hatte. Doch da er sie nicht wieder vom eigentlichen Thema abbringen wollte, stellte Gavin auch diese Frage zurück.

»Bei der ganzen Geschichte muss ich mit Emmett Dalton anfangen«, erklärte Brenda. »Obwohl für mich das ganze Unglück mit Peter Hutchinson begann. Aber um zu verstehen, warum ich so geheimnisvoll tue, muss ich weiter ausholen. — Aber niemand darf erfahren, dass du es von mir erfahren hast. Obwohl Dalton tot ist, hat er viele sehr einflussreiche Freunde.«

»Versprochen«, bekräftigte Gavin gespannt.

»Also gut.« Brenda Buchanan beugte sich vor und sprach leise und konzentriert.

Brenda Buchanan

»VOR MEHR ALS fünf Jahren stellte Emmett Dalton Peter Hutchinson aus mehreren Gründen bei sich ein: Zunächst benötigte er einen vertrauenswürdigen Mitarbeiter, der keine Fragen stellte, wenn er einen ungewöhnlichen Auftrag erhielt. Jemanden, der sich auch nicht davor scheute, mit den Händen im Dreck zu wühlen. Vor allem aber benötigte Dalton eine Person, die ihm äußerlich hinlänglich ähnlich sah.

Offiziell wurde Peter als Daltons Chauffeur eingestellt. In Wirklichkeit aber war er viel mehr als das: Er wurde Daltons Vertrauter in dessen privaten Angelegenheiten und lernte dabei Wesenszüge Daltons kennen, die nicht für die Öffentlichkeit bestimmt waren. Peter erfuhr auf diese Weise weitaus mehr über Emmett Dalton als jeder andere von dessen Angestellten.

Die Unternehmen des Dalton-Konzerns florierten seit Jahren, und dies inzwischen auch ohne Daltons ständige Einflussnahme. Er hatte sich einen Stab von Managern aufgebaut, die den Konzern weitgehend ohne ihn führten. Dadurch besaß Dalton den Freiraum, anderen Bedürfnissen nachzugehen.

Dalton wollte seinen Reichtum endlich genießen. Wozu sonst hatte er über die Jahre hinweg so viel Geld angehäuft und dabei auf manches verzichtet? Was hätte er von seinem Reichtum gehabt, wenn er sich nun, mit fünfzig Jahren, immer noch so hätte abrackern müssen wie zwanzig Jahre zuvor?

In seinem Konzern kümmerte Dalton sich daher fast nur noch um die Öffentlichkeitsarbeit. Denn er liebte es, im Rampenlicht zu stehen. Auch in seinem Privatleben lieferte er der Presse — da er immer noch Junggeselle war und keine Nachkommen hatte — reichlich Material für brisante Meldungen. Vieles davon war allerdings bloß inszeniert, um im Gespräch zu bleiben.

Fern der Öffentlichkeit wollte Dalton sich dagegen nun endlich jenen Dingen zuwenden, die nur ihn selbst etwas angingen. Dabei wollte er um keinen Preis im Rampenlicht stehen.

An diesem Punkt kam Peter ins Spiel. Zu seinen Aufgaben gehörte es, Dalton gelegentlich die Möglichkeit zu verschaffen, sich für Peter auszugeben und so der Aufmerksamkeit der Öffentlichkeit zu entgehen. Auch wenn die beiden Männer sich in der Haarfarbe unterschieden (Dalton war blond, Hutchinson dunkelhaarig) und Peter einen Schnurrbart trug, ähnelten sie einander doch ausreichend, was Gesicht und Statur betraf. Für Dalton war es daher ein Leichtes, sich bei Bedarf mit falschem Bart und Perücke als Peter Hutchinson auszugeben. In dieser Verkleidung konnte er sich unerkannt und frei bewegen.

Sobald Dalton die Absicht hatte, einer seiner strikt privaten Neigungen nachzugehen, ohne dabei die Aufmerksamkeit der Presse auf sich zu ziehen, verkleidete er sich als Peter Hutchinson. Keiner der Journalisten interessierte sich für den unscheinbaren Fahrer, der längst als verstockter, äußerst ruppiger Zeitgenosse abgeschrieben war, dem sich kein einziges Wort über die Gewohnheiten seines Arbeitgebers entlocken ließ.

Dalton hatte, verkleidet als Peter Hutchinson, mehrere Affären. Die längste und intensivste davon mit einer verheirateten Frau namens Aileen; den Nachnamen weiß ich nicht mehr. Peter unterstützte Dalton bei dem Versteckspiel, so gut er konnte. Etwa, indem er den Ehemann Aileens von zu Hause fernhielt, die Orte der geheimen Stelldicheins bewachte oder auch mal jemanden einschüchterte, der zu viel wusste und sich mit Geld allein nicht zufriedengeben wollte.

All dies habe ich von Peter erst erfahren, nachdem wir einige Zeit zusammen waren. Zunächst wusste ich auch nichts von dem regelmäßigen Rollentausch mit Dalton. Auch das hat mir Peter erst erzählt, als ich Dalton einmal zufällig in Verkleidung sah und von Peter wissen wollte, was das zu bedeuten habe.

Damals schärfte Peter mir ein, mit niemandem über meine Entdeckung zu sprechen, weil ich es sonst bereuen würde — wie er es ausdrückte.« Brenda verzog angewidert das Gesicht.»Und gleich darauf, um mir zu imponieren, erzählte er mir auch den ganzen Rest. Er wollte mir beweisen, wie bedeutend er in Wirklichkeit war. Welch Vertrauen Dalton in ihn setzte. Während jedermann ihn bloß für einen Laufburschen und Lakaien hielt.

Dabei hatte ich bisher noch gar keinen Gedanken daran vergeudet mich zu fragen, wie andere Peter sehen könnten. Ich hatte versucht, ihn so zu nehmen, wie er war. — Aber wie er tatsächlich war, das hatte ich bis dahin offenbar gar nicht gewusst.« Brenda schwieg nachdenklich.

»Und wie kam es, dass du deine Meinung über Peter in der Folgezeit geändert hast?«, erkundigte Gavin sich schließlich.

»Es gibt bestimmte Dinge, die man nicht vergessen kann«, antwortete Brenda rätselhaft. Sie ging darauf jedoch nicht weiter ein. Stattdessen berichtete Brenda von Dalton: »Wer die anderen Frauen waren, mit denen Dalton sich einließ, weiß ich nicht. Aber mit Aileen ging die Sache monatelang. Ihrem Ehemann hat Dalton offenbar recht übel mitgespielt. Aber darüber wusste selbst Peter kaum Näheres.

Jedenfalls habe ich Peter gewiss nicht für das bewundert, was er für Dalton tat — auch wenn Peter genau das von mir erwartete. Vielmehr habe ich Peter sogar Vorwürfe deswegen gemacht. Einen Laufburschen, der ehrlich seine Arbeit tut, hätte ich weitaus mehr bewundern können als so etwas.«

»Das hat Hutchinson gewiss nicht gerne gehört«, vermutete Gavin.

»Nein, hat er nicht«, bestätigte Brenda und rieb sich das Kinn. »Und er hat sich später auf hässliche Weise dafür an mir gerächt. Aber dazu komme ich noch.« Ihre Stimme zitterte bei diesen Worten. »Jedenfalls hatte ich, als ich Peter kennenlernte, gerade mit Spencer Schluss gemacht ...«

»Warum eigentlich?«, unterbrach Gavin sie unwillkürlich; die Frage hatte ihm schon zu lange auf der Zunge gelegen.

Brenda zögerte. »Es klingt vermutlich abscheulich«, verteidigte sie sich. »Aber ich habe mich am Ende mit Spencer nur noch gelangweilt.« Sie strich sich mit den Fingerspitzen über die Stirn. »Seltsam, wie so etwas kommt. Spencer war gut zu mir und zu meiner Schwester, und das hat mich gelangweilt. Während Peter immer etwas Gemeines an sich hatte. Doch das fand ich zu Anfang wohl sehr aufregend.« Sie schüttelte den Kopf, angewidert von sich selbst. »Ich hätte auf Mary hören sollen.«

Ohne es auszusprechen, pflichtete Gavin Mary bei.

Brenda merkte Gavin an, dass er ihr Verhalten Spencer gegenüber nicht guthieß. Daher zog sie abwehrend die Schultern empor. »Gefühle kann man eben nicht erzwingen«, verteidigte sie sich. Dann fuhr sie mit ihrem Bericht fort: »Als ich also Spencer verlassen hatte und mit Peter Hutchinson zusammen war, wurde Spencer eifersüchtig. Er hat nicht verstanden, warum es zwischen uns aus war. Er wurde wütend — am meisten aber auf sich selbst. Vermutlich hat er gespürt, wie sehr er mich schließlich gelangweilt hat.

Um ihn loszuwerden und mir ungestört über meine Zukunft klar werden zu können, habe ich sogar, als Spencer einmal fast durchgedreht ist, die Polizei gerufen, anstatt Verständnis für ihn aufzubringen. Damals war ich sogar nicht einmal mehr mit Hutchinson zusammen. Aber vermutlich war diese neue Enttäuschung über Hutchinson einer der Gründe, warum ich damals so hart mit Spencer umsprang.«

Gavin empfand Mitleid für Spencer Macbain. Doch er verstand nun auch Brendas Beweggründe. Daher verfolgte er das Thema nicht weiter und kehrte zu Dalton zurück: »Dass Hutchinson all diese Dinge für Dalton getan hat, scheint aber noch nicht alles gewesen zu sein?«, vermutete er.

Brenda nickte grimmig. »Als ich Peter deutlich machte, wie wenig ich die Rolle bewunderte, die er in Daltons falschem Spiel übernahm, und offen den Gedanken aussprach, unsere Beziehung unter diesen Umständen zu beenden, da entschloss Peter sich, es mir heimzuzahlen. Und er wusste genau, wie er mich am härtesten treffen konnte.« Brenda zögerte. »Aber um das zu erklären, sollte ich mit der Beschreibung unserer ersten nicht nur oberflächlichen Begegnung mit Emmett Dalton fortfahren. Damals wusste ich schon, dass er sich gelegentlich als Peter verkleidete.«

Gavin nickte gespannt.

»An einem Wochenende, kurz nach jenem Streit mit Peter, bei dem ich ihm gedroht hatte, ihn zu verlassen, falls er weiterhin den Schmierensteher und Mann fürs Grobe bei Dalton mimen sollte und sich nicht stattdessen einen anständigen Job suchte, machten wir einen Ausflug zusammen mit Mary. — Du erinnerst Dich doch noch an Mary?«

»Gewiss«, bestätigte Gavin. »Wenn ich mich nicht irre, ist sie deine Halbschwester aus der zweiten Ehe Deines Vaters? Ich hatte ihr bei unserem Shooting damals meine Ersatzkamera geliehen, damit sie sich nicht langweilte.«

»Du weißt es also noch«, stellte Brenda zufrieden fest. »Darüber hatte Mary sich übrigens sehr gefreut.«

Gavin nickte langsam. Ihm war bewusst, dass seine damalige Freundlichkeit Mary gegenüber einer der Gründe war, warum Brenda jetzt so offen zu ihm sprach. Daher drückte er sein Interesse aus: »Ist Mary nicht vor zwei Jahren in die Schule gekommen?«

Brenda nickte. »So ist es. Sie ist jetzt acht Jahre alt. Und du hast ja erlebt, wie schüchtern und still sie sein kann.«

Gavin erinnerte sich daran. Damals hatte er angenommen, Mary sei deshalb so zurückhaltend, weil die Aufmerksamkeit der Menschen sich stets auf ihre sehr viel ältere Schwester richtete und Mary selbst sich deshalb unbedeutend vorkommen musste. Daran änderte es auch nichts, dass Brenda ihr viel Zeit widmete.

»Du warst bei den Aufnahmen so ziemlich der Einzige, der gelegentlich ein paar Worte mit ihr gewechselt hat«, stellte Brenda fest und blickte Gavin durchdringend an.

Der schaute überrascht auf. »Das war mir gar nicht bewusst. — Tut mir leid, dass ich später kaum gefragt habe, wie es ihr geht.«

»Warum auch. Wir hatten ja seither kaum miteinander zu tun. Aber du hast wenigstens kein derart unechtes Theater um mich gemacht, wie die meisten anderen, und dich stattdessen auch für Mary interessiert. Das habe ich dir hoch angerechnet.« Brenda nickte langsam und fuhr dann entschlossen fort: »Jedenfalls wollte ich gerade erzählen, wie Hutchinson und ich mit Mary zusammen jenen Ausflug machen wollten. Peter hatte sich dazu den großen Wagen von Dalton ausgeliehen, um uns damit zu imponieren. Wir waren bereits auf dem Weg zum Wildgehege bei Heatherton, als das Autotelefon klingelte:

Dalton benötigte dringend Wagen und Fahrer.

Peter wurde ziemlich aufgeregt. Und ich wurde ziemlich ärgerlich. Peter versuchte zwar, seinem großen Boss zu erklären, welche Pläne wir hatten. Aber natürlich konnte Peter sich nicht durchsetzen. Es war eben vor allem doch nur Angabe gewesen, wie viel Einfluss er auf Dalton besaß. Daher mussten wir umkehren.

Das Ergebnis war, dass wir Dalton zu einem Geschäftsessen fuhren, anstatt uns einen schönen Tag in Heatherton zu machen. Und Dalton setzte sich dabei hinten zu mir und Mary in den Wagen.

Am Anfang war er herablassend und erkundigte sich nur aus eingeübter Höflichkeit nach unserem Befinden. Aber schließlich taute er auf und wurde freundlicher. Er fragte Mary sogar, ob sie sehr enttäuscht sei, dass sie auf den Ausflug verzichten musste.

Natürlich war Mary traurig darüber. Doch in ihrer Bescheidenheit spielte sie ihre Enttäuschung herunter.

Nichtsdestotrotz erlaubte Dalton uns, nachdem wir ihn abgesetzt hatten, den Wagen für den Rest des Wochenendes zu behalten. Wir sollten auf seine Kosten hinfahren, wohin wir wollten. »Aber nur ausnahmsweise«, setzte er dann hinzu und drohte Mary spielerisch mit dem Zeigefinger.

Mary strahlte. Es gefiel ihr, dass jemand auch einmal an sie dachte und sich nach ihren Wünschen erkundigte. Das ließ auch mich besser von Dalton denken. Mochte er so viele Affären haben, wie er wollte — die betreffenden Frauen wussten schließlich selbst, worauf sie sich einließen.

Als wir Dalton am Restaurant absetzten, stieg Peter ebenfalls aus und sprach noch ein paar Sätze mit Dalton. Ich verstand nicht, was sie sagten, da wir im Wagen sitzen geblieben waren. Am Ende des Gesprächs lachte Peter allerdings hässlich in sich hinein. Erst später wurde mir klar, aus welchem Grund. Später, als mir auch bewusst wurde, wieso Dalton auf einmal so viel Rücksichtnahme für uns entwickelte.

Peter aber war von Anfang an in Daltons Pläne eingeweiht. Sie kamen ihm gerade recht, um sich an mir für meine Vorwürfe und die Drohung, ihn zu verlassen, zu rächen.

Ahnungslos fuhren Mary und ich mit Peter in Daltons Wagen anstatt nach Heatherton in den großen Vergnügungspark in der Nähe von Rushforth. Am Abend bekam ich erneut Streit mit Hutchinson. Meine gute Meinung von Dalton hatte nicht lange angehalten. Ich dachte wieder an all die schmutzigen Aufträge, die Peter für ihn zu erledigen hatte, und warf Peter dies vor, als er erneut mit seiner Sonderstellung bei Dalton prahlte. In meinen Augen verstand Dalton es zwar, nach außen hin den Mann von Welt zu geben, der eine saubere Weste trug; doch die Wirklichkeit sah anders aus. Glaubte Peter etwa tatsächlich, dass ihn Dalton als Mensch besonders schätzte und ihn nicht bloß für seine Zwecke benutzte?

Darauf antwortete mir Peter, dass ich mir bloß sein Bankkonto ansehen müsse, um beurteilen zu können, wie sehr Dalton in schätzte. Auf das gute Geld wolle er wegen mir nicht verzichten.

Das war nicht unbedingt die Antwort, die ich von einem Mann erwarte, den ich respektieren will. Der Rest des Abends verlief daher wenig harmonisch. Wir übernachteten in einem Hotel in Rushforth. Ich und Mary in einem Zimmer; Hutchinson in einem anderen.

Am Sonntag hatten die Wogen sich wieder ein wenig geglättet. Es wurde dann doch noch ein schöner Vormittag. Vor allem, weil Mary im Vergnügungspark viel Spaß hatte.

Am Nachmittag machten wir uns auf die Rückfahrt. Peter berichtete mir, dass er am Morgen mit Dalton telefoniert habe. Dieser hätte uns für den späten Nachmittag zu einem Besuch auf sein Anwesen eingeladen.

Ich war überrascht, machte jedoch keine Einwendungen, da uns Dalton seinen Wagen für das Wochenende überlassen hatte. Die Höflichkeit gebot es, nun seine Einladung anzunehmen.

Als wir Houndslow erreichten, fuhren wir direkt zu Daltons Villa am Stadtrand. Dalton wartete bereits auf uns. Er war, bis auf die Bediensteten, allein im Haus. Im Garten gab es Kuchen und Süßigkeiten, wie bei einem Kindergeburtstag. Und wieder kümmerte Dalton sich rührend um Mary.

Allmählich kam mir dieses Bemühen um Mary jedoch übertrieben vor. Insbesondere als ich sah, wie Peter immer wieder hässlich in sich hinein lachte, sobald er sich von mir unbeobachtet glaubte.

Und in diesem Moment meinte ich auf einmal zu wissen, woran ich war. Ich sprang auf, ergriff Mary bei der Hand und rief uns ein Taxi.«

Gavin unterbrach Brenda entsetzt. »Du glaubst, Dalton hatte ein Auge auf Mary geworfen?«

Brenda nickte und fasste sich an die Stirn. »Natürlich ist es nur eine Vermutung. Vielleicht tue ich ihm damit auch unrecht. Über Tote soll man schließlich nichts Schlechtes sagen.

Aber das ist eigentlich bloß ein dummes Sprichwort. Denn dass Menschen tot sind, ändert nichts an der Wahrheit. Oder an ihren Verbrechen.«

Gavin pflichtete ihr bei. »Was hatte Hutchinson dazu zu sagen?«, wollte er wissen, »Hast du ihn damit konfrontiert?«

»Wir haben uns erst ein paar Tage danach wieder gesehen. Ich habe damals jedoch keine Anschuldigungen geäußert, denn alles war viel zu unklar. Es gab ja keine konkreten Beweise für meinen Verdacht. Nur, dass Dalton sich für meinen Geschmack ein wenig zu sehr für Mary interessierte; und vor allem Peters hässliches Lachen, wenn er sich unbeobachtet geglaubt hatte.

Aber auch so hatte ich inzwischen genug von Peter. Ich beendete unsere Beziehung. Ein für alle Mal.« Brendas Stimme klang hart und bestimmt.

Gavin nickte und ließ diesen Informationen Zeit, sich zu setzen. »Macbain weiß aber bis heute nicht, dass du mit Hutchinson gebrochen hast?«, erkundigte er sich dann.

»Weil er dann nicht mehr auf Hutchinson eifersüchtig wäre und daher kein Motiv mehr gehabt hätte, diesen umzubringen?«, antwortete Brenda mit einer Gegenfrage.

»Eben darum«, bestätigte Gavin.

»Nein, leider nicht. Sonst hätte ich das auch schon der Polizei mitgeteilt, um ihn zu entlasten. Aber Spencer und ich sprachen kaum noch miteinander. Er redete, wenn überhaupt, fast nur noch mit Mary, und das stets per Telefon. Mary aber hatte ich eingeschärft, dass sie mit Spencer nicht über mich sprechen solle.«

»Dann wusste Macbain auch nicht, dass Dalton ein ungewöhnliches

Interesse an Mary gezeigt hatte? Und dass Hutchinson ihm dabei möglicherweise Vorschub leistete?«

Brenda blickte überrascht auf. »Nein, auch das nicht. Woher auch? Mary selbst hat es hoffentlich gar nicht bemerkt. Außerdem weiß ich es bis heute selbst nicht mit Sicherheit. — Du meinst, das könnte man Spencer als weiteres Tatmotiv unterstellen?«

Gavin nickte; es wäre sogar ein sehr starkes Tatmotiv. »Hätte Mary trotzdem Spencer Macbain etwas davon erzählt haben können? Auch wenn sie selbst nicht verstanden hätte, worum es ging?«, erkundigte er sich daher. »Du warst ja sicherlich nicht bei jedem ihrer Telefonate anwesend.«

»Wie gesagt: Ich glaube nicht, dass sie selbst etwas bemerkt hat. Dem habe ich zu früh einen Riegel vorgeschoben.« Man erkannte an Brendas entschiedenem Tonfall, dass sie im Hinblick auf ihre Schwester keinen Spaß verstand. »Aber Mary war nach diesem Wochenende tatsächlich noch unsicherer als zuvor, was fremde Menschen anging.« Brendas Gesicht zeigte Anzeichen von Hass.

Dieser Hass brachte Brenda auf Gavins Liste der Verdächtigen zwangsläufig ein gutes Stück nach oben. Außerdem hatte Brenda die Gewohnheit Daltons gekannt, sich als Hutchinson zu verkleiden, obwohl sie dieses Wissen der Polizei gegenüber geleugnet hatte. Sie hätte Dalton also durchaus in ihre Wohnung locken können, und das in seiner Verkleidung als Hutchinson.

Andererseits besaß Brenda ein unerschütterliches Alibi. Und warum sollte sie Gavin all dies gestehen, wenn sie tatsächlich schuldig war?

Wie wahrscheinlich war es auf der anderen Seite, dass Macbain doch etwas herausgefunden und auf eigene Faust Rache an Dalton genommen hatte? Oder dass er Hutchinson (bzw. Dalton, falls er diesen für Hutchinson hielt) aus Eifersucht getötet hatte?

»Wie sah Marys Kontakt mit Macbain aus?«, erkundigte Gavin sich.

»Wie gesagt: Sie haben manchmal miteinander telefoniert. Er war immer gut zu ihr gewesen, und sie mochte ihn. Daher habe ich es erlaubt.« Brenda wurde nachdenklich.

»Sie haben sich nicht mehr persönlich getroffen, seit ihr euch getrennt habt?«

»Nein, da bin ich mir sicher. Wenn doch, hätte Mary mir davon berichtet.«

Gavin wollte herausfinden, wie stark Macbains Eifersucht wohl gewesen war: »Was hattest du eigentlich von Spencer erwartet?«, erkundigte er sich daher. »Was genau hat er als seinen Fehler angesehen, der zum Ende eurer Beziehung führte?«

Brenda sah Gavin vorwurfsvoll an. »Gibst du mir etwa die Schuld an allem?«

»Nein«, erklärte Gavin wahrheitsgemäß. »Wie du schon gesagt hast: Für seine Gefühle ist man nicht verantwortlich.«

»Aber manchmal wäre es besser, wenn man einige dieser Gefühle erst gar nicht hätte.« Brenda atmete langsam aus. »Ich weiß heute überhaupt nicht mehr, was ich an Peter Hutchinson ursprünglich so aufregend fand.«

»Aber deine Gefühle für Macbain sind seither auch nicht wiedergekehrt?«

»Nein.« Sie schüttelte den Kopf. »Die Sache ist einfach vorbei. Das habe ich auch Spencer so gesagt. Es gab keinen speziellen Grund. Aber das heißt nicht, dass mir gleichgültig wäre, was nun aus ihm wird.«

»Unter Berücksichtigung dessen, was du mir gerade erzählt hast, sieht es allerdings nicht unbedingt besser für ihn aus.«

Brenda blickte Gavin besorgt an.

Er erklärte es ihr genauer: »Macbain war offenbar sehr aufgebracht. Er war sicherlich eifersüchtig auf Hutchinson. Und vielleicht hasste er ihn sogar wegen der Geschichte mit deiner Schwester, von der Mary ihm erzählt haben könnte: Selbst wenn Mary die Zusammenhänge nicht verstand, könnte Spencer sich alles zusammengereimt haben. Dann hätte er auch gegen Dalton ein Motiv gehabt. — Wusste er eigentlich von den Verkleidungen?«

»Nicht von mir«, erklärte Brenda entschieden. »Außerdem hätte Spencer niemals jemanden umbringen können, dessen bin ich mir sicher. Er ist möglicherweise ein wenig labil — doch seine Aggressivität richtete sich letztlich immer nur gegen die eigene Person.«

Gavin wusste, dass Brenda hierüber nur spekulieren konnte. Wozu ein Mensch durch Hass und Eifersucht getrieben werden konnte, das ließ sich für Außenstehende nur schwer einschätzen. Daher kam Gavin auf einen anderen Punkt zu sprechen: »Kannst du dir denn vorstellen, was Dalton in deinem Haus wollte, in seiner Verkleidung als Hutchinson?«

»Das kann ich mir durchaus«, bestätigte Brenda. »Darum habe ich dir die Vorgeschichte ja so ausführlich erzählt. Unter diesen Umständen kann ich mir einige sehr hässliche Dinge vorstellen, die Dalton bei uns im Haus wollte. Vielleicht hat er geglaubt, Mary dort allein anzutreffen und durch seine Verkleidung ihr Vertrauen zu gewinnen.«

An diese Möglichkeit wollte Gavin im Grunde gar nicht denken, so abstoßend empfand er diese Vorstellung. Doch er musste Brenda zustimmen: »Das wäre tatsächlich möglich. Aber beweisen könntest du nichts davon?«, vermutete er.

»Nein, nichts. Wie auch? Darum habe ich der Polizei erst gar nichts davon erzählt. Vermutlich hätte ich mich dadurch sogar nur selbst noch verdächtiger gemacht.«

Gavin nickte. »Unter diesen Umständen kannst du froh sein, ein so hieb- und stichfestes Alibi zu besitzen. Denn du hättest ein noch viel stärkeres Motiv als Spencer Macbain für den Mord an Dalton. Insbesondere da du wusstest, dass Dalton sich gelegentlich als Peter Hutchinson verkleidete. — Aber ich glaube dir, dass du nichts damit zu tun hast. Sonst wärst du jetzt nicht derart aufrichtig mir gegenüber.«

Brenda nickte, dankbar für sein Verständnis. »Vielleicht hätte ich mich an Dalton gerächt, wenn er sich tatsächlich an Mary vergangen hätte«, gab sie zu. »Aber er hat es nicht getan.«

Gavin spürte Brendas Hass. Impulsiv beugte er sich zu ihr hinüber und legte ihr beruhigend die Hand auf den Unterarm.

Brenda blickte bei der Berührung überrascht auf. Ihre Augen schimmerten dunkel fragend unter den schweren Lidern. Dann nickte sie dankbar. »Sag mir bitte, wenn es etwas gibt, das ich für Spencer tun kann«, bat sie Gavin schließlich.

»Das, was er sich am meisten wünscht, kannst du ihm nicht erfüllen«, stellte Gavin nüchtern fest und drückte kurz ihren Unterarm. »Aber du kannst ihm zeigen, dass du ihm glaubst.« Mit diesen Worten nahm er seine Hand wieder fort.

»Ich habe schon überlegt, ihn zu besuchen«, erklärte Brenda. »Aber würden sie ihn dann nicht noch mehr verdächtigen? Vielleicht sogar uns beide, die Tat gemeinsam geplant zu haben?«

»Diese Idee ist mir, ehrlich gesagt, auch schon gekommen«, gab Gavin offen zu. »Aber dann hättet ihr euch gewiss nicht nur ein Alibi für dich, sondern auch eines für Spencer ausgedacht. Außerdem hättet ihr sicherlich nicht dein Haus als Tatort ausgewählt.«

»Du glaubst mir also?«, wollte Brenda abermals wissen; sie war erneut unsicher geworden, ob Gavin ihr tatsächlich die Wahrheit sagte.

»Ja«, bestätigte Gavin. »Von Anfang an hat mir mein Gefühl gesagt, dass hinter der ganzen Sache noch etwas anderes steckt. Etwas, das wir nicht greifen konnten. Durch deinen Bericht sind mir die Zusammenhänge klarer geworden — auch wenn uns immer noch etwas Wesentliches entgeht. Aber du hättest mir nicht von all dem berichtet, wenn du an dem Mord beteiligt wärst.«

Brenda war nun beruhigt. »Hast du denn einen anderen Verdächtigen?« Sie musterte Gavin gespannt.

»Nein, noch nicht.« Gavin seufzte. »Aber ich verstehe nun die Menschen besser, die hinter den Fakten stehen.«

Brenda war enttäuscht. Sie hatte gehofft, mehr für Spencer Macbain erreichen zu können. »Was hast du nun vor?«, wollte sie wissen. »Kannst du Spencer mit diesen Informationen helfen?«

»Ich werde mich mit meinem Freund beim CID beraten«, versprach Gavin

Brenda zuckte bei dieser Antwort zusammen. »Wird er die Sache für sich behalten, wie du es mir versprochen hast?«

»Darüber brauchst du dir keine Sorgen zu machen. Man kann ihm vertrauen. Wie gesagt, wir glauben beide nicht an die Schuld Spencer Macbains und wollen den wahren Täter finden.«

»Doch werdet ihr Spencers Unschuld beweisen können?«, ließ Brenda nicht locker.

»Das kann ich dir nicht versprechen.« Gavin blickte ihr offen ins

Gesicht. »Aber ich werde auf jeden Fall weiterforschen. Abgesehen davon solltest du Spencer tatsächlich wissen lassen, dass du an seine Unschuld glaubst. Vor allem, wenn er derart zu Selbstvorwürfen neigt. Aber vielleicht wäre es unklug, schon jetzt mit ihm in Verbindung zu treten — um den Verdacht gegen ihn nicht noch weiter zu bestärken.«

Brenda nickte. »Ich werde daran denken.«

»Gut. — Ich halte dich jedenfalls auf dem Laufenden«, versprach Gavin. Dann rief er die Bedienung, um die Rechnung für sie beide zu begleichen.

Während er aufstand und seine Jacke überzog, erklärte Brenda, noch eine Weile sitzen bleiben zu wollen, um ihre Gedanken zu ordnen. Gavin nickte verständnisvoll und verabschiedete sich von ihr.

Am Ausgang von Arthur's Pub wandte er sich kurz um und sah, wie Brenda Buchanan durch die regennassen Fensterscheiben schwermütig auf den Stadtpark von Houndslow starrte.

ZWEI STUNDEN SPÄTER saß Gavin erneut mit Superintendent Macnab in dessen Büro zusammen. Sie besprachen die Aussage von Brenda Buchanan. Macnab hatte Gavin versichert, alle Informationen vertraulich zu behandeln, die dieser ihm nun weitergab.

»Jetzt verstehe ich auch, warum sie mir nicht mehr erzählt hat«, stellte der Superintendent schließlich fest und zog die Stirn in Falten. »Das sieht schlecht aus für Spencer Macbain. Und wir hätten vermutlich auch die Schwester mit in die Sache hineinziehen müssen.«

»Aber ich glaube Brenda, dass sie nichts mit dem Mord zu tun hat«, stellte Gavin fest. »Genauso wenig wie Macbain.«

»Das sehe ich auch so«, bestätigte Macnab. »Aber wirklich klüger geworden sind wir durch ihren Bericht auch nicht. Wenn Donald Keyes aus anderer Quelle davon erfährt, wird er den Strick um Macbains Hals noch fester zusammenziehen.«

»Dann sagen wir ihm also nichts davon?« Gavin musste bei dieser Frage unwillkürlich lachen.

»Hat Keyes denn bisher irgendetwas auf unsere Ansichten zu diesem Fall gegeben?«, antwortete Macnab mit einer Gegenfrage.

Gavin schüttelte den Kopf. »Ich bin ohnehin nur ein freier Mitarbeiter des CID«, betonte er und erklärte sich auf diese Weise für nicht zuständig.

»Na also.« Jetzt musste auch Macnab lachen. »Außerdem möchte ich Rücksicht auf das Kind nehmen.«

Gavin blickte erfreut auf. »Was hast du inzwischen herausgefunden?«, erkundigte er sich dann.

»Ich hätte mir zwar gerne mehr Zeit für meine Nachforschungen genommen, aber trotz der knapp bemessenen Zeit habe ich Fortschritte gemacht: Zunächst habe ich bestätigen können, dass auch Hutchinsons Alibi für die Tatzeit hieb- und stichfest ist.«

Darüber war Gavin enttäuscht: der Mann war ihm zuwider. »Hutchinson hätte damit natürlich die Gans getötet, die ihm die goldenen Eier legte«, stellte er sachlich fest. »Dafür gab es, soweit wir wissen, keinen Grund.«

»Dennoch war und ist er verdächtig«, betonte Macnab. »Niemand kam leichter an Dalton heran als er. Niemand wusste so viel über ihn. Wir wollen die übliche sorgfältige Polizeiarbeit doch nicht nur deshalb aufgeben, weil wir hohen Besuch aus Glasgow haben und weil dieser Besuch vor allem seinem Bauchgefühl vertraut.« Macnab rieb sich die Handgelenke. »Außerdem habe ich versucht, ein Alibi für Macbain zu finden. Einen Pizzaboten, einen Nachbarn oder sonst jemanden, der z.B. bei ihm geklingelt oder ihn zum Tatzeitpunkt durch ein Fenster gesehen haben könnte. Aber ich konnte keinen Zeugen für Macbains Anwesenheit in seiner Wohnung finden.«

»Bedauerlich.« Gavin kniff die Lippen zusammen. »Aber wir ermitteln dennoch weiter?«, vergewisserte er sich dann.

»Selbstverständlich!«, bestätigte Macnab. »Und nicht nur, um Keyes oberflächliche Vorgehensweise bloßzustellen.«

»Gut.« Gavin freute sich über diese Antwort. »Ich denke dennoch, dass wir weitergekommen sind durch das, was Brenda mir berichtet hat. Allerdings sind viele unserer ursprünglichen Fragen weiterhin offen: Wieso betrat Dalton das Haus der Buchanans, als Hutchinson verkleidet und mit einem möglicherweise nachgemachten Schlüssel, den er von Hutchinson erhalten haben könnte? War es wegen Mary?

Hat man in Wirklichkeit Hutchinson umbringen wollen und Dalton nur für Hutchinson gehalten? Oder hat jemand genau gewusst, dass es in Wirklichkeit Dalton war und diesen bis in das Haus der Buchanans verfolgt, um ihn dort zu töten?«

»Ich glaube schon, dass Ms Buchanan mit ihrer Vermutung recht hat, Dalton sei wegen Mary in die Wohnung eingedrungen«, stellte Macnab fest.

Gavin musterte ihn gespannt: »Gibt es noch weitere Hinweise in dieser Richtung, von denen du mir noch nichts erzählt hast?«

»Wie man es nimmt. Gerüchte gibt es immer, wenn jemand durch seinen Erfolg den Neid anderer auf sich zieht.« Macnab zuckte mit den Schultern. »Wenn etwas nur halbwegs Konkretes dabei gewesen wäre, hätten wir längst eingegriffen.«

Gavin nickte. »Vielleicht hat jemand Dalton schon längere Zeit verfolgt und hielt sein Eindringen in das Haus der Buchanans für eine günstige Gelegenheit, um ihn zu töten, vor allem, da der Verdacht durch den Rollentausch nicht so schnell auf die Feinde Daltons fallen würde«, spekulierte er.

»Aber weshalb wurde Dalton getötet? War es ein Auftragsmord?« Macnab rieb sich das Kinn. »Die Vorgehensweise deutet schließlich nicht gerade auf einen professionellen Killer hin. Da muss jemand schon sehr wütend auf sein Opfer sein, um ihm derart den Hals aufzuschlitzen und sich dabei keine Gedanken darüber zu machen, sich mit dessen Blut zu besudeln.«

»Vielleicht sollte es ja nach einem Mord aus Leidenschaft aussehen, um das wahre Motiv zu vertuschen,« warf Gavin ein. »Hat die Spurensicherung noch immer keine Hinweise auf den Täter gefunden?« Gavin hegte die Hoffnung, das Labor könnte inzwischen neue Erkenntnisse aus den am Tatort gesammelten Proben gewonnen haben.

»Nein, leider nicht«, musste Macnab ihn jedoch enttäuschen. »Vermutlich ging alles sehr schnell. Daher fand man bisher nur Spuren des Opfers; und natürlich solche der Buchanan-Schwestern.«

»Vielleicht war es ja ein unzufriedener Mitarbeiter? Jemand, den Dalton aus der Firma geworfen hat? Und der sich nun an ihm rächen wollte?«

»Mag sein. Ich werde mir die Akten kommen lassen und in dieser Richtung nachforschen.« Macnab schnaufte unzufrieden. »Und was machst du als Nächstes? Hast du einen Plan?«

»Zwei Pläne, um genau zu sein«, erwiderte Gavin. »Denn durch Brenda wissen wir nun einerseits von Daltons möglichem Interesse an minderjährigen Mädchen. Und andererseits von seiner Affäre mit Aileen Sowieso und auch von Affären mit anderen verheirateten Frauen. Aus beidem ließe sich ein starkes Motiv ableiten, wenn tatsächlich Dalton das Ziel des Mörders gewesen sein sollte.«

Macnab nickte. »Allerdings widersprechen seine Affären mit verheirateten Frauen der ersten deiner beiden Hypothesen.«

»Wo siehst du den Widerspruch?«, wandte Gavin ein. »Auch wenn unsereins solch einen Widerspruch empfindet und wir uns ein solches Interesse nicht vorstellen können, muss es für einen Mann wie Dalton noch lange keinen Widerspruch dargestellt haben.« Er überlegte kurz. »Aber während wir nicht sicher sein können, dass Dalton wirklich eine Vorliebe für Minderjährige hatte, scheinen seine sonstigen Affären durchaus der Wahrheit zu entsprechen. Hutchinson hat Brenda mehrfach davon berichtet. Vielleicht sollte ich daher zuerst in dieser Richtung forschen. — Aber in diesem Fall stellt sich wieder die Frage: Was wollte Dalton im Haus der Buchanans?«

»Hör' bitte auf!« Macnab warf entnervt die Arme in die Höhe. »Was wäre die Welt doch so einfach, wenn ich sie auch so unkompliziert sehen könnte wie ein Donald Keyes!«

»Du beneidest ihn doch nicht etwa um seine Borniertheit?« Gavin schmunzelte.

Macnab musste ebenfalls lachen und schüttelte den Kopf. »Nicht wirklich«, erklärte er.

Gavin wurde wieder ernst. »Denkst du, wir würden etwas von Peter Hutchinson erfahren?«

»Über Dalton und dessen Affären?« Der Superintendent schüttelte entschieden den Kopf. »Ganz bestimmt nicht! Aus dem ist nichts herauszubekommen. Aber ich werde es trotzdem versuchen und ihn auf das Revier zur Befragung vorladen. Auch wenn dies Ärger mit Keyes bedeutet.«

»Vielleicht ringst du Hutchinson ja zumindest ein paar Namen ab.«

»Vielleicht«, erklärte Macnab, schüttelte jedoch zweifelnd den Kopf.

»Gut. Dann versuche ich also zunächst herauszufinden, was es mit der Affäre zwischen Dalton und dieser Aileen auf sich hatte, während du Hutchinson befragst«, resümierte Gavin. »Laut Hutchinsons Worten gab es auch einen Ehemann, dem übel mitgespielt wurde. Auch diesem können wir ein starkes Motiv unterstellen, sich an Dalton rächen zu wollen.«

SPENCER MACBAIN lag auf der Pritsche seiner kleinen Einzelzelle im Keller des Polizeireviers von Houndslow. Es war spät in der Nacht. Doch er fand keine Ruhe.

Wie im Fieber warf er sich hin und her. Jeder Gedanke schmerzte ihn. Sein Leben war schlimmer als ein Albtraum. Nicht einmal den Frieden des Schlafs konnte er noch finden.

Keine Ruhe. Kein Vergessen. Keinen Frieden.

Das vergangene Jahr hatte für ihn durchweg aus Fehlschlägen bestanden: Zuerst hatte Brenda ihn verlassen und nichts mehr von ihm wissen wollen — weil er sie langweilte. Als er dennoch nicht aufgab, hatte sie ihn behandelt wie einen lästigen Hund und ihn sogar bei der Polizei angezeigt, trotz seiner Verzweiflung und seiner offenkundigen Liebe für sie.

Dann hatte er seine Arbeit verloren und sich seither mit Gelegenheitsjobs über Wasser halten müssen. Schon da hatten ihn die Sorgen selten Schlaf finden lassen.

Und nun saß er im Gefängnis, für einen Mord, den er nicht begangen hatte. Wiederum glaubte man ihm nicht, dass er die Wahrheit sagte. Dass er den Mann nicht getötet hatte. Genauso wenig wie Brenda ihm geglaubt hatte, dass er sie noch immer liebte.

Und auch Brenda hielt ihn offenbar für einen Mörder. Sie kam nicht einmal, um ihn im Gefängnis zu besuchen und mit ihm zu sprechen. Obwohl die Tat in ihrem Haus geschehen war.

Dabei liebte er Brenda immer noch. Für sie existierte seine Liebe jedoch nicht mehr. Obwohl das Feuer dieser Liebe in ihm selbst verheerend brannte.

Spencer fasste sich verzweifelt mit beiden Händen an den Kopf. Abermals warf er sich auf der Pritsche herum. Schweißperlen bildeten sich auf seiner Stirn.

Sogar der Gedanke an Brenda schmerzte ihn inzwischen!

›Liebe schmerzt also noch mehr als Hass‹, stellte Spencer fest und kniff die Augen zusammen. Was er auch dachte, woran er sich auch erinnerte: Alles erfüllte ihn mit Schmerz.

Doch er konnte nicht aufhören zu denken! Oder sich zu erinnern. Er wünschte sich, sein Kopf wäre frei und leer. Er wünschte sich, vergessen zu können. Alles hinter sich zu lassen.

Spencer holte mehrmals tief Luft, um sich zu beruhigen.

Doch dann drehte das Rad in seinem Kopf sich von Neuem um seine Achse: Die Polizei nannte ihn einen Mörder. Auch sein Pflichtverteidiger glaubte ihm kein Wort. Er hatte Spencer heute stattdessen einen Vortrag darüber gehalten, dass es an seinem Vorsatz, einen Menschen zu töten, nichts änderte, dass in Wirklichkeit Dalton und nicht Hutchinson das Opfer gewesen sei. Denn es wäre von ihm ein Mensch mit Vorsatz getötet worden und nicht nur fahrlässig der Falsche aus Irrtum.

Spencer hatte nicht einmal verstanden, was sein Verteidiger damit hatte sagen wollen. Was interessierten ihn diese juristischen Spitzfindigkeiten? In Wirklichkeit hatte er schließlich überhaupt niemanden getötet. Weder vorsätzlich den Richtigen noch aus Irrtum den Falschen.

Am Ende des Termins hatte Spencer seinen Pflichtverteidiger lauthals beschimpft, weil dieser ihm nicht glauben wollte.

›Aber vielleicht verdiene ich es ja auch gar nicht anders‹, ging es Spencer Macbain durch den Kopf. ›Vielmehr verdiene ich vielleicht diesen weiteren Schicksalsschlag. Vielleicht verdiene ich es, dass mir niemand glaubt und ich nichts dagegen tun kann.‹

Auch dieser Gedanke schmerzte ihn. Wieder versuchte Spencer daher, an nichts mehr zu denken. Doch das Rad drehte sich weiter in seinem Kopf. Und dies machte ihn noch zorniger. Vor allem zornig auf sich selbst.

Wer würde ihm jetzt noch helfen? Wer würde ihn jetzt noch verstehen? Wer glaubte ihm überhaupt noch? Mary vielleicht? Aber als er sie das letzte Mal zu Gesicht bekommen hatte, damals, als Brenda die Polizei gerufen hatte, da hatte sie sich vor ihm, wegen seiner Wut und seiner Verzweiflung, genauso sehr geängstigt wie Brenda. Danach hatte Mary nur noch am Telefon mit ihm sprechen wollen.

Auf dem Rücken liegend schlug Spencer sich mehrmals mit den geballten Fäusten auf die angezogenen Oberschenkel, so als ob er dadurch seiner Verzweiflung Herr werden könnte. ›Warum muss ich nur so sein, wie ich bin?‹, keuchte er. ›Warum endet nur alles mit einem Fehlschlag, was ich im Leben anfange? Warum nur führt mein Leben immer tiefer in diese Sackgasse?‹ Er wünschte sich doch nur, Ruhe und Frieden zu finden.

Ruhe und Frieden.

Er sagte sich diese Worte mehrmals laut vor, um sich zu entspannen und zu vergessen.

Doch auch dies zeigte auf Dauer keine Wirkung. Offenbar hatte es nicht anders kommen können: Auch diesmal war er der willkommene Sündenbock. Auch diesmal hatte er den Kürzeren gezogen. Niemand glaubte ihm. Und indem er immer zorniger und verzweifelter wurde, machte er es nur noch schlimmer als es ohnehin schon war.

Er machte eben auch diesmal alles falsch, so wie er schon bei Brenda alles falsch gemacht hatte.

Auch sie hatte ihm nicht geglaubt. Nicht geglaubt, dass er sie immer noch liebte. Und dass sie eine gemeinsame Zukunft haben konnten. Auch sie hatte sich von ihm abgewandt. Auch damals hatten seine Wut und seine Verzweiflung es nur noch schlimmer gemacht.

Spencer warf sich auf seiner Pritsche erneut wie ein Fieberkranker herum und stöhnte.

Er fand keine Ruhe. Er fand keinen Frieden. Es war ihm nicht bestimmt, Glück zu finden.

Was er auch unternahm: jeder Gedanke schmerzte.

AUF SEINEM MORGENDLICHEN RUNDGANG durch die Zellen im Keller des Polizeihauptquartiers fand Sergeant Frank Philipps den Untersuchungshäftling Spencer Macbain erhängt auf. Der Gefangene hatte das eine Ende seines Bettlakens um das Gitter des hoch in der Wand eingelassenen Fensters seiner Zelle gewickelt und sich das andere Ende um den Hals geschnürt.

Als Superintendent Macnab von der Tragödie erfuhr, war er betroffen und fragte sich, wie man sie hätte verhindern können. Donald Keyes jedoch hatte es eilig, erneut eine Pressekonferenz einzuberufen. Auf dieser interpretierte er den Freitod Macbains als das Schuldeingeständnis eines reuigen Mörders. Ein Schuldeingeständnis, das Keyes' bisherige Ermittlungserfolge auf traurige, aber unmissverständliche Weise bestätige.

Macbain habe, so argumentierte Keyes, keine andere Möglichkeit mehr gesehen als diese, um sich seiner gerechten Strafe zu entziehen. Die von ihm, Donald Keyes, gesammelten Beweise seien so erdrückend gewesen, dass Macbain sich in die Knie gezwungen und zu diesem äußersten, wenn auch gewiss bedauerlichen Schritt getrieben gefühlt hätte. Einen Schritt, den, hätte ihn die Polizei vorausgesehen, man selbstverständlich auf jeden Fall zu verhindern gewusst hätte.

Echtes Bedauern über den Tod des Mannes war Keyes bei seinen Ausführungen allerdings nicht anzumerken, trotz seiner dem entgegenstehenden Lippenbekenntnisse. Dies war jedenfalls der Eindruck, den Gavin Forbes aus der Pressekonferenz mitnahm. Vor allem registrierte er Keyes' Stolz auf seine eigene Leistung, die er nun vor der versammelten Presse hervorheben konnte. Viele Berichte würden eine Formulierung enthalten wie: 'Dank der Bemühungen des bekannten Glasgower Ermittlers Donald Keyes konnte der sensationelle Fall des falschen Opfers innerhalb weniger Tage aufgeklärt werden. Der Täter selbst wurde am Ende tragischerweise zu seinem eigenen Richter — und zu seinem eigenen Henker.'

Gavin schüttelte verärgert den Kopf. Die Öffentlichkeit liebte einfache und an der Oberfläche logisch erscheinende Erklärungen. Und daher boten ihr die Medien, die die Bedürfnisse der Öffentlichkeit zu befriedigen hatten, um weiterhin im Geschäft zu bleiben, genau jene einfachen, klar und logisch erscheinenden Erklärungen, anstatt tiefer zu graben und die wahren Zusammenhänge aufzudecken. Wenn man über Banalitäten nicht weiter nachdachte, klangen sie in der Tat sehr viel glaubhafter als komplexe Hintergrundinformationen, die sich nur mit Aufwand ausformulieren und nur mit entsprechendem Aufwand auch begreifen ließen. Hinter die Dinge zu sehen, erforderte von allen Beteiligten eben lästige Detailarbeit.

Superintendent Macnab hatte bei Keyes' Pressekonferenz nicht am Tisch des Redners sitzen wollen, obwohl er es gewesen war, der die erste Vernehmung Macbains angeordnet hatte — wodurch eigentlich Macnab ein großer Teil der Lorbeeren für die vermeintliche Aufklärung des Falles zugestanden hätte.

Doch Alan Macnab wollte sich nicht mit dem Selbstmord eines anderen brüsten; erst recht dann nicht, wenn er diesen für unschuldig hielt.

In dem Artikel, den Gavin anschließend für die *Houndslow Times* verfasste, hob er dennoch Macnabs Anteil an den Ermittlungen hervor und deutete an, dass noch nicht alle Umstände zur allgemeinen Zufriedenheit geklärt seien. Gavin hoffte, damit zumindest ein wenig zu einer sachlicheren Behandlung des 'Falls des falschen Opfers' beitragen zu können.

Am Nachmittag suchte er Superintendent Macnab in dessen Büro auf. Beide waren betroffen über die jüngste Entwicklung. Auch sie hatten, obwohl sie an Spencer Macbains Unschuld glaubten, kaum einen Gedanken daran verschwendet, in welchem Seelenzustand dieser sich nach seiner Festnahme befand. Keiner von beiden hatte mit diesem Ausgang gerechnet.

Für sie bedeutete Macbains Selbstmord allerdings kein Schuldeingeständnis, so wie Donald Keyes es auslegte. Brenda Buchanan hatte Gavin schließlich berichtet, dass Macbain dazu neigte, seine Aggressionen in seiner Verzweiflung vor allem gegen sich selbst zu richten. Und der letzte Schritt, den Macbain in diese Richtung unternommen hatte, war nun nicht mehr rückgängig zu machen.

Gavin machte sich selbst deswegen besondere Vorwürfe: Zwar hatte er Brenda einerseits geraten, Macbain im Gefängnis zu besuchen; er hatte sie jedoch andererseits auch davor gewarnt, dies nicht zu früh zu tun, um den Verdacht gegen Macbain nicht durch ihren Besuch weiter zu bestärken.

Wäre Spencer Macbain heute womöglich noch am Leben, wenn Gavin Brenda einen anderen Ratschlag erteilt und sie den Gefangenen noch am Tag ihres Gesprächs in Arthur's Pub aufgesucht hätte?

Rhona Cameron

AUF DEN FÜR SAMSTAG geplanten Ausflug mit Rhona und Jean freute Gavin sich schon die ganze Woche über. Sie wollten das Wildgehege bei Heatherton besuchen, das zwischen Houndslow und Duncan's Crossing gelegen und ein beliebtes Ausflugsziel war.

Nun war es endlich soweit: Am Samstagmorgen leuchtete der Himmel blau, und die Temperaturen waren fast sommerlich. Gavin verstaute seine Kamera, um vielleicht den einen oder anderen Schnappschuss zu machen. Doch dann zögerte er: Er erinnerte sich an Jeans Abneigung gegen Fotoapparate, von der Rhona ihm berichtet hatte. Daher legte er die Kamera wieder beiseite und packte nur die Verpflegung ein, die er für den heutigen Tag vorbereitet hatte.

Schon von der etwa fünfhundert Meter vom Haupteingang des Wildgeheges entfernten Bushaltestelle aus erblickte er Rhona und Jean, die am Eingangstor auf ihn warteten. Rhona trug ein buntes Leinenkleid, das in hellen Pastellfarben leuchtete und in dem sie besonders attraktiv wirkte.

Jean winkte Gavin zu, als sie ihn von der Haltestelle aus auf sie zu kommen sah. Gavin erwiderte ihr Winken und lächelte.

Rhona allerdings blickte ihm eher grimmig entgegen — jedenfalls erschien es Gavin so. Dadurch fühlte er sich auf einmal verunsichert. Seine Art der Einladung hatte ihr ja auch kaum eine Wahl gelassen.

Als Gavin näher kam, verschwand jedoch der grimmige Gesichtsausdruck aus Rhonas Gesicht. Sie begrüßten einander, und Rhona lächelte. Es war ihre Anspannung gewesen, die sie so grimmig hatte dreinschauen lassen, da ihr selbst nicht klar war, was sie von dem heutigen Tag erwartete. Als sie Gavin nun gegenüberstand, erkannte Rhona jedoch, dass es die richtige Entscheidung gewesen war, seine Einladung anzunehmen.

Jean schüttelte Gavin ernsthaft die Hand und lächelte. Sie freute sich auf die Tiere und auf die Zeit mit ihren Freunden. Dies war eine der wenigen Gelegenheiten, bei denen sie dem beengenden Leben im Heim entkommen konnte.

Gavin besorgte die Eintrittskarten. Durch ein Drehtor gelangten sie in den Tierpark. Sie orientierten sich anhand eines Faltplans, den Gavin zusammen mit den Eintrittskarten erhalten hatte.

Überall gab es Interessantes zu sehen. Daher entschieden sie sich für den kompletten Rundgang. Gavin wurde für den Verzicht auf seine Kamera mehr als entschädigt, als er sah, mit welcher Begeisterung Jean von Käfig zu Käfig lief. Ihre Freude wirkte ansteckend. Am besten gefielen ihr offenbar die Erdmännchen, aber auch die Flamingos, Pinguine, Affen und Seehunde — um nur den Anfang einer langen Liste wiederzugeben.

Rhona und Gavin schlenderten derweil nebeneinander her und unterhielten sich ungezwungen. Es fiel ihnen leicht, ein Gesprächsthema zu finden, denn sie entdeckten bald zahlreiche gemeinsame Interessen. Beide entspannten sich immer mehr in der Nähe des anderen. Nicht nur Rhona, auch Gavin hatte diesem Tag mit Hoffnungen, aber auch mit der Sorge über eine mögliche Enttäuschung entgegengesehen.

Zur Mittagszeit machten sie ein Picknick auf einer der Wiesen in der Nähe des großen Teichs im Zentrum des Tierparks. Gavin steuerte dazu belegte Brötchen, Rhona Kuchen und heiße Getränke aus Thermosflaschen bei. Zum Abschluss beschaffte Gavin für Jean noch ein Eis am Stiel.

Nachdem sie ihre Mahlzeit beendet hatten, erhob Rhona sich, um zu den Toiletten zu gehen. Durch das lange Sitzen mit überkreuzten Beinen auf dem Rasen war Rhona jedoch etwas wacklig auf den Beinen, sodass sie sich beim Aufstehen auf Gavin stützen musste, um nicht umzufallen. Beide liefen bei dieser Berührung rot an. Rhona verschwand rasch und ohne ein weiteres Wort in Richtung der Toiletten.

Jean aber lächelte Gavin fröhlich zu. »Sie gefällt dir«, stellte sie sachlich fest.

»Ja«, gab Gavin zu, wechselte jedoch rasch das Thema: »Und wie gefällt *dir* der Tierpark?«

»Sehr gut.« Jean strahlte. »Viele der Tiere kannte ich bisher nur aus dem Fernsehen und aus Bilderbüchern.«

»Welche meinst du?«

»Die Pinguine dort drüben, zum Beispiel. Und dann diese kleinen Erdmännchen, die so lustig sind.« Jean lachte.

»Die mag ich ebenfalls«, pflichtete Gavin ihr bei. »Es ist wirklich schön hier.«

Jean musterte ihn erneut von der Seite her, sagte aber nichts.

Gavin erriet ihre Gedanken: »Ich mag Rhona tatsächlich«, gab er nun zu. Er wusste selbst nicht genau, warum er derart offen mit dem Kind über seine Gefühle sprechen konnte. Ansonsten behielt er diese lieber für sich. Gavin hatte jedoch instinktiv erkannt, dass er Jean vertrauen konnte.

»Ihr würdet gut miteinander auskommen«, versicherte Jean ihm.

Gavin nickte schweigend. Noch war er sich dessen nicht sicher.

»Das wäre schön«, bekräftigte Jean, als Gavin nicht antwortete. »Denn ihr seid die Einzigen, mit denen ich mich wirklich verstehe.« Sie musste unwillkürlich an das Kinderheim denken, und ihr Gesicht verdunkelte sich.

»Wir werden noch oft etwas zusammen unternehmen«, heiterte Gavin sie auf.

Jean war sich dessen nicht sicher: »Bestimmt werdet ihr in Zukunft lieber allein miteinander sein wollen — da bin ich nur im Weg.« Ihre Worte klangen nicht einmal vorwurfsvoll. »Ich weiß eben, dass Rhona dich auch gern hat«, ergänzte sie dann, als Erklärung, denn Gavin hatte die Augenbrauen fragend in die Höhe gezogen.

Als Gavin dies vernahm, schlug sein Herz unwillkürlich rascher.

Jean musste lachen, als sie seine Verlegenheit erkannte. »Aber ich mag euch beide trotzdem.« Sie schmunzelte. »Selbst wenn ihr mich nicht immer dabeihaben wollt«, fügte sie dann entsagungsvoll hinzu.

»Und genau darum werden wir weiterhin auch zu dritt etwas unternehmen«, bekräftigte Gavin. Er war Jean für ihre Offenheit dankbar und musterte aufmerksam das Gesicht des Kindes. Welche Erfahrungen hatten Jean vor der Zeit derart erwachsen und einfühlsam werden lassen?

Das Kind erwiderte ruhig seinen Blick. Nach einigen Sekunden nickte Jean. »Das werdet ihr wirklich«, stellte sie leise fest und umarmte Gavin herzlich.

Schon einen Augenblick später lief Jean fröhlich um das Gehege mit den Präriehunden herum, die, wenn man dem Schild davor Glauben schenken durfte, nicht nur äußerst sozial veranlagt waren, sondern außerdem über eine differenzierte Lautsprache verfügten.

Als Rhona zurückkehrte, setzte sie sich dicht neben Gavin. Gemeinsam beobachteten sie Jean.

Rhonas Nähe verunsicherte Gavin. Daher sagte er zunächst kein Wort.

»Ich habe noch nie gesehen, dass Jean jemanden umarmt hat«, stellte Rhona schließlich fest und wies mit dem Kopf auf das Kind.

Gavin musterte Rhona gespannt. »Ich war selbst überrascht«, erklärte er dann. Er wusste nicht, worauf sie hinauswollte.

Rhona nickte und sah ihm fest in die Augen. »Was würdest du sagen, wenn ich dich nun ebenfalls überraschen würde?«, wollte sie dann von Gavin wissen.

»Wahrscheinlich würde es mir die Sprache verschlagen«, erklärte er atemlos.

Mit dieser Vorhersage sollte Gavin recht behalten.

Als Jean von den Präriehunden zurückkehrte, musste sie sich mehrmals räuspern, um von Rhona und Gavin wahrgenommen zu werden. »Können wir jetzt weitergehen?«, wollte Jean schließlich wissen und verdrehte die Augen.

Das Paar erhob sich verwirrt und war gedanklich noch abwesend. Beide sagten zunächst kein Wort.

»Natürlich«, antwortete Gavin endlich. »Lasst uns zusammenpacken.« Er half Rhona dabei, die Reste des Picknicks zu verstauen.

Als Rhona dabei für einen Moment nicht hinsah, drückte Jean verschwörerisch Gavins Unterarm. »Habe ich dir nicht gesagt, dass sie dich gern hat«, flüsterte sie ihm zu und lachte.

Gavin nickte fröhlich, denn er war glücklich. »Was möchtest du als Nächstes sehen?«, erkundigte er sich bei Jean. »Wir waren noch nicht bei den Gibbons.«

Das Kind schaute auf. »Sind das nicht auch Affen?«

»Ja«, bestätigte Rhona. »Und sie turnen gerne herum.«

»Dann möchte ich sie sehen«, erklärte Jean.

Rhona und Gavin nahmen Jean in ihre Mitte, während sie zu dem etwa zwanzig Meter hohen Käfig hinübergingen, in dem die Gibbons gehalten wurden. Dessen Rückseite bestand aus Beton, die anderen drei Seiten waren jedoch mit etwa zwanzig Zentimeter weit auseinander stehenden Metallstäben und einem dünnen Drahtgitter versehen, sodass man auch von der Seite her alles erkennen konnte und ausreichend Licht in den Käfig fiel. Die Gibbons tollten darin wie wild herum, vor allem die Jüngsten unter ihnen, denen kein Risiko groß genug sein konnte.

Ein älterer Gibbon klammerte sich bald Gavin gegenüber am Außengitter fest und ließ ein trauriges »Uh-uhh« vernehmen. Dabei starrte er Gavin unverwandt an.

Übermütig antwortete Gavin ebenfalls mit einem »Uh-uhh«, das täuschend echt wirkte. Bald entwickelte sich daraus ein rechtes Zwiegespräch zwischen Affe und Mensch.

Schließlich stieß Rhona Gavin in die Seite, weil die Leute sich bereits nach ihnen umdrehten und verständnislos über Gavins Übermut lachten.

Gavin war diese Art der Aufmerksamkeit jedoch gleichgültig. Er war zu sehr fasziniert davon, durch seine Rufe eine Brücke zu diesem scheinbar so fremdartigen Geschöpf vor ihm geschlagen zu haben.

Außerdem amüsierte Jean sich königlich — noch ein Grund also für Gavin, sich weiter mit dem Gibbon zu verständigen; auch wenn keiner von beiden tatsächlich verstand, was der andere zu sagen hatte.

»Jetzt wissen wir auch, warum der Mensch vom Affen abstammt«, kommentierte Rhona schließlich, entwaffnet von Gavins Ausdauer.

»Der Mensch stammt aber nicht direkt vom Affen ab«, korrigierte Gavin sie, »wir haben nur irgendwo in der Evolutionsgeschichte gemeinsame Vorfahren.« Nachdem er dies richtiggestellt hatte, tauschte er weitere Lebensweisheiten mit dem alten Gibbon aus.

»Das weiß ich wohl«, schüttelte Rhona den Kopf und setzte hinzu: »Es macht dir richtig Spaß, nicht wahr?«

»Uh-uhh«, wandte Gavin sich ihr zu. Rasch verbesserte er sich dann: »Ich meinte natürlich: Ja, das tut es.« Nun war ihm sein Übermut doch etwas peinlich.

Über Gavins Ausrutscher kichernd, drückte Jean sich an seine Seite. Auch Rhona musste nun herzlich lachen.

Dann setzten sie ihren Rundgang fort. Während Jean vorauslief, um die Tiere ganz aus der Nähe zu sehen, erkundigte Gavin sich bei Rhona, dabei ernster werdend: »Hast du eigentlich in Erfahrung gebracht, warum Jean Angst vor Kameras hat? Denn ich hätte gerne ein Bild von uns Dreien hier im Park gemacht, als Erinnerung.« Obwohl er seine große Kamera nicht mitgebracht hatte, war die seines Mobiltelefons für diesen Zweck völlig ausreichend.

Rhona schüttelte als Antwort auf seine Frage jedoch den Kopf. »Nein, das weiß ich leider immer noch nicht. Gut, dass du mich daran erinnerst! Ich werde nächste Woche ihre Akte durchsehen. Vielleicht finde ich darin einen Hinweis. Möglicherweise mag Jean es ja auch einfach nicht, posieren zu müssen und dabei nach außen hin glücklich zu tun, während sie tief in ihrem Inneren alles andere als glücklich ist. Das geht vielen Kindern so, die aus zerrütteten Familien stammen oder im Waisenhaus aufwachsen.«

»Das wäre natürlich eine Erklärung«, gab Gavin zu. »Mir selbst ging es früher eine Zeit lang ganz ähnlich. Selbst heutzutage mache ich darum am liebsten Naturaufnahmen und tue mich eher schwer mit Porträts.«

»Es wäre jedenfalls schön, ein Foto von uns als Andenken an diesen Tag zu haben«, bestätigte Rhona.

»Und von dem Gibbon dort hinten, mit dem ich mich so glänzend unterhalten habe«, scherzte Gavin, nun wieder übermütig. »Er hat mich angesehen wie ein armer Gefangener, der sich das erste Mal seit Monaten wieder mit der Außenwelt verständigen darf.«

Rhona musterte Gavin bei diesen Worten überrascht. Für sie hatte Gavins Zwiesprache mit dem Gibbon wie müßiges Herumalbern gewirkt. Nun erkannte sie, dass Gavin mehr darin gesehen hatte. »In Wirklichkeit ist er ja tatsächlich ein Gefangener«, gab sie zu bedenken.

»Eben«, bekräftigte Gavin.

Rhona nickte langsam. Dann kamen sie auf ihr früheres Thema zurück: »Erkläre Jean doch einfach bei Gelegenheit, wie deine Kamera funktioniert«, schlug Rhona vor. »Vielleicht verliert sie dann ihre Abneigung dagegen. Da du Fotograf bist, muss sie sich ohnehin eines Tages daran gewöhnen.«

Gavin zögerte. »Das werde ich — aber ein anderes Mal. Heute wollen wir nichts tun, das ihr diesen wundervollen Tag verderben könnte. Im Grunde benötigen wir auch kein Foto, um uns an all das zu erinnern.« Zärtlich legte er seinen Arm um Rhonas Schultern.

Die lachte hell auf: »Das ganz bestimmt nicht«, bestätigte sie.

Dann folgten sie Jean, die fröhlich durch den Park lief, um sich jedes Tier und jede Pflanze ganz genau anzusehen.

Aileen Forrester

DER AUSFLUG MIT RHONA UND JEAN machte den Samstag zu einem der schönsten Tage, den Gavin seit langer Zeit erlebt hatte. Am Sonntag musste Rhona jedoch wieder ins Kinderheim zur Arbeit, sodass Gavin für den Rest des Wochenendes nichts weiter vorhatte.

Zum Schreiben stand ihm nicht der Sinn. Daher entschloss Gavin sich, weiter im Mordfall Dalton zu ermitteln. Dabei wollte er jenen Spuren nachgehen, die er mit Alan Macnab durchgesprochen hatte. Daltons verschiedene Affären, vor allem jene mit einer verheirateten Frau namens Aileen, bildeten den Einstiegspunkt für seine Recherchen. Eifersucht, Rache und Hass hätten schließlich nicht zum ersten Mal in der Geschichte der Menschheit zu einem Verbrechen geführt.

Die gedankliche Beschäftigung mit dem Mordfall ernüchterte Gavin allerdings weitaus mehr als er erwartet hätte. Fast kam es ihm unnatürlich vor, dass er gestern noch so viel Glück in der Gesellschaft von Rhona und Jean hatte erleben dürfen, während sich gleichzeitig derartig hässliche Dinge auf der Welt ereigneten.

Doch wenn niemand sich mit diesen Dingen auseinandersetzte, so verschwanden sie nicht von selbst aus der Welt. Im Gegenteil: Wenn nun auch er wegsah, würde es nur noch schlimmer werden.

Gavin recherchierte zunächst im Internet. Er merkte aber bald, dass er es sich damit zu einfach machte. Im Internet kam er durch all die zusammenhangslosen Informationsbruchstücke nicht wesentlich weiter. Daher verließ er seine Wohnung und suchte das Nachrichtenarchiv der *Houndslow Times* auf, das sich im Keller des Redaktionsgebäudes am George Square befand.

Obwohl es Sonntag war, herrschte rege Betriebsamkeit in dem Gebäude. Man arbeitete eifrig an der Montagsausgabe. Der Keller mit dem Archiv war jedoch wie ausgestorben. Heutzutage hatte jeder Mitarbeiter längst über seinen Arbeitscomputer Zugriff auf die digitalisierten Texte.

Gavin setzte sich an eines der Terminals und wählte die Suchmaske des zentralen Recherche-Programms, durch das er auf alle größeren Publikationen Europas Zugriff erhielt. Da die in diversen Datenbanken aufgenommenen Texte sehr gut verschlagwortet waren, stieß Gavin schon nach kurzer Suche auf eine gut ein Jahr alte Meldung eines Konkurrenzblattes. Danach war Emmett Dalton von der Polizei eines kleinen Skiorts namens Kästneralp in den Schweizer Bergen im Zusammenhang mit einem Skiunfall befragt worden, der tödlich ausgegangen war. Der Name Daltons trat in dieser Meldung allerdings nur am Rande in Erscheinung. Offenbar hatte man ihn allein wegen seiner Bekanntheit als Persönlichkeit des öffentlichen Lebens erwähnt.

Gavin war ein wenig enttäuscht, las aber weiter. Der Artikel beschrieb die polizeilichen Ermittlungen in der Nachfolge des Todesfalls: Bei einem Skiausflug hatte eine Frau den Tod gefunden, die im gleichen Hotel abgestiegen war wie Emmett Dalton. Die Frau war einen steilen Abhang hinabgestürzt und hatte sich das Genick gebrochen. Wie alle anderen Gäste des Hotels war auch Dalton im Zuge der Ermittlungen von der Polizei befragt worden.

Der Autor des Artikels beklagte abschließend den in seinen Augen unerhörten Umstand, dass selbst eine so bekannte Persönlichkeit wie Emmett Dalton von den Schweizer Behörden grundlos verhört worden sei. Hieraus leitete er ab, dass es sich um reine Schikane seitens der Polizei gegenüber ausländischen Touristen gehandelt habe. Schließlich läge doch ganz offensichtlich ein Unfall vor.

Die Schweizer Polizei hatte sich die Sache glücklicherweise nicht ganz so einfach gemacht, wie es der Verfasser der Zeitungsmeldung sich gewünscht hätte. Die Ermittlungen waren erst nach mehreren Wochen eingestellt worden, als kein Hinweis auf ein Fremdverschulden gefunden werden konnte.

Insoweit schien diese Meldung von geringem Interesse zu sein. Gavin hätte sie wohl bald wieder vergessen, wenn er nicht kurz danach auf einen zweiten Artikel zu dem gleichen Thema gestoßen wäre, in dem zwar Dalton nicht erwähnt wurde, wohl aber der Name der verunglückten Frau: Aileen Forrester.

War diese Aileen Forrester etwa jene verheiratete Frau namens Aileen, mit der Emmett Dalton eine Affäre hatte, wie Brenda Buchanan in Arthur's Pub berichtet hatte? Oder handelte es sich bei dieser Namensübereinstimmung um einen Zufall? Aufmerksam las Gavin alle Meldungen über den Skiunfall, die er zutage fördern konnte, und suchte nach weiteren Hinweisen.

In den englischsprachigen Zeitungen fand er jedoch nicht viel Neues. Daher griff er über den Rechner der *Houndslow Times* auf die Archive der ausländischen Verlagsgruppen zu.

Insbesondere erreichte er so das Archiv des in dem Schweizer Alpenort erscheinenden lokalen Tageblatts. Darin wurde sehr ausführlich über den Todesfall berichtet. Gavins Deutschkenntnisse waren zwar eingerostet, dennoch konnte er genug verstehen, um sich einen Überblick über die Fakten zu verschaffen. Demnach hatte die Schweizer Polizei mit großer Sorgfalt ermittelt. Mit größerer Sorgfalt jedenfalls, als sie ein Donald Keyes an den Tag gelegt hätte.

Bei diesen Ermittlungen war man in der Vergangenheit Aileen Forresters auf verschiedene Umstände gestoßen, aus denen sich gegebenenfalls ein Tötungsmotiv hätte ableiten lassen. Der Mann der Verunglückten beispielsweise, ein gewisser Ian Forrester, befand sich zum Zeitpunkt des Skiunfalls in einer geschlossenen Nervenklinik in Großbritannien. Dort saß er ein, weil ihn seine Frau Aileen zwei Jahre zuvor des Kindesmissbrauchs an ihrer Stieftochter bezichtigt hatte, der leiblichen Tochter Ian Forresters. Zu einer Verhandlung oder gar Verurteilung Forresters war es allerdings nie gekommen. Wenn also auch nicht Ian Forrester selbst Aileen getötet haben konnte, so hätte durchaus ein anderer, ihm Nahestehender, Rache an Aileen geübt haben können.

Noch ein weiterer Punkt machte Gavin zu schaffen: Schon wieder stieß er bei seinen Recherchen im Fall Dalton auf das Thema Kindesmissbrauch. Er kommentierte diesen Umstand mit einem Kopfschütteln. Doch der Täter schien diesmal festzustehen, und es war nicht Emmett Dalton.

Gavins Interesse an den Forresters war nun geweckt, denn Brenda

Buchanan hatte berichtet, Emmett Dalton habe Aileens Mann übel mitgespielt. Gavin forschte daher weiter und fand heraus, dass es deshalb zu keiner Verhandlung gegen Ian Forrester gekommen war, weil man diesem den Missbrauch an seiner Tochter nicht hatte nachweisen können. Vielmehr war er durch die Aussage der damals siebenjährigen Tochter sogar entlastet worden. Auch nach Ansicht des im Missbrauchsfall zuständigen britischen Ermittlers war Ian Forresters Schuld mehr als fraglich. Es hatte sich kein Beweis gegen ihn gefunden. Falls überhaupt etwas vorgefallen war, deuteten die Spuren eher auf einen anderen Täter hin als auf den Vater.

Warum aber saß Ian Forrester immer noch in einer geschlossenen Nervenheilanstalt ein, als seine Frau in der Schweiz beim Skifahren verunglückte?

Auch darauf fand Gavin im Archiv eine Antwort: Als Aileen Forrester ihren Mann angezeigt hatte, war er tagelang strengen Verhören durch die Polizei unterzogen worden. Man durchsuchte nicht nur seine gesamte Habe auf das Gründlichste, sondern trennte ihn auch von seiner Familie, insbesondere von seiner Tochter. Immer wieder beschuldigte man ihn der schrecklichsten Verbrechen. Unter diesem psychischen Druck war Forrester schließlich zusammengebrochen. Zwar wies er weiterhin jede Schuld von sich, doch er galt von da an als selbstmordgefährdet. Daher wurde er in die Psychiatrie eingewiesen.

Die erbarmungslosen Verhöre der Polizei hatten auf der anderen Seite immerhin dazu geführt, den Verdacht von Ian Forrester abzuwenden. Die Ermittler glaubten schließlich an seine Unschuld. Nur Forrester selbst profitierte zunächst wenig davon.

Die Polizei ermittelte daraufhin in verschiedenen Richtungen. Doch da die Tochter keine Angaben machen konnte oder wollte, kam man auch dabei nicht voran. Der leitende Ermittler vermutete schließlich, das Kind wolle seine Stiefmutter schützen, die nun in Verdacht geriet, mehr zu wissen und ihren Mann vorsätzlich falsch beschuldigt zu haben.

Doch auch diese Ermittlungsrichtung führt zu keinem brauchbaren Ergebnis. Auch die Verdachtsmomente gegen Aileen Forrester bestätigten sich nicht. Immerhin war es denkbar, dass sie tatsächlich geglaubt hatte, ihr Mann vergehe sich an der Tochter. Dann hätte Aileen das Kind zurecht vor ihm schützen müssen.

Allerdings zeugte die Art und Weise, in der Aileen vorgegangen war, nicht unbedingt von außerordentlicher ehelicher Rücksichtnahme: Sie hatte, wie sie später selbst zugab, vor ihrer Anzeige bei der Polizei nicht einmal andeutungsweise mit ihrem Mann über ihren Verdacht gesprochen. Genauso wenig hatte sie versucht, durch ein Gespräch mit der Tochter herauszufinden, ob das, was sie nur vermutete, auch tatsächlich der Wahrheit entsprach. Was genau Aileen zu ihrem Schritt bewegt hatte, sofort die Polizei einzuschalten, und welche Beweise sie möglicherweise doch gefunden haben könnte, ergab sich jedoch nicht aus den Texten, die Gavin zur Verfügung standen. Aileen Forresters Aussagen klangen für ihn jedenfalls widersprüchlich, so als wolle sie etwas verbergen. Doch konnte dieser Eindruck, wie Gavin nur allzu gut wusste, auch durch die Art und Weise der Darstellung in den Zeitungen hervorgerufen worden sein.

In Gavins Kopf klingelten jedenfalls zahlreiche Alarmglocken, als er auf diese Weise erneut von einem möglichen Fall von Kindesmissbrauch erfuhr, bei dem eine Verbindung zu Emmett Dalton bestand — mochte diese Verbindung zum jetzigen Ermittlungsstand auch noch so sehr an den Haaren herbeigezogen wirken. Es war immerhin ein Anhaltspunkt. Und falls es sich bei Aileen Forrester tatsächlich um jene Aileen handelte, mit der Dalton eine Affäre hatte, so wäre es auch kein Zufall gewesen, dass beide zur gleichen Zeit in demselben Hotel auf der Kästneralp abgestiegen waren. In diesem Fall kam Dalton tatsächlich als derjenige infrage, der sich an Forresters Tochter hätte vergangen haben können.

Diese Hypothesen waren jedoch weit hergeholt. Solange Gavin keine handfesten Beweise in der Hand hielt, trafen darin zu viele Vermutungen aufeinander. Gavin musste den Fall erst vom anderen Ende her aufrollen, um feststellen zu können, wie stichhaltig sein Verdacht war, und dazu zumindest folgende Fragen klären: In welcher Beziehung stand jene verunglückte Aileen Forrester zu Emmett Dalton? War ihr Tod tatsächlich ein Unfall? Warum befand Ian Forrester sich immer noch in einer Nervenheilanstalt? Und was war aus der Tochter

Forresters geworden?

Die Antworten auf diese Fragen würde Gavin jedoch nicht im Archiv der Zeitung finden. Dazu musste er vor Ort recherchieren. Per E-Mail sagte er daher sämtliche Termine ab, die er für die kommenden beiden Tage getroffen hatte. Dann informierte er Superintendent Macnab telefonisch über seine Absicht, in die Schweiz zu reisen, um vor Ort zu ermitteln. Nicht zuletzt sollte der CID seine Reisekosten übernehmen.

Macnab stimmte diesem Plan nach kurzem Zögern zu, da er Gavins Instinkt vertraute, und versprach, die Schweizer Polizei zu kontaktieren, um sie auf Gavins Besuch vorzubereiten.

Anschließend fuhr Gavin nach Hause und packte das Notwendigste.

Es war inzwischen Abend geworden. Mit seinem Gepäck fuhr Gavin zu Rhonas Wohnung in Duncan's Crossing, um sie an diesem Tag wenigstens noch für ein paar Stunden zu sehen und ihr von seiner bevorstehenden Abreise zu berichten.

Am frühen Montagmorgen nahm Gavin, während Rhona noch schlief, den Fernbus über Dumfries und gelangte so zum Flughafen von Glasgow. Dort bestieg er die Maschine einer niederländischen Fluggesellschaft nach Amsterdam, um von dort den Anschlussflug nach Zürich zu erreichen. In Zürich traf er gegen Mittag ein. Mit dem Zug und einer Seilbahn erreichte er schließlich am späten Nachmittag den kleinen Skiort Kästneralp, der selbst im Mai noch von mit Schnee bedeckten Gipfeln malerisch umgeben war.

Als Erstes fuhr Gavin in das Hotel, in dem Dalton und Aileen Forrester damals abgestiegen waren, und buchte für sich selbst ein Zimmer für die Nacht. Anschließend befragte er die Hotelangestellten unter dem Vorwand, für einen Artikel jenes Outdoor-Magazins zu recherchieren, für das er ohnehin zurzeit einen Text in Arbeit hatte. Dabei lenkte er das Gespräch auf mögliche Gefahren für Touristen, insbesondere für Skifahrer. Als Beispiel verwies er dazu auf den Tod Aileen Forresters.

Die meisten Angestellten konnten ihm jedoch nichts über den Unfall berichten, das über das hinausging, was er bereits den Zeitungen entnommen hatte. Oft waren die Angestellten sogar nur saisonweise angestellt und zur Zeit des Unglücks überhaupt nicht auf der Kästneralp gewesen.

Der Skilehrer des Hotels konnte Gavin jedoch schließlich einige nützliche Auskünfte geben. Der Mann ärgerte sich immer noch über Emmett Daltons großspurige Überheblichkeit, denn Dalton hatte den Mann wie einen Laufburschen herumkommandiert und angenommen, jede Unhöflichkeit ließe sich mit einem entsprechend hohen Trinkgeld egalisieren. Daher sah der Skilehrer keinen Grund, nun besondere Diskretion zu üben.

Gavin lud den Mann auf einen Drink ein, um seine Zunge weiter zu lösen. Dabei erfuhr er, dass der Skilehrer Aileen Forrester und Dalton mehrmals zusammen beobachtet hatte. Allerdings konnte auch er nicht mit Gewissheit sagen, ob mehr dahintersteckte als nur eine Zufallsbekanntschaft. Dem Skilehrer war jedoch aufgefallen, dass Dalton und die Forrester zwar stets getrennt voneinander vom Hotel abfuhren, aber fast immer gleichzeitig zu diesem zurückkehrten.

Diese Information bestärkte Gavins Hypothese, tatsächlich jene Aileen gefunden zu haben, von der Brenda Buchanan berichtet hatte. Er bedankte sich bei dem Skilehrer für dessen Auskünfte, beglich die Rechnung und verließ dann das Lokal. Sein Instinkt sagte ihm, dass er nun endlich auf der richtigen Spur war.

Erst als er nach einem deftigen Mittagessen in der frischen und klaren Bergluft im Freien vor dem Restaurant stand, bemerkte Gavin, wie erschöpft er durch die lange Reise im Grunde war. Daher ging er früh zu Bett. Er wollte am nächsten Tag ausgeruht und aufnahmefähig sein, wenn er die Schweizer Polizei aufsuchte.

AM DIENSTAGMORGEN setzte Gavin sich nach dem Frühstück gemütlich auf eine Bank an einem Aussichtspunkt, um sein weiteres Vorgehen in Ruhe zu überdenken. Vor allem genoss er die Aussicht: Die herrlichen Schweizer Berge strahlten glitzernd weiß im Sonnenschein, sodass es das Auge schier blendete. Noch war es dem allmählich hereinbrechenden Sommer nicht gelungen, den Schnee in den höheren Lagen zum Schmelzen zu bringen. In den Tälern jedoch leuchteten die Weiden bereits saftig und grün.

In der Sonne war es so warm, dass Gavin seine Jacke ausziehen und im Hemd dasitzen konnte ohne zu frieren. Erst nach einigen Minuten der Entspannung kehrten seine Gedanken zu den Ermittlungen zurück, die ihn hierher geführt hatten. Und zu dem schrecklichen Verdacht, der ihm seit gestern Abend durch den Kopf ging: War es denkbar, dass Aileen Forrester in Wirklichkeit genau gewusst hatte, dass von ihrem Mann keine Gefahr für die Stieftochter ausging? Dass sie ihren Mann dennoch und ganz absichtlich in Verdacht gebracht hatte? Um ihn für ihre Affäre mit Dalton aus dem Weg zu räumen?

Doch weshalb hätte sie es ausgerechnet auf diese hässliche Art und Weise tun sollen? Um dieses Ziel zu erreichen, hätte sie sich auch einfach nur von Forrester scheiden lassen können. Wollte sie sich etwa an ihrem Mann rächen für etwas, das er ihr angetan hatte? Auch das hatte Gavin in seinen Jahren als Reporter bereits erlebt.

Vielleicht aber hatte Aileen Forrester tatsächlich an die Schuld ihres Mannes geglaubt. Was, wenn es Dalton gewesen war, auf den die Anzeige gegen Ian Forrester zurückging? Wobei er Forrester genau das Motiv unterstellte, das ihn selbst umtrieb? Und wovon Aileen womöglich nichts wusste, weil sie tatsächlich glaubte, ihr Mann sei schuldig?

Auch diese Hypothese war zum jetzigen Zeitpunkt weit hergeholt. ›Du fängst wieder an, wild zu spekulieren‹, bremste Gavin sich selbst. Am liebsten hätte er Alan Macnab angerufen, um sich mit diesem zu beraten.

Stattdessen grübelte er allein weiter: Was, wenn Aileen Forrester unter diesen Voraussetzungen am Ende doch ein Verdacht gegen Dalton gekommen war? Was, wenn sie sogar Beweise für dessen Schuld und für die Unschuld ihres Mannes gefunden hätte? Dann wäre es mit ihrer Begeisterung für Dalton vermutlich rasch vorbei gewesen.

Oder hatte Aileen von den anderen Affären erfahren, auf die der Firmenmagnat sich immer wieder einließ? Auch in diesem Fall hätte Aileen ihn vermutlich zur Rede gestellt. Sie hätte ihn unter Druck setzen oder gar aufgrund dessen Öffentlichkeitsscheu in diesen Dingen erpressen können. Unter diesen Umständen hätte Dalton sich durchaus Aileen Forresters Tod wünschen können — und dieser Tod war dann tatsächlich eingetreten.

Gavin erinnerte sich daran, wie ungewöhnlich lange die Schweizer Polizei in Sachen Skiunfall ermittelt hatte, bevor die Angelegenheit abgeschlossen wurde. Es waren unzählige Befragungen durchgeführt worden. Einen solchen Aufwand betrieb man nur, wenn es sich nicht um einen eindeutigen Unglücksfall handelte. Hatte etwa auch die Schweizer Polizei den Verdacht gehegt, es stecke mehr hinter Aileens Tod?

Nachdem Gavin ausreichend Sonne und frische Luft getankt hatte, setzte er sich telefonisch mit der lokalen Polizeidienststelle in Verbindung und stellte sich als Mitarbeiter des CID aus Houndslow vor. Dabei führte er Superintendent Macnab als Referenz an.

Wenig später erhielt er einen Rückruf auf seinem Mobiltelefon. Der im Fall Aileen Forrester zuständige Ermittler, ein Hauptmann Zimmermann, bat Gavin, in einer Stunde auf der Polizeiwache vorzusprechen. Bis dahin würde er alle Akten bei sich im Büro haben und Gavins Fragen gerne beantworten.

Gavin verbrachte die Wartezeit mit einem Rundgang durch Kästneralp. Es gelang ihm dabei, seinen Kopf von allen kriminologischen Spekulationen zu befreien und die Schönheit der Landschaft zu genießen. Demzufolge regte sich bald der kreative Teil seiner Persönlichkeit, und Gavin versuchte, die herrliche Stimmung der Natur mit seiner Kamera einzufangen, die er natürlich auch auf diese Reise mitgenommen hatte.

Als die vereinbarte Stunde fast um war, begab Gavin sich zu der direkt im Zentrum des Orts gelegenen Polizeiwache und betrat sie zum vereinbarten Zeitpunkt. Ein älterer Herr mit Schnurrbart kam ihm sogleich mit einem freundlichen Lächeln entgegen und stellte sich als Hauptmann Ueli Zimmermann vor. Er hatte Gavin anhand der vom CID Houndslow übermittelten Daten erkannt und drückte diesem nun fest die Hand. Anschließend führte er Gavin in ein kleines, sehr sauberes und aufgeräumtes Büro.

Hauptmann Zimmermann vermittelte den Eindruck eines bedächtigen und vorsichtigen Mannes. Seine Augen blickten scharf und aufmerksam. Er erklärte, soeben mit Superintendent Macnab telefoniert zu haben, und er war beeindruckt von der Umsicht der schottischen

Behörde, die Gavin Forbes eigens zu Recherchen hierher gesandt hatte, um jeden denkbaren Aspekt des Mordfalls Dalton zu überprüfen. Diese sorgfältige Vorgehensweise entsprach ganz Zimmermanns eigenem präzisen Arbeitsstil.

Ohne jeden Vorbehalt berichtete der Hauptmann daher von allen Einzelheiten seiner Ermittlungen im Todesfall Aileen Forrester. Und von seinen Zweifeln, ob es sich bei ihrem Ableben tatsächlich um einen Unfall gehandelt habe.

Da sich jedoch, trotz aller Bemühungen, kein einziger Beweis für ein Fremdverschulden gefunden hatte, musste Zimmermann die Angelegenheit schließlich als Unfalltod zu den Akten legen. Dennoch hegte er auch heute noch Zweifel an diesem Ergebnis.

Als Gavin nun seine Fragen stellte, gab der Hauptmann offen Auskunft. Zimmermann war davon überzeugt, dass Dalton und Aileen Forrester tatsächlich eine Affäre hatten. In dem Hotelzimmer Daltons war es mehrmals zu Zusammenkünften, mindestens einmal auch zu einem handfesten Streit zwischen beiden Personen gekommen. Dies hatten mehrere Angestellte des Hotels bestätigt. Kurz nach dem betreffenden Streit verunglückte Aileen. Ihr Tod sei Dalton offenbar nicht ungelegen gekommen: Bei der Befragung habe Dalton erleichtert gewirkt, doch er hatte auch jede Beziehung zu Aileen Forrester geleugnet.

»Eine Verbindung zwischen Dalton und dem vermeintlichen Unfall ließ sich also nicht herstellen?«, erkundigte Gavin sich und machte dabei auf seinem Schreibblock eifrig Notizen.

Zimmermann schüttelte den Kopf. »Wir konnten nicht einmal nachweisen, dass Dalton sich zu dem betreffenden Zeitpunkt überhaupt in der Nähe der Unfallstelle aufhielt«, erklärte er. »Oder dass jemand sich an Aileen Forresters Skiausrüstung zu schaffen gemacht hätte. Allerdings hatte Dalton für die Unfallzeit auch kein Alibi.«

»Hat denn niemand den Unfall beobachtet?«

»Nein, bedauerlicherweise nicht«, erklärte Zimmermann. »Die Unfallstelle ist von hohen Bäumen umgeben, und dieser Teil des Abhangs wird wenig befahren.«

»Warum hatte Aileen Forrester dann ausgerechnet diese Abfahrt gewählt?«, wollte Gavin wissen.

»Das ließ sich im Nachhinein leider nicht feststellen.« Zimmermann zog die Stirn in Falten.

»War sie eine geübte Skifahrerin?«, forschte Gavin weiter.

»Ich sehe, worauf sie hinauswollen.« Der Hauptmann nickte anerkennend und strich sich langsam über seinen Schnurrbart. »Das war damals auch mein Gedanke: Es ist nicht sehr wahrscheinlich, dass sie mit ihrem durchschnittlichen fahrerischen Können von sich aus ausgerechnet diese hohe Anforderungen stellende Abfahrt ausgewählt hätte. Denn die Forrester war zwar keine schlechte, aber auch keine exzellente Skifahrerin. Die Gefährlichkeit der betreffenden Abfahrt wird auf allen Wegweisern deutlich hervorgehoben. — Aber denkbar ist es natürlich, dass sie sich selbst überschätzte und daher der Strecke gewachsen fühlte.«

Gavin nickte nachdenklich. »Hat man in der Nähe des Unfallorts irgendwelche Spuren gefunden? Etwa von weiteren Personen, die sich dort aufgehalten haben könnten?«

»Nein, keinerlei Hinweise.« Zimmermann schüttelte den Kopf. »Die Leiche wurde erst Stunden später entdeckt, und in der Zwischenzeit hatte es heftig geschneit. — Vielleicht war es ja tatsächlich ein Unfall, auch wenn er für Dalton wie gerufen zu kommen schien.« Der Hauptmann war offensichtlich selbst nicht von dieser Möglichkeit überzeugt. Doch sie stellte den einzigen möglichen Schluss dar, zu dem er bei seinen Untersuchungen hatte kommen können.

»Dass Dalton an dem Tod seiner Geliebten Interesse hätte haben können, kann ich Ihnen jedenfalls aus meinen eigenen Nachforschungen bestätigen«, informierte Gavin den Hauptmann.

Zimmermann blickte interessiert auf.

»Aber auch dafür gibt es bisher leider keine handfesten Beweise«, fuhr Gavin fort. »Und selbst wenn er Aileens Tod gewünscht haben sollte, beweist dies noch lange nicht, dass Dalton ihn auch tatsächlich herbeigeführt hat.«

Zimmermann nickte bedächtig. »Zu diesem Schluss musste ich damals ebenfalls gelangen.«

»Was haben Sie eigentlich über Aileens Mann Ian herausgefunden?«, erkundigte Gavin sich.

»Der befand sich zum Zeitpunkt des Unfalls in einer Nervenklinik in Großbritannien. Sein Alibi ist sichergestellt.«

»Und wo war die Tochter? Lebte sie bei ihrer Stiefmutter?«

Der Hauptmann überlegte kurz. »Das muss ich nachschlagen«, erklärte er dann, griff nach einer der Akten vor sich und blätterte darin.

Gavin wartete geduldig.

»Die Tochter war jedenfalls nicht hierher mitgekommen«, stellte Zimmermann fest, während er weiterblätterte. »Wenn ich mich recht entsinne, wollte die Forrester von ihrer Stieftochter auch gar nichts mehr wissen.«

Gavin blickte ungläubig auf. »Nachdem sie ihren Mann wegen sexuellen Missbrauchs an eben diesem Kind angezeigt hatte, angeblich um die Stieftochter vor ihm zu beschützen? Danach wollte sie nichts mehr von dem Kind wissen?«

Der Hauptmann zuckte mit den Schultern. »Sie denken offenbar das Gleiche wie ich«, kommentierte er trocken. »Andererseits lernt man in unserem Beruf, sich durch die Abgründe der menschlichen Seele nicht mehr überraschen zu lassen.«

Gavin nickte schwermütig. Innerlich gab er Hauptmann Zimmermann recht. Aus diesem Blickwinkel betrachtet hätte es ihn nicht überrascht, wenn Aileen Forrester bei der Anzeige gegen ihren Mann ganz andere Dinge im Sinn gehabt hätte als das Wohlergehen ihrer Stieftochter.

GAVIN REISTE AM SPÄTEN NACHMITTAG auf der gleichen Route nach Houndslow zurück, die er schon auf der Hinreise gewählt hatte. Auf dem Flug von Amsterdam nach Glasgow ordnete er in Gedanken alle Informationen, die er inzwischen gesammelt hatte. Er stellte sich immer wieder die gleichen Fragen: Hatte Emmett Dalton sich Aileen Forresters Tod gewünscht? Und wenn ja, hatte er ihn womöglich sogar herbeigeführt?

Dies zu beweisen war heute jedoch noch schwieriger als vor einem Jahr. Außerdem gehörte Hauptmann Zimmermann nicht zu jenen Ermittlern, die aus Oberflächlichkeit oder mangelnder Sorgfalt Beweise übersahen.

Immerhin hatten Gavins Nachforschungen auf der Kästneralp vieles von dem bestätigt, was er und Macnab bisher nur vom Hörensagen her vermutet hatten. Sie befanden sich offenbar auf der richtigen Spur.

Was den Mord an Dalton anging, führte sie diese Spur jedoch in eine ganz unerwartete Richtung, die Gavin Forbes außerdem wenig zusagte, denn er empfand instinktiv Mitleid für Ian Forrester, dem man offenbar tatsächlich übel mitgespielt hatte. Doch man konnte Forrester mehrere Motive zurechnen, aus denen heraus er Dalton getötet haben könnte: Eifersucht wegen Daltons Affäre mit Forresters Frau Aileen; Rache wegen der Anzeige, die Aileen bei der Polizei gegen Forrester erstattet hatte (falls Dalton sie dazu angestiftet hätte); und Hass, für den Fall, dass Dalton sich tatsächlich an Forresters Tochter vergangen hätte.

Obwohl auch dies zum jetzigen Zeitpunkt nur Hypothesen waren, sah Gavin nun zum ersten Mal, seit er sich mit dem Fall Dalton beschäftigte, ein Gesamtbild vor sich, in dem Fakten und Motive einander ergänzten.

NOCH AM SPÄTEN DIENSTAGABEND, nachdem er vom Flughafen nach Hause zurückgekehrt war, rief Gavin Alan Macnab an. Er fasste seine Ermittlungsergebnisse mündlich für den Superintendent zusammen und bat diesen, alle verfügbaren Akten über Ian Forrester anzufordern.

Macnab versprach es und rief am Mittwochvormittag zurück: Das angeforderte Material lag nun vor. Es war schneller als erwartet eingetroffen, da die Forresters in der Nähe von Houndslow zuhause gewesen waren. Man hatte die Unterlagen daher nicht erst von einer anderen Dienststelle anfordern müssen.

Auch dieser Umstand passte ins Bild: Die Ereignisse hatten in Houndslow ihren Anfang genommen.

Nach dem Mittagessen saß Gavin in dem auch der Presse zur Verfügung gestellten Raum der Polizeidienststelle, den er inzwischen zur Genüge kannte, und arbeitete einen weiteren Stapel Akten durch. Dabei wurde er von Elspeth Macmillan umsichtig mit Sandwiches, Tee und Gebäck versorgt.

Am heutigen Tag musste er jedoch nicht mehr befürchten, von Donald Keyes bei der Arbeit überrascht zu werden. Der Chefermittler war einen Tag nach dem Freitod Macbains nach Glasgow zurückgekehrt, um entweder seinen Urlaub fortzusetzen oder um neue Meisterleistungen auf kriminalistischem Gebiet zu vollbringen — gestärkt durch den vergänglichen Medienruhm eines erfolgreich abgeschlossenen Mordfalls.

Gavin ging auch diesmal die Akten systematisch durch, in chronologischer Reihenfolge. Dadurch ergab sich für ihn ein umfassendes Gesamtbild des Schicksals der Familie Forrester. Auch eine Reihe der offenen Fragen wurde dadurch beantwortet:

Die Anzeige Aileen Forresters gegen ihren Mann Ian wegen Missbrauchs seiner Tochter aus erster Ehe war vor knapp zwei Jahren erfolgt. Damals hatte Aileen behauptet, durch Zufall belastende Fotografien in einer ansonsten verschlossenen Schreibtischschublade ihres Mannes gefunden zu haben.

Die Polizei hatte Forrester daraufhin festgenommen und scharfen Verhören unterzogen. Man hatte überall nach den belastenden Fotografien gesucht, diese jedoch nicht gefunden. Forrester behauptete, nichts von ihrer Existenz zu wissen und überhaupt unschuldig zu sein.

Aileen erklärte bei weiteren Befragungen, sie habe die Bilder deshalb nicht als Beweis an sich genommen, weil sie zu viel Angst vor ihrem Mann habe. Wo die Bilder jetzt seien, wisse sie nicht. Vermutlich habe ihr Mann sie zwischenzeitlich vernichtet.

Die Polizei stellte auf der Suche nach Beweisen die gesamte Wohnung der Forresters auf den Kopf. Nirgends war jedoch belastendes Material zu finden. Auch alle Computer der Forresters wurden beschlagnahmt und untersucht. Selbst die Speicherkarten von Forresters Digitalkamera vergaß man nicht und untersuchte sie auf eventuell gelöschte, aber noch nicht überschriebene Dateien. Alles jedoch ohne Resultat.

Ian Forrester bestritt bei den Verhören jede Schuld. Er war entsetzt über die Vorwürfe und betonte immer wieder, von allem völlig überrascht worden zu sein. Schließlich erlitt er unter dem Druck der Verhöre einen Nervenzusammenbruch.

Auch Aileen wurde nun erneut befragt. Die Polizei wollte von ihr wissen, was ihr Mann ihr auf ihre Anschuldigungen erwidert habe, als ihr erstmals ein Verdacht gegen ihn gekommen war. Aileen erklärte daraufhin jedoch, sie habe überhaupt nicht mit Ian über dieses Thema gesprochen, sondern sogleich Anzeige bei der Polizei erstattet.

Diese Antwort erstaunte die Ermittler. Außerdem war Forrester bisher nie auffällig geworden. Selbst seine Frau gab zu, dass er sie nie geschlagen oder tätlich bedroht habe und sie durch den Fund der Fotos in der Schreibtischschublade völlig überrascht worden sei. — Warum also hatte Aileen ihren Mann nicht zunächst mit ihrem schweren Verdacht gegen ihn konfrontiert? Warum war sie stattdessen sofort zur Polizei gegangen?

Mit einem Mann, der so etwas seiner Tochter antat, erklärte Aileen jedoch lapidar, könne man nicht normal reden. Im Übrigen blieb sie bei ihrer Aussage. Gavin war, als er dies las, klar, dass Aileen zu diesem Zeitpunkt längst mit ihrer Ehe und ihrem Mann abgeschlossen hatte.

Ian Forrester aber befand sich damals mittlerweile in einem psychisch äußerst labilen Zustand, nicht zuletzt als Folge der intensiven Verhöre durch die Polizei. Seine Welt war über ihm zusammengestürzt und hatte ihn unter ihren Trümmern begraben. Immer wieder wollte man von ihm wissen, was er mit seiner Tochter angestellt habe und wo die Aufnahmen seien, die er von ihr angefertigt habe.

Die scharfe Verhörtaktik der Polizei war sicherlich bei hartgesottenen Verbrechern angemessen und konnte bei diesen zum Erfolg führen. Doch Ian Forrester brach schließlich nur noch weinend zusammen, wenn man das Wort an ihn richtete.

Nach Ansicht der damaligen Ermittler war diese Reaktion allerdings nicht als Schuldeingeständnis zu werten; vielmehr schienen Forrester die Anschuldigungen durch seine Frau völlig unerwartet getroffen zu haben und jeder Grundlage zu entbehren. Sie ließen ihn allerdings auch den letzten Halt verlieren, nachdem seine Ehe schon zuvor zerrüttet gewesen war.

Auch Forresters Tochter wurde mehrfach vernommen, in Gegenwart einer Kinderpsychologin. Die Tochter beteuerte ohne Zögern und glaubhaft, ihr Vater habe ihr niemals etwas angetan. Auch sie war schließlich in Tränen ausgebrochen, sodass die Psychologin dringend empfahl, die Befragung abzubrechen.

Beim Lesen des Protokolls wünschte Gavin sich allerdings, man hätte der Tochter zumindest noch die eine Frage gestellt, ob sich ihr gegenüber nicht vielleicht ein anderer als ihr Vater auffällig benommen habe. Gavin dachte dabei natürlich an Emmett Dalton, den Liebhaber der Stiefmutter. Auch die Ermittler hatten allem Anschein nach einen ähnlichen Verdacht gehegt und waren diesem später nachgegangen. Doch eine weitere Befragung der Tochter war ihnen untersagt worden, sofern sie keine handfesten Beweise vorlegen konnten. Ob die Kinderpsychologin selbst noch weitere Schritte unternommen hatte, war den Akten nicht zu entnehmen.

In der Folgezeit konzentrierten sich die polizeilichen Ermittlungen auf Aileen Forrester. Vielleicht, so baute man ihr eine goldene Brücke, habe sie ihren Mann irrtümlich verdächtigt, und ein anderer war der wirklich Schuldige. Könne sie sich womöglich vorstellen, wer dieser andere sei?

Aileen bestritt jedoch vehement, ein anderer als ihr Ehemann könne dem Kind etwas angetan haben. Sie wisse nicht mehr als das, was sie bereits berichtet habe.

Den Kontakt zu ihrem Mann hatte Aileen seit Ians Verhaftung im Übrigen vollständig abgebrochen. Sie hatte ihn nicht im Gefängnis besucht. Und auch für ihre Stieftochter zeigte Aileen wenig Anteilnahme, obwohl sie die Vorwürfe gegen ihren Mann doch angeblich in deren Interesse erhoben hatte.

Den Berichten der Ermittler war zu entnehmen, dass man schließlich von der Unschuld Ian Forresters überzeugt war. Außer der wenig detaillierten Aussage seiner Frau hatten sich keinerlei Indizien gegen ihn gefunden. Die ihn entlastende Aussage der Tochter war in jeder Hinsicht überzeugend.

Da die wissentlich falsche Beschuldigung eines Unschuldigen mit einer Straftat selbst eine ernstzunehmende Straftat darstellte, geriet nun Aileen Forrester immer mehr in das Fadenkreuz der Ermittler. Doch konnte man ihr genauso wenig etwas nachweisen wie ihrem Ehemann. Außerdem wäre eine Strafverfolgung Aileen Forresters in der Öffentlichkeit nur schwer zu vertreten gewesen, denn Aileen konnte stets darauf verweisen, zum Wohle des Kindes gehandelt zu haben: Selbst wenn sie sich mit ihrem Verdacht geirrt hatte, wäre dieser doch so ungeheuerlich gewesen, dass sie einfach habe handeln müssen, um weiteres Unheil abzuwenden.

Ein für Gavin in diesem Zusammenhang interessanter Umstand war, dass die Tochter nach Ansicht der Kinderpsychologin eine deutlich wahrnehmbare, wenn auch nach außen hin unterdrückte Abneigung gegen ihre Stiefmutter zeigte. Das Kind äußere diese deshalb nicht offen, weil sie dadurch ihren Vater zu schützen glaubte. Aber auch diese Erkenntnis brachte die Ermittlungen nicht voran.

Ian Forrester sollte daher aus der Haft entlassen werden. Nach einem weiteren Nervenzusammenbruch wurde er jedoch in die *Rainbow's End*-Klinik in der Nähe von Houndslow eingewiesen. Dort sollte er sich einer psychologischen Untersuchung unterziehen, auch um alle noch verbliebenen Zweifel zu beseitigen.

Unter dem Strich war es Aileen Forrester durch ihre Anzeige bei der Polizei also auf eine sehr wirkungsvolle und, sofern ihre Anschuldigungen bewusst falsch gewesen waren, auf eine sehr boshafte Art und Weise gelungen, ihren Mann für ihre Affäre mit Dalton aus dem Weg zu räumen.

Beim Lesen der Akten konnte Gavin sich allerdings nur mit Mühe vorstellen, dass ein Mensch derartige Beschuldigungen absichtlich fabrizierte, um die Existenz eines anderen Menschen zu vernichten. Erst recht nicht, wenn es sich dabei um den eigenen Ehepartner handelte, dem man sich doch wenigstens früher einmal verbunden gefühlt haben musste.

Doch dann dachte er wieder an die Worte Hauptmann Zimmermanns, dass man in ihrem Beruf lernte, sich nicht mehr durch die Abgründe der menschlichen Seele überraschen zu lassen. Auch Gavin war bei seiner Arbeit oft genug mit hässlichen und nur schwer nachzuvollziehenden Verhaltensweisen konfrontiert worden. Möglich war sehr viel, und manchen Menschen war kaum eine Boshaftigkeit fremd.

Nichtsdestotrotz fiel es Gavin immer noch schwer, sich eine derartige Boshaftigkeit tatsächlich vorzustellen. Hatte Aileen nicht vielleicht doch geglaubt, ihr Mann sei tatsächlich zu dem fähig gewesen, was sie ihm vorwarf? Hatte Dalton sie vielleicht angestiftet und ihr Bilder als Beweis vorgelegt? Falls es solche Bilder überhaupt gegeben hatte? Oder hatte Aileen sie nur erfunden, um glaubhaft zu erscheinen? Womöglich hatte Dalton die Bilder selbst gemacht und sie Aileen mit der Behauptung vorgelegt, sie stammten von Forrester? Oder hatte er sie Forrester untergeschoben und damit Aileen getäuscht? Schließlich hatte auch Peter Hutchinson Brenda Buchanan berichtet, dass Dalton Aileens Ehemann übel mitgespielt habe.

Diese Variante der Ereignisse erschien Gavin erträglicher, wenn auch im Ergebnis ebenso schrecklich. Doch falls Aileen wirklich geglaubt hatte, was sie ihrem Mann vorwarf, so erschien sie Gavin nicht ganz so abgebrüht wie es ansonsten der Fall gewesen wäre.

Gavin war bereit, diese Sichtweise auch deshalb zu Aileens Gunsten anzunehmen, weil Aileen mit Dalton auf der Kästneralp über eine Angelegenheit in heftigen Streit geraten war, die diesem offenbar äußerst peinlich war. Vielleicht hatte Aileen auf der Kästneralp schließlich herausgefunden, dass Dalton der wirklich Schuldige war, und ihn deshalb unter Druck gesetzt oder ihm sogar mit seiner Entlarvung gedroht.

Doch nachdem sowohl Aileen als auch Dalton umgekommen waren, würde man die Wahrheit darüber, wie es zu der Anzeige gegen Ian Forrester gekommen war, vermutlich niemals erfahren.

Gavin schüttelte erschöpft den Kopf. Es war ein ausnehmend hässlicher Fall, mit dem er da auf einmal zu tun hatte. Selbst der Appetit auf Elspeths eigentlich sehr leckeres Gebäck war ihm längst vergangen.

Doch es war auch ein Fall, der Gavin nicht mehr losließ. Schon argumentierte er in Gedanken weiter: Wenn man von jener Variante ausging, die ihm derzeit am plausibelsten erschien, besaß der fälschlich des Kindesmissbrauchs beschuldigte Ian Forrester mehr als nur ein überzeugendes Motiv, Emmett Dalton den Tod zu wünschen. Was also war in der Zwischenzeit aus Ian Forrester geworden? Befand er sich immer noch in der Nervenheilanstalt?

Gavin las Akte um Akte, um so allmählich das Bild zu vervollständigen. Wie sich daraus ergab, verfiel Ian Forrester während seines polizeilich angeordneten Aufenthalts in der Klinik *Rainbow's End* in schwere Depressionen. Lange Zeit befürchtete man sogar, er könne sich selbst etwas antun. Die Ärzte stellten in der Folgezeit einen schweren seelischen Krankheitszustand fest, der in einem mehrseitigen Gutachten umständlich dargelegt wurde; Forresters ärztliche Untersuchung trug aber auch dazu bei, ihn im Hinblick auf die gegen ihn erhobenen Anschuldigungen weiter zu entlasten.

Gavin überflog die Einzelheiten: Die Mediziner hielten es demnach für notwendig, Forrester auf längere Zeit in einer geschlossenen Abteilung unterzubringen und ihn dort sorgfältig unter Beobachtung zu halten, um einen möglichen Selbstmord zu verhindern. Der Vorwurf seiner Frau, die Tochter zu missbrauchen, habe Forrester völlig aus der Bahn geworfen. Er könne daher die reale Vergangenheit nicht mehr von dem unterscheiden, was man ihm immer und immer wieder unterstellt hatte, und Forrester sei während dieser halluzinatorischen Phasen besonders in Gefahr.

Dem psychologischen Gutachten konnte Gavin weiterhin entnehmen, dass Ian Forrester seinem eigenen Gedächtnis generell nicht mehr traute: War er etwa eine Gefahr für seine Tochter, wie man es ihm vorgeworfen hatte? Und wusste er vielleicht selbst nicht einmal davon? Die anderen hatten es doch so entschieden behauptet! In diesem Fall musste Ian das Kind vor ihm selbst, vor seinem eigenen Vater schützen.

Forresters Gedankengänge verfingen sich immer mehr in derartigen Selbstzweifeln. Erst allmählich konnte er daraus durch ärztliche Hilfe befreit werden. Doch in der Klinik wollte Forrester keinen Menschen mehr sehen; vor allem nicht seine Tochter. Denn in Forrester hatte sich die fixe Idee festgesetzt, wenn er seine Tochter nur ansähe oder in den Arm nähme, würde man ihm dies als abartig auslegen und ihm erneut die schrecklichsten Vorwürfe machen. Überhaupt vertraute er niemandem mehr. Nicht seiner Frau. Und vor allem nicht sich selbst oder seinen eigenen Erinnerungen.

Gavin musste mehrmals tief Luft holen, während er das medizinische Gutachten las. Der Mann tat ihm leid. Gavins Instinkt sagte ihm, dass Forrester unschuldig war. Wenn überhaupt, hätte der Verdacht auf Dalton fallen müssen. Doch Gavin suchte in den Akten vergeblich nach Hinweisen auf eine Affäre Aileens oder gar die Erwähnung Emmett Daltons. Letzterer wurde mit keinem Wort genannt.

Was war in der Zwischenzeit aus Forrester geworden? Befand er sich immer noch in der Nervenheilanstalt *Rainbow's End*, obwohl die Polizei die Ermittlungen gegen ihn längst eingestellt hatte? Oder war er wieder in Freiheit und kam als Mörder Daltons infrage? Doch auch darüber fand sich nichts in den Akten.

Inzwischen war es spät geworden. Gavin suchte Superintendent Macnab in dessen Büro auf und platzierte die Akten auf dessen Schreibtisch. Dann fasste er seine Erkenntnisse für Macnab zusammen.

Der lauschte interessiert und machte ein ernstes Gesicht. Am Ende ermutigte er Gavin herauszufinden, was aus Ian Forrester geworden sei. Er vereinbarte für Gavin einen Termin in der Heilanstalt *Rainbow's End*, um von dem damals Forrester behandelnden Arzt weitere Auskünfte zu erhalten.

Der Superintendent versprach auch, mit dem Kollegen, der damals die Ermittlungen gegen Forrester geleitet hatte, Kontakt aufzunehmen. Dieser hatte jedoch inzwischen den Dienst quittiert, sodass es einige Zeit dauern konnte, bis ihre Anfragen beantwortet würden.

Macnab berichtete Gavin außerdem, dass er inzwischen Peter Hutchinson ein weiteres Mal befragt habe. Der behauptete allerdings, nichts von irgendwelchen Affären Daltons zu wissen und stellte sich auch sonst völlig unwissend. Männer wie Hutchinson verstanden es, den Mund zu halten, vor allem wenn es zu ihrem eigenen Vorteil war.

Anschließend wendete sich das Gespräch zwischen Gavin und Macnab einem erfreulicheren Thema zu: Gavin berichtete Macnab von dem gemeinsamen Wochenende mit Rhona und Jean im Wildgehege bei Heatherton, und Macnab erklärte schmunzelnd: »Ich hatte schon letzte Woche, nach deinem Besuch im Kinderheim, so etwas vermutet.

Aber du hattest sofort das Thema gewechselt, als ich nachhakte.« Er musterte Gavin nachdenklich. »Vielleicht besucht ihr uns ja einmal zum Abendessen«, schlug er dann vor. »Meine Frau und ich würden die beiden gerne einmal kennenlernen.«

Ian Forrester

DIE NERVENHEILANSTALT *Rainbow's End*, in die Ian Forrester vor zwei Jahren zur weiteren Untersuchung eingewiesen worden war, lag in einem grünen und beschaulichen Tal, fern von dem Trubel und dem Lärm im Zentrum von Houndslow. Gavin kannte die Gegend gut von manch ausgedehnter Wanderung durch die freie Natur, die ihn auch in diese Region geführt hatte. Die Patienten der Klinik konnten allerdings nicht viel Nutzen aus der friedlichen Schönheit und Weite der Heidelandschaft ziehen, da das Klinikgelände von einem großen Zaun umschlossen war und ihnen das Verlassen des Geländes nicht gestattet wurde.

Am Haupttor zum Klinikbereich musste Gavin sich einem Wachmann gegenüber ausweisen. Kurz darauf empfing Dr. Harrington, der stellvertretende Leiter der Anstalt, ihn in seinem Büro.

Dr. Harrington gab sich zunächst zurückhaltend und wollte Gavin nur wenig zur Krankengeschichte des Ian Forrester mitteilen. Immer wieder verwies er auf die ärztliche Schweigepflicht, die auch der Polizei gegenüber nicht an Wirksamkeit verlöre, obwohl man auf eine gute Zusammenarbeit mit den Behörden bedacht sei.

Um ihn kooperativer zu stimmen, übte Gavin sich in Diplomatie: »Natürlich werden wir auf Ihre beruflichen und moralischen Verpflichtungen unbedingt Rücksicht nehmen«, versicherte er Dr. Harrington und verbarg seine Ungeduld. Er hatte das Gefühl, auf eine Wand einzureden. »Sie können mir aber doch sicherlich mitteilen, ob Ian Forrester noch bei Ihnen in Behandlung ist.«

»Diese Information darf ich aufgrund ihrer dienstlichen Bestimmung natürlich preisgeben,« erklärte Dr. Harrington und legte die Handflächen flach auf die Tischplatte vor ihm. »Ian Forrester ist nicht mehr bei uns in Behandlung«, stellte er dann knapp fest. Anschließend fischte er eine dicke Akte aus einem Ablagekorb auf seinem Schreibtisch und blätterte aufmerksam darin. »Seit neun Monaten, um genau zu sein«, ergänzte er dann.

Gavin holte langsam Luft. Er hatte auf weitaus mehr Kooperationsbereitschaft gehofft. Am liebsten hätte er einen Blick in die Akte geworfen, die Dr. Harrington nun in der Hand hielt. Doch der achtete sorgfältig darauf, dass Gavin nicht einmal zufälligerweise etwas darin lesen konnte.

Daher beschränkte Gavin sich zunächst auf allgemeine Fragen über die Klinik, um so ein wenig Vertrauen zwischen ihm und dem Arzt zu schaffen, und appellierte anschließend an die Eitelkeit des Fachmanns: »Ich würde Sie gerne zu Forresters seelischem Allgemeinzustand befragen. Sobald eine Angabe jedoch unter die ärztliche Schweigepflicht fallen sollte, verzichten Sie bitte auf eine Antwort. Ohne Ihren Sachverstand werden wir mit unseren Ermittlungen jedoch nicht weiterkommen. Daher wäre ich Ihnen für jede mögliche Hilfestellung äußerst verbunden.«

Dr. Harrington nickte selbstzufrieden. »Wieso interessiert Sie der Fall auf einmal wieder? Schließlich wurde der Verdacht gegen Forrester damals doch ausgeräumt.«

Nun war es an Gavin, der Frage auszuweichen. Verwies er auf den Mordfall Dalton, brachte dies womöglich Gerüchte in Umlauf. »Der Name Forresters tauchte in einem anderen Zusammenhang auf«, erklärte er daher vorsichtig. »Die Ereignisse, die vor fast zwei Jahren zu seiner Einweisung in Ihre Klinik führten, könnten dadurch in einem neuen Licht erscheinen. Weitere Einzelheiten darf ich Ihnen allerdings leider nicht mitteilen.« Gavin rieb sich die Stirn. »In diesem Punkt bin nun leider ich zur Verschwiegenheit verpflichtet«, fügte er dann hinzu und lächelte verständnissinnig: Ein Geheimnisträger bat den anderen um Nachsicht für seine dienstlich veranlasste Zurückhaltung.

»Selbstverständlich.« Harrington entspannte sich sichtlich, da sein Gegenüber ein Geheimnis offenbar zu wahren wusste. »Ich bin Ihnen gerne behilflich«, fügte er dann hinzu.

»Danke. — Sie haben Ian Forrester also selbst behandelt, Dr. Harrington?«

»In der Hauptsache, ja.« Der Arzt nickte.

»Und wie war Ihr Eindruck von ihm, direkt vor seiner Entlassung? Hatte er die Krise vollständig überwunden?«

»Ein empfindsamer Mensch wie Forrester kann solch eine Erfahrung wohl nie vollständig überwinden«, erklärte Harrington und breitete beide Arme aus. »Aber die wesentlichen Auswirkungen der Krise hat er mit unserer Hilfe überwunden.«

»Ursprünglich war er meines Wissens zur Beobachtung in die geschlossene Abteilung eingewiesen worden«, fuhr Gavin fort. »Ist das korrekt? Geschah es auch deshalb, weil er eine Gefahr für andere hätte darstellen können? Oder für sich selbst?«

»Es geschah ausschließlich zu seinem eigenen Schutz«, betonte Dr. Harrington. »Für andere stellte er nie eine Gefahr dar.«

Gavin nickte. Diese Worte erinnerten ihn an das, was Brenda Buchanan vor einigen Tagen über Spencer Macbain berichtet hatte. »Ich muss Ihnen wohl zunächst erklären, dass ich weiß, weswegen Forrester damals beschuldigt wurde«, fuhr Gavin fort. »Und dass er infolgedessen einen Zusammenbruch erlitt. Über den angeblichen Kindesmissbrauch können Sie also offen mit mir sprechen. Ich will auch hinzufügen, dass ich aufgrund der mir bekannten Beweislage von Forresters Unschuld ausgehe. Wie aber ist Ihr fachlicher Eindruck von ihm? Sie kannten ihn schließlich persönlich.«

Dr. Harrington zögerte. »Meine Einschätzung ist im Grunde ähnlich wie die Ihre. Der Mann litt zwar an intensiven Selbstzweifeln und darauf basierenden Schuldgefühlen. Aber diese Schuldgefühle verfolgten ihn nicht, weil er tatsächlich schuldig gewesen wäre, sondern weil er von den Anschuldigungen, die gegen ihn vorgebracht wurden, völlig überwältigt wurde.«

»Gut.« Gavin massierte mit den Fingerspitzen seine Nackenmuskulatur. »Wenn ich richtig rechne, war er etwas mehr als ein Jahr in Ihrer Behandlung?«

Dr. Harrington nickte. »Ein Jahr und drei Monate«, bestätigte er.

»Ist das nicht eine sehr lange Zeit? War der Fall denn derart gravierend?«

»Er war ernst, aber heilbar«, stellte Dr. Harrington fest. »Das Allerschlimmste hatte Forrester nach einem halben Jahr überwunden. Danach erfolgte die weitere Behandlung auf freiwilliger Basis. Mit anderen Worten: Ian Forrester bat uns darum.«

Der Arzt holte weiter aus, als er Gavins aufrichtiges Interesse registrierte. »Sie müssen verstehen, dass eine solche Verletzung der Seele genauso traumatisch ausfallen kann wie bestimmte körperliche Verletzungen. Manchmal sogar schlimmer: Denn sobald eine körperliche Wunde geheilt ist, erkennt der Patient meist objektiv, dass er wieder gesund ist. Von da an nutzt er den betreffenden Körperteil wieder wie vor der Verletzung. Doch bei einer seelischen Verletzung, vor allem wenn sie einen empfindsamen Menschen wie Forrester trifft und wenn sie von einer Art ist, wie sie Ian Forrester zugefügt wurde, traut der Patient oft nicht einmal mehr sich selbst. Der Heilungsprozess ist nicht objektiv für ihn überprüfbar. Er hält sich selbst weiterhin für seelisch instabil. Forrester hatte damals den Eindruck, es mit der Welt noch nicht wieder aufnehmen zu können. Daher bat er uns, die Behandlung auf freiwilliger Basis fortzusetzen.«

»Das klingt für mich so, als wäre er selbst dazu in der Lage gewesen, seinen eigenen Zustand durchaus vernünftig zu beurteilen«, warf Gavin ein.

»Gewiss«, gestand Dr. Harrington zu. »Forrester war sich über seine Ängste und Probleme durchaus im Klaren. Und er ist ein im Grunde sehr intelligenter Mensch, fähig zu einem vernünftigen Urteil.«

»Hat er die Klinik dennoch ab und zu verlassen? Etwa, um sich schrittweise wieder in die Welt einzufinden?«

»Nein, überhaupt nicht. Erst bei seiner Entlassung verließ er die Klinik zum ersten Mal seit seiner Einlieferung.«

Gavin zog die Stirn in Falten. »Und wollte er nie jemanden sehen? Keine Besuche, meine ich?«

Dr. Harrington verneinte.

Gavin zögerte. »Könnte es sein, dass Forrester glaubte, jeder, dem er begegnete, würde ihn der furchtbaren Verdächtigungen für schuldig halten, die seine Frau gegen ihn erhoben hatte?«, erkundigte er sich dann mit ruhiger Stimme.

Der Arzt musterte Gavin mit Interesse. »Sie haben den Kern des

Problems erkannt«, bestätigte er dann und legte die Hände mit den Fingerspitzen so zusammen, dass sie eine Pyramide formten.

»Aus den mir vorliegenden Akten geht auch hervor«, fuhr Gavin fort, »dass Forrester Angst hatte, seine Tochter wiederzusehen. Hat er diese Angst im Laufe der Behandlung überwunden?«

Das Gesicht des Arztes zeigte nun zum ersten Mal echtes Mitgefühl. »Bedauerlicherweise nicht«, stellte er fest. »Das ist der tragische Aspekt des Falls: Die Tochter hat mehrmals gebeten, ihren Vater besuchen zu dürfen. Und wir haben ihre Bitte Forrester gegenüber unterstützt. Der aber konnte schon die Vorstellung nicht ertragen, seine Tochter zu sehen. Forrester hegte stets die irrationale Furcht, sich ihr gegenüber dadurch schuldig zu machen. Das wurde bei ihm zu einer fixen Idee.«

Gavin wunderte sich nun, wie der Arzt unter diesen Umständen behaupten konnte, Forrester habe die Krise schließlich bewältigt. »Dann hat Forrester seine Tochter also in den ganzen etwa eineinviertel Jahren, in denen er hier war, nicht ein einziges Mal gesehen?«, hakte er nach.

»Nein«, bestätigte Dr. Harrington. »Aber er hat ihr immerhin regelmäßig geschrieben. Doch auch da verlangte er von uns, dass wir seine Briefe vorher gegenlasen und ihm ausdrücklich bescheinigten, sie seien völlig harmlos und könnten auf keinen Fall gegen ihn ausgelegt werden.«

Gavin war betroffen. »Der arme Mann«, entfuhr es ihm.

»Das kann man wahrlich sagen.« Dr. Harrington legte erneut die Fingerspitzen zu einer Pyramide zusammen und nickte. Dann blickte er reflexartig auf seine Armbanduhr. Zu viel Mitgefühl konnte er sich in seinem Beruf offenbar nicht leisten, und das allein schon aus Selbstschutz. »Haben Sie noch weitere Fragen?«, wollte er von Gavin wissen.

»Nur noch einige wenige.« Gavin würde sich erst abwimmeln lassen, wenn er in der Sache klarer sah. »Wie kam es zu Forresters Entlassung?«

»Wir konnten ihn überzeugen, dass er so weit war, sich der Welt wieder allein zu stellen. Zu Anfang wehrte er sich zwar gegen diese

Vorstellung. Doch vor einem Dreivierteljahr etwa bat er schließlich selbst darum, entlassen zu werden.«

»Vor einem Dreivierteljahr also trat die Veränderung ein«, murmelte Gavin vor sich hin. Dann fuhr er laut fort: »Zeigte Forrester damals noch irgendwelche äußeren Symptome seiner Krankheit? Ich meine, wäre er anderen, die nichts über seine Vorgeschichte wussten, in irgendeiner Weise auffällig erschienen?«

Der Arzt zögerte. »Nein, alle derartigen Symptome waren verschwunden«, erklärte er dann.

Als Gavin ihn fragend ansah, holte Harrington aus: »In dem ersten halben Jahr nach seiner Einlieferung haben Forresters Hände aus Nervosität beständig gezittert. Er war stets unruhig und schreckhaft, sodass er regelmäßig Beruhigungsmittel einnehmen musste. Bei seiner Entlassung kam er jedoch bereits fast völlig ohne Medikamente aus. Er nahm nur noch ab und zu ein Schlafmittel. Weil Forrester nicht schuldig war und sich mit seiner Lage abgefunden zu haben schien, gab es keinen Grund mehr für uns, ihn noch weiter hierzubehalten, da er selbst dies nicht mehr wünschte.« Es klang wie eine Rechtfertigung. »Schließlich war er am Ende ja nur noch auf freiwilliger Basis bei uns.«

Gavin nickte. »Wissen Sie eventuell, wo Forrester sich zurzeit aufhält? War er vielleicht sogar noch einmal bei Ihnen?«

Der Arzt schüttelte den Kopf und blickte abermals auf seine Armbanduhr. »Er hat uns keine Adresse angegeben, und wir hatten auch kein Recht, von ihm diese Angabe zu fordern, da er ja zuletzt aus freien Stücken bei uns war.«

Gavin überflog rasch seinen Notizblock. »Nun, ich denke, das waren alle meine Fragen, Dr. Harrington. Vielen Dank für Ihre wertvolle Zeit.«

GAVIN GING ZU FUSS zurück nach Houndslow. Er kannte die Strecke gut und hoffte, den Kopf in der frischen Luft von der etwas düsteren Atmosphäre freizubekommen, die jeder Klinik, vor allem aber jeder Nervenheilanstalt anhaftete.

Schon nach wenigen Hundert Metern holte ihn ein anderer Spaziergänger ein. Es handelte sich um einen kräftigen Mann, der einen leichten Mantel trug; unter dem Mantel war der Kittel eines Krankenpflegers zu erkennen. Offenbar war er Gavin nachgegangen, um ihn anzusprechen.

»Sie sind von der Polizei?«, erkundigte der Mann sich ohne Umschweife.

Gavin nickte zurückhaltend.

»Mein Name ist Gordon«, stellte der andere sich vor, während sie ihren Weg fortsetzten. »Ich bin einer der Pfleger, die für Ian Forrester zuständig waren. Darum bin ich Ihnen auch nachgegangen. Ich habe gehört, dass Sie sich beim Chef nach ihm erkundigt haben. — Geht es Ian gut? Haben Sie ihn gesehen?«

Gavin zögerte mit der Antwort. Wollte Gordon ihn etwa aushorchen? Andererseits war dies eine Gelegenheit, mehr über Forrester aus erster Hand zu erfahren, nachdem Dr. Harrington nicht unbedingt kooperativ gewesen war.

»Mein Name ist Forbes«, stellte Gavin sich daher vor, ging jedoch nicht auf die Fragen des Pflegers ein. »Das hat sich ja rasch herumgesprochen, weshalb ich gekommen bin«, stellte er stattdessen nichtssagend fest.

»Der arme Mann hatte ja auch alles verloren. Das weiß bei uns jeder«, erklärte Gordon. »Arbeit und Familie. Und vor allem seine Tochter. Zu uns aber war er stets freundlich. Das haben wir nicht vergessen.«

»Forrester kann einem tatsächlich leidtun«, gestand Gavin zu. Dann begann er, Gordon auszuforschen: »Hatte Forrester in seiner Zeit in der Klinik eigentlich viele Besucher?« Es konnte nicht schaden, sich Dr. Harringtons Angaben aus einer zweiten Quelle bestätigen zu lassen.

»Nein«, erwiderte Gordon und schüttelte den Kopf. »Niemanden, außer der Polizei.« Er machte ein ernstes Gesicht.

»Auch nicht seine Tochter?«

»Nein, auch sie nicht. Aber in ihrem Fall lag es allein an Ian«, fügte Gordon hinzu. »Er hat niemanden sehen wollen, vor allem nicht seine Tochter. Wenn man ihm gegenüber diese Möglichkeit auch nur andeutete, zog er sich sofort ganz in sich selbst zurück. Tagelang hat er sich dann geweigert, überhaupt mit jemandem zu sprechen. Ian fürchtete wohl, dass man ihn erneut beschuldigen werde, seiner Tochter etwas angetan zu haben.«

Gavin war betroffen. »Konnte ihn denn nichts beruhigen?«

»Zu Anfang nicht.« Gordon schüttelte den Kopf. »Jemand hat ihm da wirklich übel mitgespielt.« Er zögerte kurz, bevor er vertraulich fortfuhr: »Ich kenne nämlich auch die anderen. Diejenigen, die Kindern wirklich so etwas antun, wie man es Ian vorgeworfen hat. Auch die hatten wir schon hier. Diese anderen benehmen sich jedoch meist äußerst rechthaberisch und oft sogar auf abstoßende Weise überheblich, so als seien sie etwas Besseres als wir anderen. So als sei es das Normalste von der Welt, was sie getan haben. Ein schlechtes Gewissen kennen diese anderen selten. Sie bereuen es nur, erwischt worden zu sein.«

»Und Ian Forrester war ihrer Meinung nach unschuldig?«, erkundigte Gavin sich gespannt.

»Nach meiner Erfahrung: ja. Ganz eindeutig: ja.« Gordon bekräftigte seine Worte durch mehrmaliges Kopfnicken. »Darum interessieren mich der Mann und sein Schicksal.«

»Hat Forrester manchmal davon gesprochen, warum alles so gekommen war?«, hakte Gavin nach.

»Zunächst sprach er mit niemandem über seine Angelegenheiten. Später aber fasste er Vertrauen zu mir. Er gab dem angeblichen Liebhaber seiner Frau die Schuld an allem.«

Gavin horchte auf, sagte aber nichts. Endlich schien er auf die erhoffte Verbindung gestoßen zu sein.

Gordon zögerte kurz, bevor er fortfuhr; »Ian vermutete sogar, dass seine Frau ihn absichtlich mit konstruierten Beweisen beschuldigt habe, um freie Bahn zu haben für ihre Affäre.«

»Und was sagten die Ärzte dazu?« Gavin zog die Augenbrauen neugierig in die Höhe. Er wollte um jeden Preis vermeiden, durch die Art seiner Fragestellung Antworten zu bewirken, die seinen Hypothesen nur scheinbar entgegenkamen.

»Man hat seinen Theorien in dieser Hinsicht nicht viel Bedeutung beigemessen. Von einem Liebhaber der Frau stand in den Polizeiakten offenbar kein Wort. Daher sah man Ians Vorwürfe als Auswüchse seiner Krankheit an.« Gordon neigte den Kopf zur Seite. »Sie wissen ja, wie Psychologen sind: Sie neigen dazu, alles als Zeichen einer geistigen Krankheit zu interpretieren.«

Gavin musste unwillkürlich lachen. »Und seelisch krank war Ian ja tatsächlich. Aber offenbar war die Ursache seiner Krankheit nicht bloß eingebildet. — Hat er über Fotografien gesprochen, die er angeblich gemacht haben soll?«

Der Pfleger blickte überrascht auf. »Was für Fotografien meinen Sie?«

Gavin zögerte. Da Gordon offenbar nichts davon wusste, hatte Gavin nicht das Recht, ihm davon zu berichten. Andererseits spielte dieses Detail eine entscheidende Rolle bei den Anschuldigungen gegen Forrester. Daher entschloss Gavin sich, trotz aller Vorsicht in diesem Punkt offen zu sein: »Ians Frau hat behauptet, sie habe Aufnahmen gefunden, die Ian von seiner Tochter gemacht haben soll.« Er zögerte einen Moment. »Jene Art von Aufnahmen«, setzte er dann bedeutsam hinzu.

Gordon machte große Augen. »So war das also.« Er verlor sich für einen Moment in Erinnerungen: »Das erklärt für mich jetzt vollends, warum Ian seine Tochter nie sehen wollte«, stellte er dann fest und fasste sich mit der Hand an die Stirn. »Forrester bildete sich also ein, jeder würde ihm verabscheuungswürdige Gedanken unterstellen, wenn seine Tochter ihn besuchen käme und er sie bei dieser Gelegenheit ansähe. Und dass niemand ihm glauben würde, dass er diese Gedanken überhaupt nicht hatte. Schon sie anzusehen, war in seiner verängstigten Seele ein Verbrechen.« Gordon holte tief Luft. »Nein, von solchen Fotografien wusste ich nichts. Nur allgemein von dem Vorwurf des Kindesmissbrauchs gegen ihn. Aber sein Verhalten wird für mich jetzt noch verständlicher.«

»Behalten Sie das aber bitte für sich«, bat Gavin den Pfleger eindringlich, obwohl er nicht recht an dessen Verschwiegenheit glaubte. »Übrigens wurden solche Fotografien auch nie gefunden.«

»Dann wollen wir hoffen, dass es sie tatsächlich nicht gab. Denn das wäre besser für das Kind.« Aus Gordon sprach aufrichtige Anteilnahme. »Sie glauben ja gar nicht, wie viele Menschen ihr ganzes Leben lang unter einer solchen Erfahrung zu leiden haben. Wie tief das in ihnen sitzt, wenn ihnen als Kind etwas Derartiges angetan wurde. Und manche von ihnen wissen später nicht einmal mehr bewusst davon. Wissen nicht, was die Ursachen ihrer späteren Seelenpein sind. Wissen nicht, was immer wieder verhindert, dass sie glücklich leben können. Auch davon hatten wir schon genug Fälle in der Klinik.«

Gavin nickte und schwieg betroffen.

»Also darum wollte Ian keine Besuche«, setzte Gordon nach einer kurzen Pause hinzu, fast wie im Selbstgespräch. »Der Besuch, den er sich am meisten gewünscht hätte, war der seiner Tochter. Aber die konnte er nicht ansehen. Weil er beschuldigt worden war, verbotene Gefühle beim Anblick seiner Tochter zu empfinden. Aber wenn er nicht einmal seine Tochter sehen durfte, so wollte er überhaupt keine Besucher mehr empfangen.«

»Und glauben Sie ihm seine Geschichte, dass seine Frau einen Liebhaber hatte?«

»Dazu weiß ich zu wenig über die Hintergründe«, entgegnete Gordon mit Bedacht. »Wir haben allerdings immer angenommen, dass er sich den Liebhaber seiner Frau nur ausgedacht hätte, um nicht seiner Frau die Schuld an allem geben zu müssen. Um jemandem zu haben, gegen den er seinen ganzen Hass richten konnte.«

»Sie glauben also, seine Frau selbst hatte die Idee, ihn zu beschuldigen, um ihn loszuwerden?«

Gordon nickte wortlos und machte ein ernstes Gesicht. »Auch das kommt gar nicht einmal so selten vor, wie man vielleicht meint.«

Gavin blickte auf, blieb aber beim eigentlichen Thema. »Dann hat Forrester auch nie den Namen des angeblichen Liebhabers erwähnt?«

Gordon schüttelte den Kopf. »Nein. Auch darum glaubten wir, er denke sich diesen Teil der Geschichte nur aus.«

»Hat Forrester denn auch davon gesprochen, sich an diesem Liebhaber rächen zu wollen?«

»Ja, zu Anfang. Aber er war zu intelligent, um es später nochmals zu wiederholen. Denn er wusste, dass man ihn dann als gemeingefährlich einstufen könnte.«

»Ist das Ihr persönlicher Eindruck?« Gavin musterte Gordon gespannt.

»Ja«, bestätigte dieser. »Die Ärzte sehen ihre Patienten schließlich nur drei- oder viermal in der Woche. Bei diesen Terminen können sich die intelligenteren unter den Patienten zusammennehmen und den Ärzten eine Rolle vorspielen. Diese Patienten lernen bald, welches Verhalten ein Arzt von ihnen erwartet, damit er ihnen schließlich völlige Genesung bescheinigt. Aber wenn man als Pfleger den ganzen Tag mit den Patienten zu tun hat, erkennt man sehr viel mehr. Man bekommt es auch mit, wenn die Patienten für einen Moment die Kontrolle verlieren oder die Maske fallen lassen. So gut spielen ihre Rolle nur ganz wenige, dass sie diese Rolle vierundzwanzig Stunden am Tag durchhalten. — Natürlich nur, wenn sie überhaupt eine Rolle spielen«, fügte Gordon abschließend hinzu.

Gavin brummte etwas Unverständliches vor sich hin und erkundigte sich dann: »Hat Forrester vor einem Jahr eigentlich vom Tod seiner Frau erfahren?«

»Ja.« Gordon rieb sich den Hinterkopf. »Und bei dieser Nachricht erlitt er einen Rückfall. Aber von diesem Rückfall erholte er sich deutlich rascher als von seinem ursprünglichen Zusammenbruch. Schließlich hing Ian nicht unbedingt an seiner Frau. Sie hat nie versucht, ihn zu besuchen, während er in der Klinik war. Allerdings wühlte die Nachricht von ihrem Tod alles wieder in Forrester auf; vermutlich auch seine Verbitterung.«

»Meinen Sie, dass er seine Frau für die Komplizin ihres Liebhabers hielt?«

Gordon hob abwehrend die Hände. »Moment, jetzt gehen Sie mir zu schnell vor.«

Gavin formulierte es vorsichtiger: »Glaubte Forrester, dass seine Tochter tatsächlich missbraucht wurde?«

»Das ist schwer zu sagen. Ich glaube, bei diesem Thema konnte Ian nicht mehr klar denken. Meines Wissens hat die Polizei ebenfalls nichts in dieser Richtung feststellen können. Aber Ian hatte auf jeden Fall Angst, dass jemand tatsächlich seiner Tochter etwas antun könnte.«

»Und wenn er das für möglich hielt, und da ausgerechnet seine Frau ihn bei der Polizei angezeigt hatte, glaubte er darum vielleicht, es stecke noch mehr dahinter?«

Jetzt begriff Gordon: »Sie meinen, ob dieser Liebhaber von Forresters Frau der Tochter etwas angetan haben könnte?« Er überlegte kurz. »Es ist im Nachhinein schwer zu sagen, was Forrester darüber dachte. So gut kannte ich Ian dann doch nicht. Gerade was seine Tochter betraf, war er immer sehr verschlossen. Aber ich glaube, Ian hätte seine Frau abgrundtief gehasst, wenn er sie für schuldig gehalten hätte, auch noch die Tochter verraten zu haben.«

»Hat er seine Frau denn nicht ähnlich stark gehasst wie er offenbar den möglicherweise fiktiven Liebhaber seiner Frau hasste?«, wollte Gavin wissen.

Gordon brummte mehrmals vor sich hin, da er nun zu wissen glaubte, worauf Gavin hinauswollte. »Nein. Seine Frau hasste Ian auf eine eher rationale Weise. Aber von diesem Liebhaber sprach er mit einer irrational wirkenden Wut. Darum dachten wir ja auch, er bilde sich diesen Liebhaber nur ein.«

Gordons Worte bestätigten Gavins Hypothese, dass Ian Forrester ein Motiv hatte, sich an Dalton zu rächen. Falls Dalton tatsächlich getan hatte, was Forrester annahm.

Im Grunde besaß Forrester sogar zwei Motive: Eines war Eifersucht und ein weiteres war Rache. Und vielleicht sogar noch ein drittes Motiv: »Gab er dem Liebhaber auch die Schuld am Tod seiner Frau?«, erkundigte Gavin sich.

Überrascht blickte Gordon ihm ins Gesicht. »Nein, wieso sollte er das?«

Gavin ignorierte die Gegenfrage. »Hat man Forrester überhaupt Details über den Tod seiner Frau mitgeteilt?«, wollte er stattdessen wissen.

»Nein. Nur dass es ein Skiunfall war. In den Schweizer Alpen, wenn ich mich recht erinnere.«

Vermutlich wusste Forrester also nichts von der gleichzeitigen Anwesenheit Daltons auf der Kästneralp. »Haben Sie nochmals etwas von Ian gehört, seitdem er entlassen wurde?«

»Nein.« Gordon schüttelte den Kopf. »Wissen Sie denn etwas darüber, wie es ihm jetzt geht?«

Gordons Anteilnahme erschien Gavin aufrichtig zu sein. Gavin musste jedoch bedauernd den Kopf schütteln: »Nein, leider nicht. Aber ich werde versuchen, Forrester ausfindig zu machen, um mit ihm zu sprechen. Dann kann ich ihm auch mitteilen, dass Sie sich nach ihm erkundigt haben. — Was ist eigentlich aus der Tochter geworden? Wissen Sie das? Ihre Stiefmutter hatte ja anscheinend wenig für sie übrig.«

»Am Anfang hat sie wohl trotzdem noch bei der Stiefmutter gelebt«, erklärte Gordon.

»Und später? Vor allem nach dem Tod der Stiefmutter? Gab es vielleicht Verwandte, die sie aufgenommen haben?« Womöglich kam Gavin auf diese Weise auf Ian Forresters Spur.

»Davon hat Ian nichts erzählt.«

»Gar nichts?« Gavin war enttäuscht.

»Nein. Nach dem Tod seiner Frau wurde Ian, was das anging, erst recht verschlossen.«

»Vielleicht hatte er sich damals vorgenommen, wieder ganz gesund zu werden, um erneut für seine Tochter sorgen zu können?«, spekulierte Gavin.

»Das mag sein.« Gordon zog die Schultern in die Höhe. »Im Grunde machte er sich große Sorgen um ihr Wohlergehen. Aber ihren Besuch konnte er immer noch nicht ertragen.«

Gavin nickte verständnisvoll.

Mittlerweile hatten sie die ersten Ausläufer von Houndslow erreicht. Dort trennten sich ihre Wege. Gavin bat Gordon um dessen Telefonnummer, falls er noch weitere Fragen an ihn haben sollte, und reichte diesem im Gegenzug seine eigene Visitenkarte. Dann verabschiedeten sie sich voneinander.

ALS GAVIN AM FOLGENDEN TAG mit Superintendent Macnab zusammentraf, ereignete es sich zum ersten Mal im Zuge ihrer gemeinsamen Ermittlungen, dass Gavin nicht völlig aufrichtig war und Macnab nicht alles anvertraute, was er in der Zwischenzeit herausgefunden hatte: Sein Mitleid mit Forrester hielt Gavin davon ab, diesen vorzeitig zum Hauptverdächtigen ihrer Ermittlungen zu machen, obwohl alle Indizien auf Forrester wiesen.

Gavin wunderte sich selbst über seine Zurückhaltung. Gewiss, diese beruhte zum Teil auf seinem Mitleid mit Ian Forrester. Der arme Mann hatte schließlich schon genug gelitten, als er schon einmal beschuldigt worden war, und das zu Unrecht. Aber war dies ein Grund, vor Macnab Fakten zurückzuhalten?

Gavin entschied sich abzuwarten, bis er Genaueres wusste. Erst dann wollte er Macnab von seinen Vermutungen berichten. Vorsichtig erkundigte er sich stattdessen bei Macnab, ob man den Aufenthaltsort der Tochter inzwischen ermittelt habe, da auch sie zur Aufklärung des Falles beitragen konnte.

»Leider nicht«, entgegnete Macnab, »und es wird nicht einfach sein, ihn herauszubekommen«, dämpfte er Gavins Erwartungen. »Sie lebt nicht bei ihrem Vater, sondern ist offenbar anderweitig untergebracht worden. Die Akten der Kinder werden in derartigen Fällen unter Verschluss genommen, um die Betroffenen zu schützen. Derzeit kann ich dir also nicht einmal ihren Namen nennen. Und um die Freigabe der Akten zu erwirken, werde ich einen hinreichend zwingenden Grund angeben müssen. Doch über solch einen Grund verfügen wir im Moment noch nicht.«

Gavin nickte. »Vielleicht ist es auch besser so. Forresters Tochter könnte uns zu dem Mord an Dalton sicherlich wenig sagen, wenn sie ihren Vater tatsächlich seit zwei Jahren nicht gesehen hat.«

Macnab stimmte ihm zu. »Wir sollten außerdem nach Möglichkeit vermeiden, sie erneut mit all dem zu konfrontieren. Vermutlich hat sie es auch so schwer genug.«

»Und wenn Ian Forrester tatsächlich der Mörder Daltons sein sollte«, fügte Gavin hinzu, »so hat er gewiss alles getan, um seine Tochter aus dem Fall herauszuhalten.«

Macnab nickte. »Davon wollen wir zunächst ausgehen. — Sieht so aus, als kämst du im Moment nicht mehr ganz so gut voran, wie es nach deinem Besuch in der Schweiz ausgesehen hatte«, stellte er dann mit Bedauern fest.

Gavin fasste sich für einen Augenblick schuldbewusst mit den Knöcheln des rechten Zeigefingers an die Lippen. Es fiel ihm alles andere als leicht, Macnab seine weiteren Überlegungen vorzuenthalten. »Tja, es wäre einfacher, wenn es beispielsweise einen von Dalton gefeuerten Mitarbeiter gäbe, der einen tiefen Hass gegen den Mann hegte«, lenkte er ab. »Bist du in dieser Richtung fündig geworden?«

Macnab schüttelte den Kopf. »Dalton hat sich in seinem Leben reichlich Feinde gemacht. Aber bei keinem davon gibt es konkrete Verdachtsmomente. Wenn du willst, kannst du dir die Unterlagen ebenfalls ansehen.« Der Superintendent deutete auf einen weiteren Aktenstapel auf seinem Schreibtisch.

Gavin lächelte zunächst bloß säuerlich. Dann nickte er Macnab zu.

IM VERLAUF DER FOLGENDEN TAGE war Gavin vor allem mit dem Verfassen verschiedener Zeitschriftenartikel beschäftigt, die er bis zum Wochenende fertigzustellen hatte. Es gab einiges nachzuholen, und er musste zur Abwechslung auch einmal Geld verdienen. Außerdem traf er sich fast jeden Abend mit Rhona.

Seit seinem Besuch in der Nervenheilanstalt riet eine innere Stimme Gavin davon ab, die Ermittlungen im Fall Dalton weiterzuführen. Gavin widerstrebte es, Beweise gegen einen Mann zu sammeln, dem das Schicksal derartige Prüfungen auferlegt hatte, vor allem da alle Theorien über die Hintergründe der Tat vorwiegend auf Indizien beruhten. Mochten die Bruchstücke auch noch so gut zueinanderpassen, so waren es doch keine handfesten Beweise. Forrester war schon einmal unschuldig verhaftet worden. Was, wenn der Verdacht gegen ihn auch diesmal unbegründet war?

Am Freitagabend konnte Gavin alle Abgabetermine einhalten. Er war sehr erschöpft und wünschte sich nur noch, am Wochenende völlig abschalten und all das Unerfreuliche vergessen zu können, das ihn in letzter Zeit so hartnäckig beschäftigte.

Daher hatte er mit Rhona und Jean einen weiteren Ausflug geplant: Diesmal wollten sie eine Wanderung zum Lake Glenton unternehmen, und am frühen Nachmittag würden sie in das Ausflugslokal am Ufer

147

des Sees zu Tee und Scones einkehren.

WIEDERUM BRACHTE DAS WOCHENENDE SCHÖNES WETTER. Der Lake Glenton funkelte fröhlich im Sonnenschein, sein klares Wasser schimmerte tiefblau, und an seinen Ufern lockte ein Wanderweg, der hinein in die grün-violette Heide führte.

Jean lief auf der Jagd nach Vögeln am Ufer des Sees entlang, während Rhona und Gavin auf einer Holzbank saßen, die zum Außenbereich des stark frequentierten Ausflugslokals gehörte. Von dort aus genossen sie die wunderbare Aussicht. Sie waren beide müde von der langen Wanderung und gesättigt von dem Essen, das sie gerade zu sich genommen hatten.

Als auch Jean des Laufens müde wurde und sich zu ihnen gesellte, machte Rhona einen für Gavin unerwarteten Vorschlag: »Sollen wir auf dem Rückweg in deiner Wohnung vorbeischauen? Damit Jean mal sieht, wie du wohnst?«

Gavin blickte betroffen drein. Er überlegte angestrengt, in welchem Zustand er seine Wohnung am Morgen verlassen hatte. Wann eigentlich hatte er zuletzt darin aufgeräumt?

Jean aber war begeistert: »Das machen wir«, rief sie und klatschte vor Freude in die Hände.

Rhona staunte über Jeans Ausgelassenheit. Im Heim war das Kind stets verschlossen und zurückhaltend. Sobald Jean aber mit ihr und Gavin allein war, entspannte das Kind sich und fand zu seinem wahren Selbst. Der Schutzwall, den Jean ansonsten um sich herum aufbaute, war in Momenten wie diesem verschwunden.

»Ich weiß nicht recht«, druckste Gavin herum. Er winkte der Bedienung zu und gab ihr durch ein Handzeichen zu verstehen, dass er noch einen Espresso wünschte.

»Wie wohnst du denn so?«, erkundigte Jean sich neugierig.

»Nichts Besonderes«, erwiderte Gavin wenig aufschlussreich. »Und eher klein. Ich bin ja auch nicht viel zu Hause. Da brauche ich nicht viel Auslauf in meiner Wohnung.«

Rhona musste lachen. »Den brauchen wir heute auch nicht mehr, nach der langen Wanderung. Und was sollen wir sonst machen, wenn es Abend wird? Wir haben noch ein paar Stunden, bevor wir zurück nach Duncan's Crossing müssen. Und für weitere Unternehmungen bin ich zu müde. Wir könnten unterwegs etwas zum Abendessen holen und es uns bei dir gemütlich machen.«

Gavin zögerte immer noch, denn er war sich nun sicher, sein Zuhause in einem eher chaotischen Zustand zurückgelassen zu haben.

Doch Rhona und auch Jean ließen nicht locker. »Dann kannst du mir gleich noch ein paar von deinen Büchern geben«, schlug Jean vor. »Die, die du mir versprochen hast.«

»Nun ja.« Gavin zögerte und suchte nach einer Ausrede.

»Was hast du denn?«, hakte Rhona nach und zog die Augenbrauen zusammen.

»Tja, ich bin eben nicht so organisiert, wisst ihr ... «, gestand Gavin ein.

»Du meinst, es sieht heute in deiner Wohnung noch schlimmer aus als sonst?« Rhona lachte hell auf und zwinkerte Jean verschwörerisch zu.

Gavin kniff die Lippen zusammen, musste dann jedoch ebenfalls lachen.

Rhona und Jean betrachteten ihn freundschaftlich. »Das macht uns nichts aus«, beschwichtigte Rhona und schmunzelte. Jean nickte ernsthaft.

»Gut, ich bin einverstanden«, gab Gavin schließlich nach. Gleichwohl murmelte er etwas Unverständliches vor sich hin und wirkte angespannt.

Doch als sein Espresso kam und er daran genippt hatte, entspannte Gavin sich. In Ruhe genoss er das Getränk, während Jean erneut aufsprang, um den Vögeln hinterherzulaufen.

Kurz darauf machten sie sich auf den Rückweg nach Houndslow. In Gavins Wohnung mussten sie zunächst verschiedene Bücher und Zeitschriften beiseiteschieben, um überhaupt Sitzmöglichkeiten zu finden. Jean gefiel diese Unordnung allerdings ausnehmend gut.

»Nun weiß auch Jean, was es bedeutet, wenn du erklärst, du seist ein wenig unorganisiert«, zog Rhona Gavin schmunzelnd auf.

Der verzog schuldbewusst das Gesicht. »Wenn ich gewusst hätte, dass ihr heute mitkommen würdet, hätte ich heute Morgen aufgeräumt.«

»Du benötigst eben eine Ehefrau«, erklärte Jean ihm übermütig und lachte.

Nun war es an Rhona, verlegen zu werden.

Dies brachte Jean erst recht zum Lachen. Sie lachte so lange, bis sie die beiden Erwachsenen mit ihrer von Herzen kommenden Heiterkeit ansteckte und diese in ihr Lachen einfielen.

DAS WOCHENENDE HATTE GAVIN auf andere Gedanken gebracht. Am Montag konnte er jedoch keine Ausrede mehr finden, um seine Ermittlungen im Fall Dalton weiter aufzuschieben. Schließlich hatte er Alan Macnab versprochen, ihn zu unterstützen.

Indem Gavin sich nun erneut mit diesem Thema beschäftigte, fühlte er sich bald wieder von den Hässlichkeiten der Welt eingeholt. Das Wochenende hatte Gavin allerdings dabei geholfen, sich über seine eigenen Motive klarer zu werden: Es ging Gavin schon lange nicht mehr darum, Donald Keyes eine Lehre zu erteilen — dafür war ihm Keyes zu unwichtig. Gavin wollte vielmehr endlich die Wahrheit ans Licht bringen und zum Kern des Falles vordringen. Außerdem hatte er Spencer Macbain nicht vergessen. Nicht nur mit Forrester, auch mit Macbain musste man Mitleid haben. War Spencer tatsächlich unschuldig, so konnte man zumindest seinen guten Ruf wiederherstellen.

Gavin machte sich also auf den Weg zu der letzten bekannten Adresse Forresters, die Alan Macnab ermittelt hatte. Wie sich herausstellte, wohnte Ian Forrester dort nicht mehr. Von der Hauseigentümerin, die im Erdgeschoss des Gebäudes lebte, erhielt Gavin jedoch eine von Forrester hinterlassene Nachsendeanschrift.

Skeptisch, mochte es sich dabei doch bloß um eine fiktive Adresse handeln, machte Gavin sich auf den Weg. Als er nur noch wenige Straßen von der neuen Adresse entfernt war, fiel Gavin zunächst auf, dass die Villa Emmett Daltons nur wenige Hundert Meter nördlich lag. Natürlich konnte dies ein Zufall sein. Aber es war ein weiteres Indiz, das ins Gesamtbild passte.

Gavins Ziel lag in einer eher schmalen Straße aus meist siebenstöckigen Mietshäusern, in denen kein einziges aus der langen Reihe sich ähnelnder Gebäude in irgendeiner Weise hervorstach. Die Haustür des von ihm gesuchten Hauses stand weit offen, da gerade ein Umzug stattfand. Auf der Straße standen mehrere große Pappkartons vor einem Lastwagen.

Gavin orientierte sich anhand der Klingelschilder: Forrester wohnte dort tatsächlich, im fünften Stockwerk.

Da der Fahrstuhl durch Transportgut blockiert war, nahm Gavin das Treppenhaus. Etwas außer Atem erreichte er die fünfte Etage und sprach einen der Nachbarn, der gerade die Wohnung verließ, nach Forresters Tür.

Gavin klingelte mehrfach. Schließlich wurde die Tür einen Spalt weit geöffnet. Eine Eisenkette sicherte auf der Innenseite vor unerwünschten Eindringlingen. Weitere Details konnte Gavin im Halbdunkel hinter dem Türspalt nicht ausmachen.

»Was wünschen Sie«, erkundigte sich eine Männerstimme, die leise und etwas unsicher klang.

»Ich möchte mit Ian Forrester sprechen«, erklärte Gavin. »Sind Sie Forrester?«

»Ja.« Die Stimme wurde noch leiser. »Was wünschen Sie?«

»Vielleicht können Sie sich das schon denken«, klopfte Gavin auf den Busch: »Es geht um den Tod Emmett Daltons.« Gavin wartete gespannt auf eine Reaktion.

Doch die erfolgte erst nach einer halben Minute und entsprach nicht dem, was Gavin erwartet hatte: »Was für ein Dalton?«, gab Forrester sich unwissend. Diese Antwort klang allerdings weder überrascht noch angespannt, wie man es von einem tatsächlich Unbeteiligten unter solchen Umständen erwartet hätte. »Können Sie mich nicht einfach in Ruhe lassen?«, fügte Forrester hinzu.

»Es sind nur einige wenige Fragen, die ich ihnen stellen möchte«, erklärte Gavin. »Ich ermittle im Auftrag des CID«, ergänzte er dann, um den Druck auf Forrester zu erhöhen. Gleichzeitig bemühte er sich, vertrauenerweckend zu klingen, denn wieder überkam ihn Mitgefühl mit Forrester. ›Hauptberuflich wäre dieser Job jedenfalls nichts für mich‹, stellte Gavin in Gedanken fest.

»Lassen Sie mich doch einfach in Ruhe«, bat Forrester erneut, fast flehentlich. Seine Stimmlage war nun merklich höher.

Gavin hatte den Eindruck, dass Forrester die Tür wieder schließen wollte. So leicht würde er es Forrester jedoch nicht machen. Gavin lehnte sich daher gegen die Tür, um sie offen zu halten. »Mein Name ist Forbes«, stellte er sich vor. »Ich muss Ihnen ein paar Fragen im Zusammenhang mit dem Tod von Emmett Dalton stellen, über den Sie sicherlich schon aus den Medien erfahren haben. Ich werde dabei alle Angaben vertraulich behandeln, die Sie mir machen.« Er zog seinen CID-Ausweis aus der Tasche und hielt ihn so vor den Türspalt, dass Forrester ihn lesen konnte.

In Gedanken stellte Gavin gleichzeitig mit einem unguten Gefühl fest, wie leicht ihm das Versprechen von den Lippen gegangen war, alles vertraulich zu behandeln, das Forrester ihm erzählen würde. Und wie unglaubwürdig dieses Versprechen für Ian Forrester klingen musste. War es denn wirklich nur eine Floskel gewesen?

»Das ist nicht der Dienstausweis eines Ermittlers des CID«, stellte Forrester sachlich fest.

Gavin fühlte sich dadurch in die Defensive gedrängt; natürlich kannte Forrester aufgrund seiner früheren Erfahrungen den Unterschied zwischen dem Ausweis eines Kriminalbeamten und eines externen Mitarbeiters. Doch Gavin ließ sich nicht anmerken, dass er nicht mit einer solchen Antwort gerechnet hatte. »Ich ermittle im Auftrag des CID«, entgegnete er stoisch. »Das können Sie dem Ausweis entnehmen.«

»Und außer für den CID, für wen ermitteln Sie noch?«, wollte Forrester wissen, fast so, als kenne er die Antwort auf diese Frage bereits.

Gavin entschloss sich zu einer der Wahrheit entsprechenden Antwort. Forrester kannte seinen Namen womöglich bereits durch einen der Artikel über den Fall Dalton für die *Houndslow Times*, an denen Gavin beteiligt gewesen war. Wenn Gavins Verdacht gegen Forrester zutraf, hatte Forrester die Ereignisse mit großer Wahrscheinlichkeit in der Presse verfolgt. Gavin konnte daher Forresters Vertrauen nur dann gewinnen, wenn er aufrichtig war: »Ich arbeite auch für die Presse, als Fotograf«, stellte er fest. »Derzeit ermittle ich jedoch ausschließlich im Auftrag des CID von Houndslow und unterstütze diesen bei den Ermittlungen um den Mord an Emmett Dalton.«

Nicht zum ersten Mal wurde Gavin bewusst, auf welch schmalem Grat er sich bei dem ständigen Wechselspiel zwischen seiner Arbeit für den CID und seiner Arbeit für die Presse bewegte. Allein schon offiziell Tatortaufnahmen für den CID anzufertigen und gleichzeitig für die *Houndslow Times* über den Mord zu berichten, bot Einiges an Konfliktpotenzial. Andererseits ließ sich bei seiner Tätigkeit für die Presse ohne Weiteres objektiv kontrollieren, ob er seinen Verschwiegenheitspflichten tatsächlich nachkam.

Doch letztlich war es eine Frage seiner eigenen Aufrichtigkeit. Gavins derzeitige Ermittlungen im Namen des CID konnten am Ende zu einem ernsthaften Vertrauenskonflikt führen. Er nahm sich daher vor, in Zukunft einen sauberen Trennstrich zu ziehen: Entweder übernahm er die Berichterstattung über einen Fall ausschließlich für die Presse — dann würde er nicht auch für den CID ermitteln. Oder er ermittelte für den CID, und sei es auch nur inoffiziell, wie jetzt — dann würde er als Journalist die Finger von dem Thema lassen. Für den Fall Dalton aber, bei dem es nicht mehr möglich war, diesem neuen Grundsatz zu folgen, nahm Gavin sich vor, von dem heutigen Tag an keine weiteren Reportagen zu verfassen, sondern ausschließlich für Superintendent Macnab zu ermitteln.

»Von der Presse also«, murmelte Forrester derweil leise hinter der Tür, so als habe er nur diesen Teil von Gavins Antwort vernommen.

Gavin ging nicht weiter auf diesen Kommentar ein, sondern blieb hartnäckig: »Ich möchte von Ihnen wissen, ob Sie Kontakt zu Emmett Dalton hatten, seit Sie aus dem Sanatorium entlassen wurden.«

»Haben Sie sich etwa auch dort nach mir erkundigt?«, empörte Forrester sich. Seine Stimmlage wurde um einen weiteren Deut höher.

»Das habe ich«, gestand Gavin offen ein. »Aber auch das, was ich dort erfahren habe, werde ich im Zuge meiner Ermittlungen vertraulich behandeln.« Tatsächlich hatte er bestimmte Einzelheiten, die er durch seinen Klinikbesuch erfahren hatte, bisher nicht einmal an Superintendent Macnab weitergegeben. Gavins Chancen, von Forrester die erhofften Auskünfte zu erhalten, sanken jedoch mit jeder Sekunde, in der dieser über Gavins Doppelrolle bei den Ermittlungen nachdachte.

»Und wenn ich Ihnen jetzt nicht die Tür öffne, um Ihre Fragen zu beantworten«, erkundigte Forrester sich aufgebracht, »so werden Sie all das nicht mehr vertraulich behandeln? Wollen Sie das etwa andeuten? Drohen Sie mir etwa damit, wieder die Zeitungen auf mich zu hetzen, so wie man es vor zwei Jahren getan hat?«

»Nicht doch, so habe ich das nicht gemeint«, verteidigte Gavin sich betroffen. Man hätte seine Worte jedoch tatsächlich als Drohung auffassen können, und auch sein Blockieren der Wohnungstür, damit Forrester diese nicht von Innen schloss, wirkte bedrohlich. Daher trat Gavin einen Schritt zurück und überließ Forrester die Entscheidung, ob er das Gespräch weiterführen wollte oder nicht.

Dies beschwichtigte Forrester jedoch nicht: »Wenn Sie bereits alles über den Fall und über mich wissen, dann wissen Sie doch bestimmt auch, dass ein gewisser Spencer Macbain verhaftet wurde und sich in seiner Zelle selbst erhängt hat. Und dass der Fall damit inzwischen offiziell für abgeschlossen erklärt wurde!« Forrester holte tief Luft. »Daher klingt es für mich wenig glaubhaft, dass Sie nun tatsächlich im Auftrag des CID bei mir erscheinen. Viel wahrscheinlicher arbeiten Sie an einem neuen Artikel für Ihre Zeitung und wollen mich aushorchen!«

Gavin geriet mehr und mehr in die Defensive, da er aufgrund seines Mitleids mit Forrester Vorbehalte hatte, diesen in die Zange zu nehmen. »Die von Ihnen erwähnten Fakten sind mir natürlich bekannt«, erklärte Gavin daher sachlich und ruhig. »Aber meiner Ansicht nach ist ein Selbstmord nicht zwangsläufig als Schuldeingeständnis anzusehen. Genauso wenig wie man einen Nervenzusammenbruch als Schuldeingeständnis ansehen sollte«, fügte er dann hinzu und spielte damit auf den Zusammenbruch Forresters vor zwei Jahren an. »Beides beweist im Grunde gar nichts.«

Forrester begriff die Anspielung und zeigte sich entgegenkommender: »Damit haben Sie allerdings recht. Doch warum hat Spencer Macbain sich dann umgebracht?« Bei dieser Frage überschlug Forresters Stimme sich fast.

»Warum interessiert Sie das«, antwortete Gavin mit einer Gegenfrage, »da Sie mit der Angelegenheit doch nichts zu tun haben?«

Forrester ließ sich nicht darauf ein. »Wissen Sie es?«, insistierte er. »Wissen Sie, warum Macbain sich umgebracht hat?«

Gavin antwortete ausweichend: »Manche meinen, er habe es getan, um seiner gerechten Strafe zu entgehen.«

»Ich habe aber gefragt, was Sie selbst davon halten, und nicht, was andere meinen. Sie selbst haben doch gerade erklärt, dass Sie nicht glauben, Macbain sei schuldig. Sonst wären Sie wohl auch kaum heute hier, um mir weitere Fragen zu dem Fall zu stellen.« Forresters Ton wurde herausfordernd. »Oder etwa nicht?«

Gavin entschied sich für eine klare Antwort: »Ich glaube nicht, dass Macbain schuldig ist«, erklärte er ohne Umschweife und war gespannt, worauf Forrester hinauswollte.

»Der arme Mann«, entfuhr es Forrester. Dann schwieg er. Gavin glaubte sogar, ein leichtes Stöhnen auf der anderen Seite der Tür zu vernehmen.

Gavin überlegte, was dieses Insistieren auf Macbains Beweggründen zu bedeuten hatte und sagte daher nichts.

Schließlich ergriff Forrester das Wort: »Bitte lassen Sie mich in Ruhe, Forbes. Ich weiß, Sie sind kein schlechter Mensch. Aber lassen Sie mich bitte in Ruhe.« Der Türspalt schloss sich allmählich.

»Warten Sie!« Gavin war über die Verzweiflung in Forresters Tonfall bestürzt. Doch es war zu spät, um die Tür noch aufzuhalten. Forrester drückte sie ins Schloss.

Gavin klingelte mehrmals und klopfte auch mit der flachen Hand gegen die Tür. Doch nichts rührte sich.

Nachdenklich schüttelte Gavin den Kopf. Er hatte schon so manche Abfuhr als Reporter erhalten. Aber auf diese Mitleid erweckende Art und Weise war eine solche Abfuhr selten erfolgt. Meist hatte man ihn vielmehr zunächst beschimpft und ihm dann die Tür forsch ins Gesicht geschlagen.

Schließlich gab Gavin seine Bemühungen auf, das Gespräch mit Forrester an diesem Tag fortzusetzen. In Gedanken vertieft verließ er das Gebäude und ging langsam die Straße hinunter.

Sollte er es am morgigen Tag erneut versuchen? Erfuhr er vielleicht mehr von Forrester, wenn er diesen spüren ließ, dass er Verständnis für dessen Lage aufbrachte?

Doch noch eine weitere Frage spukte Gavin durch den Kopf: Warum hatte Forrester sich ausgerechnet nach den Gründen für Macbains Freitod erkundigt? An Forresters Stelle hätte Gavin vor allem wissen wollen, warum man nun gerade ihn befragte, nachdem der Fall offiziell abgeschlossen war. Die Frage, warum ein anderer Verdächtiger sich selbst umgebracht hatte, hätte sich dagegen weit unten auf Gavins Prioritätenliste befunden.

Lag es etwa daran, dass Forrester selbst vor zwei Jahren einen Nervenzusammenbruch erlitten hatte und sich daher in Macbains Lage hineinversetzte? Oder war etwa auch Forrester erneut selbstmordgefährdet?

Keine der Antworten, die Gavin auf diese Fragen einfiel, befriedigte ihn wirklich.

DIE NÄCHSTEN HINWEISE, die Gavin bei seinen Ermittlungen erhielt, kamen von unerwarteter Seite. Am Dienstagabend war er mit Rhona zum Abendessen verabredet, und während sie in einem gemütlichen italienischen Restaurant mit dem etwas irreführenden Namen *Inferno* in der Doune Street auf ihre Saltimbocca alla Romana warteten, unterhielten sie sich über die Arbeit.

Rhona berichtete von einem anstrengenden Tag im Kinderheim, da eine Anweisung des Innenministeriums ergangen war, nach der für eine Kostenstatistik sämtliche Ausgaben der letzten drei Monate systematisch aufgeschlüsselt werden mussten. Dieses 'Projekt' hatte Mrs Harper an Rhona übertragen, und Rhona hatte daher den ganzen Nachmittag mit dem differenzierten Erfassen bereits abgelegter Rechnungen verbracht. Bis zum Ende der Woche musste sie die Aufstellung abgeschlossen haben, zusätzlich zu ihren gewohnten Verpflichtungen.

Anschließend erzählte Gavin von seinen Untersuchungen für Superintendent Macnab, ohne dabei allzu sehr ins Detail zu gehen oder die Namen der Beteiligten zu nennen. Er vertraute Rhona an, dass er mittlerweile einen Verdächtigen habe, dies aber seinem Freund Macnab noch nicht mitgeteilt hatte, weil er befürchtete, dadurch einen möglicherweise Unschuldigen erneut in falschen Verdacht zu bringen. »Ich erkenne deine Zwangslage«, erklärte Rhona verständnisvoll. »Doch warum quälst du dich damit so sehr? Lass' die Ermittlungen doch einfach ruhen, wenn du dir nicht sicher bist. Einerseits ist es nicht deine offizielle Aufgabe; und andererseits steht nicht zu befürchten, dass dein Verdächtiger — selbst wenn er wirklich der Täter sein sollte — noch einen weiteren Mord begehen wird. So weit habe ich dich doch richtig verstanden?«

Gavin nickte. Forrester hätte die ihm unterstellten Motive nur gegen Dalton gehabt, nicht aber gegen einen anderen — sofern Gavins Hypothesen zutrafen.

»Es gibt also offensichtlich keinen Grund zu vermuten, dass er weitere Verbrechen begehen könnte, falls er tatsächlich schuldig ist«, fuhr Rhona fort. »Und du selbst vermutest doch auch nur, dass er der Täter ist, hast aber keine Beweise dafür gefunden. Während die Polizei offiziell sogar schon längst einen anderen Täter identifiziert und die Ermittlungen eingestellt hat. Da kann man dir keinen Vorwurf daraus machen, wenn auch du von jetzt an die Finger von der Sache lässt.«

Gavin zögerte. »Aber wenn der Verdächtige der Polizei unschuldig war, so fühle ich mich dazu verpflichtet, seinen Ruf wiederherzustellen, sofern ich dazu in der Lage bin. Und überhaupt«, ereiferte er sich dann, »was ist mit der Wahrheit? Verdient der wahre Täter nicht, bestraft zu werden? Und was, wenn er doch wieder mordet? Muss man dem nicht einen Riegel vorschieben?«

»Natürlich sehe ich das ein«, beschwichtigte Rhona ihn und lächelte sanft. »Aber wird man dir überhaupt glauben? Machst du dir mit deinen Bedenken nicht bloß selbst das Leben schwer? Hättest du denn überhaupt plausible Beweise für deine Vermutungen?«

»Das ist ja das Verflixte.« Gavin schüttelte den Kopf. »Ich habe momentan nur meine Hypothesen, obwohl sie wie die Stücke eines Puzzles ineinander passen. Beweisen kann ich aber nichts davon. Doch ich glaube fest daran, dass der Mann, den ich verdächtige, ein Geständnis ablegen würde, wenn man ihn nur lange genug unter Druck setzt. Vielleicht würde er es sogar schon dann tun, wenn jemand vernünftig mit ihm spricht und ihn glauben lässt, dass er ertappt sei.«

»Falls er es wirklich getan hat«, warf Rhona ein.

»Falls er es wirklich getan hat«, bestätigte Gavin. »Intuitiv bin ich mir aber sicher, dass er den Mord begangen hat. Fakten und Beweggründe passen meiner Ansicht nach nur in dieser Konstellation zueinander. Auch wenn mir noch einige wesentliche Teile des Puzzles zum Verständnis des Gesamtbilds fehlen.«

»Es ist eben doch nur eine Vermutung von dir«, dämpfte Rhona Gavins aufwallende Unruhe. »Und außerdem tut der Mann dir leid. Darum verstehe ich nicht, warum du unbedingt weitermachen willst und sowohl ihn als auch dich selbst damit quälst.«

»Aber ich weiß, dass es Forrester war!«, brach es aus Gavin heraus. — Nun war ihm der Name des Verdächtigen doch über die Lippen gerutscht; und er hatte Rhona ohnehin schon mehr erzählt hatte als ihm eigentlich gestattet war.

Rhona zuckte bei Gavins aufbrausenden Worten zusammen. Gavin bedauerte es, denn er hatte sie nicht anfahren wollen. Sogleich entschuldigte er sich: »Ich bin natürlich nicht auf dich wütend, sondern auf mich selbst. Weil ich zu keiner Lösung gelange. Soll ich den armen Mann nun in Ruhe lassen, wie er selbst mich gebeten hat? Weil ihn das Leben schon genug bestraft hat? Oder soll ich ihn weiter bedrängen, weiter herumschnüffeln, nur um vielleicht den Namen eines anderen reinzuwaschen, der nichts mehr davon haben wird, da er tot ist?«

Rhona schüttelte den Kopf und holte tief Luft. »Sagtest du eben, der Name sei Forrester?«, wollte sie wissen.

Gavin nickte überrascht. »Wieso? Kennst du ihn vielleicht?« Er war besorgt, zu viel gesagt zu haben.

»Ich bin mir nicht sicher.« Rhona zog die Stirn in Falten. »Der Name kommt natürlich recht häufig vor.«

»Dann könnte es ein Zufall sein«, hoffte Gavin und wartete ab, während seine Freundin in ihren Erinnerungen wühlte.

»Und er hat eine Tochter, die ihre Stiefmutter vor etwa einem Jahr verloren hat?«, erkundigte Rhona sich.

»So ist es.« Gavin blickte Rhona weiterhin fragend an.

Rhona wich seinem Blick jedoch aus. »Dann hatte ich vielleicht mit dem Kind zu tun«, erklärte sie in leisem Tonfall. »Aber ich bin mir natürlich nicht sicher.«

»War sie etwa bei euch im Heim?«

Rhona schüttelte nachdenklich den Kopf und schwieg. Erst nach fast einer Minute erklärte sie: »Ich werde mir morgen die Akten ansehen. Vielleicht weiß ich dann, ob ich recht habe. Aber erst, sobald ich diese unselige Kostenstatistik fertiggestellt habe«, setzte sie hinzu.

Gavin nickte. Rhona aber musterte ihn lange und eindringlich. Schließlich legte sie ihm erneut nahe, die Nachforschungen einzustellen: »Vielleicht solltest du alles auf sich beruhen lassen, vor allem um des Kindes willen. Und auch in deinem eigenen Interesse.«

»Wieso in meinem eigenen Interesse?« Gavin verstand nicht ganz, worauf seine Freundin hinauswollte.

Rhona schüttelte jedoch nur den Kopf. »Wer weiß. Auch bei mir ist das nur ein Gefühl. Aber vielleicht wäre es für alle Beteiligten das Beste, wenn die Angelegenheit endlich zur Ruhe käme.«

Gavin war sich nicht sicher, was er von Rhonas Warnung halten sollte. Ihre Worte brachten ihn allerdings dazu, einen Aspekt des Falles abzuwägen, an den er bisher kaum einen Gedanken verschwendet hatte: Mit einer erneuten öffentlichen Verdächtigung Forresters würde auch die Vergangenheit von dessen Tochter ins Rampenlicht gerückt werden. Auch das Schicksal der Tochter musste Gavin daher bei seinem weiteren Vorgehen berücksichtigen. In ihrem kurzen Leben hatte das Kind viel zu erdulden gehabt: Zuerst hatte sie ihre leibliche Mutter verloren. Dann ihren Vater, auch wenn dieser noch am Leben war, denn der Vater konnte mit ihrer Anwesenheit nicht mehr umgehen. Schließlich war ihre Stiefmutter gestorben, und das Kind hatte endgültig sein Zuhause verloren. Ob und was ihr darüber hinaus von Dalton angetan worden war, konnte man nur vermuten.

Dies alles waren mehr als genug Gründe, die Ermittlungen einzustellen. Gavin hatte kein Recht, den unschuldig Beteiligten ohne triftigen Grund noch mehr Leid zuzufügen. Wenn man jetzt den Fall Dalton von Neuem aufrollte, würde das Kind ein weiteres Mal zu den damaligen Ereignissen befragt werden. Es musste dann erneut durchleben, was es längst hinter sich glaubte. Und es würde seinen Vater womöglich endgültig verlieren.

Das alles würde allein wegen Gavins Nachforschungen geschehen. Rhonas Warnung, ihre instinktive Reaktion, das Kind vor allen weiteren Gefahren zu schützen, war daher berechtigt.

Gavin zögerte. Noch ein weiterer Punkt beschäftigte ihn in diesem Zusammenhang; vielleicht konnte Rhona ihm auch hier einen Rat geben:»Denkst du, Forrester wird je wieder in der Lage sein, ein normales Leben zu führen?«, wollte er von ihr wissen.»Unabhängig davon, ob er den Mord begangen hat oder nicht?«

Rhona dachte laut nach:»Soweit du mir berichtet hast, hat er sehr unter den Anschuldigungen seiner Ehefrau gelitten. Vergessen wird er diese Phase seines Lebens daher wohl niemals. Sie wird immer ein Teil seines Daseins bleiben. Die verlorene Zeit in der Klinik und die Furcht vor einer erneuten Beschuldigung werden ihn lange verfolgen. Aber mit den Jahren wird es ihm womöglich gelingen, wieder zu sich selbst zu finden. Und er wird hoffentlich auch wieder in der Lage sein, seine Tochter anzusehen ohne dabei falsche, ihm von anderen eingeredete Schuldgefühle zu empfinden.«

»Dann wäre er also in jedem Fall auch ein Opfer?«, erkundigte Gavin sich. Für ihn hing viel von Rhonas Antwort ab.

Rhona wusste allerdings keine Lösung und schwieg daher mit ernster Miene.

Gavin senkte den Blick. In Gedanken rechnete er die Handlungen der verschiedenen Beteiligten gegeneinander auf — vorausgesetzt, dass derartige Handlungen und erst recht ein Mord überhaupt gegeneinander aufgerechnet werden konnten. Ließ eine bestimmte Handlung sich tatsächlich mit den früheren Leiden eines Menschen verrechnen? Hatte beispielsweise eine Person namens Smith eine Strafe wegen Mordes vollständig abgesessen und stellte sich nach Smiths Freilassung heraus, dass Smith unschuldig gewesen war, so ergab sich daraus noch lange kein Freibrief für Smith, nun tatsächlich einen Mord an einem beliebigen anderen Opfer zu begehen, ohne dafür erneut bestraft zu werden. Wenn aber schon eine solche Aufrechnung nicht möglich war, so konnte man im konkreten Fall erst recht nicht die frühere Falschverdächtigung gegen Forrester und dessen dadurch verursachten Leiden gegen die Ermordung Daltons aufrechnen — falls Forrester den Mord begangen hatte.

Waren es aber tatsächlich zwei voneinander völlig unabhängige Straftaten, um die es hier ging, wie in dem abstrakten Gedankenspiel, mit dem Gavin sich gerade auseinandersetzte? Oder standen die beiden Taten nicht vielmehr in enger Verbindung zueinander? Das Motiv für den Mord an Dalton wäre — nach Gavins Theorie — die unmittelbare Folge der früheren Handlungen Daltons gewesen, mit denen dieser Forresters Existenz vernichtet hatte.

Doch selbst unter Berücksichtigung dieser wechselseitigen Zusammenhänge konnte man beide Handlungen nur schwerlich gegeneinander aufrechnen. Ein Mord ließ sich nicht so einfach rechtfertigen, und gewiss nicht durch eine wissentliche Falschverdächtigung. Auf diesem Weg kam Gavin zu keinem Ergebnis.

Rhona musterte ihn mitfühlend. Sie sah, wie Gavin sich quälte. Doch sie kannte ihn inzwischen gut genug, um zu wissen, dass man erst einmal abwarten musste, bis Gavin von sich aus wieder aus seiner Gedankenwelt zurückkehrte, um seine volle Aufmerksamkeit erlangen zu können.

Gavin grübelte also weiter und bemerkte Rhonas Anteilnahme nicht. Er fügte immer weitere Elemente in seine Überlegungen ein: Verleumdung ließ sich gegen Mord oder Totschlag nicht aufrechnen; das Ungleichgewicht war hierfür zu groß. Fügte man allerdings noch den mutmaßlichen Missbrauch von Forresters Tochter durch Dalton in die Gleichung ein, so schlug die Waage schon eher zugunsten Forresters aus.

Doch ein Element ließ sich in all diese Berechnungen niemals auf befriedigende Weise einbringen: der Tod Spencer Macbains. Macbain war an dem ganzen Handlungsablauf unschuldig. Für den Freitod Macbains gab es kein Gegengewicht in Gavins Gedankenspiel. Daher war es dieser Faktor, durch den Gavin sich dazu verpflichtet fühlte, weiterzumachen und endlich handfeste Beweise für Macbains Unschuld zu finden.

An diesem Punkt angelangt, bezog Gavin seine Freundin endlich wieder in seine Überlegungen mit ein: »Inwieweit kann denn jemand, der, wie mein Verdächtiger, einen derartigen Nervenzusammenbruch erlitten hat und lange Zeit in psychiatrischer Behandlung war, überhaupt systematisch einen Racheplan ausarbeiten und diesen konsequent verfolgen? Dazu müsste er sich doch völlig unter Kontrolle haben und über eine starke Selbstdisziplin verfügen. Forrester erfüllt diese Voraussetzungen jedoch nicht.«

»Das stimmt nicht so ganz«, wandte Rhona ein. »Beides sind eigentlich zwei voneinander unabhängige Aspekte seines Seelenzustands. Forresters Nervenzusammenbruch und dessen Folgen haben ihn mit Sicherheit geistig und auch körperlich stark mitgenommen und daher geschwächt. Doch auch ein geschwächter Mensch kann konsequent ein Ziel verfolgen — nur wird er für die Verwirklichung dieses Ziels deutlich länger benötigen als ein gesunder Mensch. Das kann auch auf deinen Verdächtigen zutreffen«, kam Rhona auf den Punkt. »Sein Hass ging vermutlich tief, und sein Ziel war ihm daher klar vor Augen. Doch Planung und Ausführung können viele Monate in Anspruch genommen haben. Er hatte immerhin fast zwei Jahre Zeit dafür.«

Gavin akzeptierte Rhonas Argument. »Glaubst du, dass es auch seinem Plan entsprach, einen anderen, einen Unschuldigen absichtlich in Verdacht zu bringen?« Zu diesem Punkt interessierte ihn Rhonas Meinung ganz besonders. Denn in diesem Fall wäre Gavins Mitleid für Forrester geschwunden.

»Es wäre natürlich denkbar«, erklärte Rhona, ihre weiteren Worte sorgfältig abwägend. »Doch ich glaube es nicht. Das Ziel deines Verdächtigen war offenbar nicht, unentdeckt zu bleiben, sondern vor allem, sich zu rächen und mit dem Verursacher seiner Leiden abzurechnen. Dass er bisher unentdeckt blieb, war vielleicht nur ein für ihn günstiger Zufall. Vielleicht wollte er sein Opfer ursprünglich nicht einmal töten, sondern es nur zur Rede stellen. Die Art und Weise, in der der Mord dann erfolgt ist, spricht aus meiner Sicht eher für eine Handlung aus dem Moment heraus als für eine lange geplante Tat. Somit hätte dein Verdächtiger auch nicht den Plan gehabt, den Verdacht auf einen anderen zu lenken.«

Gavins gab ihr instinktiv Recht. »So etwas Ähnliches haben wir uns auch schon überlegt, Alan Macnab und ich«, erklärte er ihr. »Es war überdies genau dieser Umstand, der uns zuerst irritiert hat.« Gavin strich sich nachdenklich über das Kinn. »Vielleicht hat mein Verdächtiger also sogar damit gerechnet, bald festgenommen zu werden. Er lebt ja immer noch in seiner Wohnung ganz in der Nähe der Villa des Ermordeten, und das unter seinem wahren Namen. Das sieht nicht so aus, als habe er etwas vertuschen wollen.«

Rhona hob den Kopf. »Oder er ist ganz besonders gewieft. — Aber über diesen Punkt hast du schon wieder den für mich wesentlichen Aspekt der ganzen Angelegenheit vergessen: Wäre es nicht in jedem Fall furchtbar für seine Tochter, wenn man ihren Vater erneut verhaften würde — unabhängig davon, ob er schuldig ist oder nicht? Oder ob er selbst davon ausging, verhaftet zu werden oder nicht? Denn dann wird auch für die Tochter alles von Neuem aufgerollt!«

»Ich weiß«, murmelte Gavin leise. Über den Tisch hinweg ergriff er Rhonas Hand und drückte sie fest. Er bewunderte das Mitgefühl, das sie für ein Kind aufbrachte, das sie nicht einmal persönlich kannte.

»Vielleicht solltest du die ganze Sache wirklich fallen lassen«, riet Rhona erneut.

AM FOLGENDEN MORGEN wurde Gavin die Entscheidung aus der Hand genommen. Er war gegen sechs Uhr durch den Wecker aus dem Schlaf gerissen worden. Kurz darauf klingelte es mehrfach an seiner Wohnungstür.

Verschlafen zog Gavin den Bademantel über und schlurfte zur Eingangstür. Ohne durch den Türspion hinauszuschauen, öffnete er, um herauszufinden, was die Aufregung zu bedeuten hatte.

Kaum hatte er die Tür einen Spalt weit geöffnet, trat jemand von außen heftig dagegen. Gavin konnte gerade noch zurückweichen, um die Tür nicht ins Gesicht zu bekommen.

Die Tür flog auf und schlug laut gegen die Seite des Garderobenschranks. Gavin versuchte vergeblich, sie wieder zu schließen. Mit überraschender Heftigkeit drängte Ian Forrester in die Wohnung.

Gavin erkannte den fünf Fuß großen und nach seiner Krankheit im Grunde eher schwächlichen Mann kaum wieder. In der rechten Hand hielt Forrester ein großes Küchenmesser, das dem ähnelte, mit dem

Emmett Dalton die Kehle aufgeschlitzt worden war.

»Lass mich herein, du verdammtes Schwein«, brüllte Forrester mit sich überschlagender Stimme und richtete das Messer gegen Gavins Hals.

Erschrocken gab Gavin seinen Widerstand auf und wich in Richtung seines Wohnzimmers zurück. Forrester folgte ihm und schwenkte dabei drohend das Küchenmesser. Gavin konnte kaum glauben, den gleichen Mann vor sich zu haben, der ihm gestern noch ängstlich durch den Türspalt hindurch geantwortet hatte.

Wie konnte er sich gegen den Angreifer wehren? Gavin holte tief Luft. Sein Herz schlug heftig. Mit großer Willenskraft riss er sich zusammen. »So beruhigen Sie sich doch, Ian«, rief er laut. »Gestern konnten wir doch noch vernünftig miteinander reden!«, versuchte er, den anderen zu beschwichtigen.

»Mit dir soll ich vernünftig reden, du verdammter Mistkerl?«, brüllte Forrester jedoch. »Ich sage dir noch einmal: Lass deine Finger von meiner Frau. Und vor allem von meiner Tochter!« Forresters Augen waren glasig vor Wut. Sein Atem ging stoßweise.

Die Situation war noch ernster als Gavin zunächst angenommen hatte: Forrester erkannte ihn nicht einmal wieder, sondern hielt ihn tatsächlich für Emmett Dalton. Für jenen Mann also, den er Gavins Annahme nach getötet hatte.

Doch wie sollte Gavin seinem Angreifer klarmachen, dass dieser sich täuschte? Und wie sollte er sich im schlimmsten Fall gegen das Messer verteidigen? »Was wollen Sie denn von mir?«, erwiderte Gavin einfallslos. »Ihre Frau ist doch schon seit einem Jahr tot!« Seine Stimme bebte.

Forresters Augen starrten Gavin an als seien sie Murmeln aus Glas. »Du bist ein ganz gemeiner Lügner, Dalton«, stellte Forrester kalt fest. »Und ein verdammter Kinderschänder!«

Gavins Herz schlug bis zum Hals. Forrester hatte offenbar jeden Sinn für die Realität verloren. Das Küchenmesser in Forresters Hand funkelte im Licht der aufgehenden Sonne, die durch Gavins Wohnzimmerfenster in den Flur schien.

Gavin versuchte erneut, Forrester zu beruhigen: »Jetzt sehen Sie sich doch erst einmal in Ruhe um! Sehen Sie hier etwa Ihre Frau? Oder Ihre Tochter? Und sehe ich aus wie Emmett Dalton?«

»Lass die Finger von meiner Tochter, du Schwein«, brüllte Forrester mit sich überschlagender Stimme. »Du kannst dich verkleiden, wie du willst, ich erkenne dich doch!« Er kam einen weiteren Schritt auf Gavin zu.

Gavin wechselte rasch die Zielrichtung: »Aber sehen Sie mich doch verdammt noch mal richtig an!«, brüllte nun auch er. Vielleicht drang er ja auf diese Weise zu Forrester durch. Zumindest wurden die Nachbarn auf den Lärm aufmerksam und benachrichtigten hoffentlich die Polizei. »Sehen Sie sich um!« Gavin breitete die Arme aus. »Außer uns ist niemand hier. Mann, legen Sie endlich das Messer weg!«

Gavins Gebrüll zeigte tatsächlich eine gewisse Wirkung. Träge blickte Forrester um sich. Ob er seine Umgebung tatsächlich wahrnahm, ließ sich jedoch schwer beurteilen.

»Erinnern Sie sich nicht?«, drängte Gavin mit lauter Stimme. Solange Forrester noch zögerte, konnte man ihn womöglich zur Vernunft bringen. »Ich bin nicht Dalton«, erklärte Gavin ein weiteres Mal, so als spräche er zu einem Kind. »Emmett Dalton ist tot! Mein Name ist Gavin Forbes. Forbes, verstehen Sie? Ich war gestern bei Ihnen, vor Ihrer Wohnung. Ich habe mit Ihnen über die Angelegenheit gesprochen. Bloß gesprochen! Aber ich kenne weder Ihre Frau noch Ihre Tochter.«

Bei der Erwähnung seiner Tochter bäumte Forrester sich erneut auf. »Was willst du von meiner Tochter, du verdammtes Schwein? Was willst du von ihr?« Wieder drohte er Gavin mit dem Messer.

»Ich kenne Ihre Tochter überhaupt nicht«, protestierte Gavin vehement und hob abwehrend die Arme. »Und wenn ich sie kennen würde, so würde ich ihr bestimmt nichts antun. Zum Teufel, ich bin doch nicht Dalton!«

Im nächsten Moment bereute er es jedoch, Forrester mit seinen Worten ausgerechnet an das erinnert zu haben, was Dalton dessen Tochter möglicherweise angetan hatte. Denn Forrester trat mit erhobenem Messer wutentbrannt dicht an Gavin heran und drängte ihn gegen die Wand: »Niemand rührt meine Tochter an!«, schrie Forrester aufgebracht. »Hast du das verstanden, du Schwein? Niemand macht schmierige Fotos von ihr!«

Gavin bemühte sich, an der Wand entlang aus der Reichweite des Mannes zu kommen. Forrester folgte ihm jedoch. Sie befanden sich nun am Ende des Flurs, direkt neben der Tür zu Gavins Wohnzimmer.

»Es will ihr ja auch niemand etwas antun«, beschwor Gavin Forrester erneut. »Sehen Sie denn hier jemanden, außer uns beiden?« Gleichzeitig suchte Gavin mit den Augen unauffällig nach einem Gegenstand, den er als Schutzschild oder Waffe gebrauchen könnte.

Auf einmal erlahmten Forresters Kräfte. Die Anspannung war zu viel gewesen für seine geschwächte Konstitution. Seine Beine knickten unter ihm ein. Schluchzend brach Forrester auf dem Boden zusammen und ließ dabei achtlos das Messer fallen. Mit beiden Händen bedeckte er das Gesicht. »Meine arme Kleine«, jammerte er, und Tränen liefen seine Wangen hinab.

›Der arme Mann‹, dachte Gavin unwillkürlich. Sogleich wurde er ruhiger. Aber er wagte es nicht, sich Forrester zu nähern, solange das Messer direkt neben diesem auf dem Fußboden lag.

»Was haben wir dir nur angetan«, flüsterte Forrester verzweifelt.

Gavin konnte kaum verstehen, was der andere sagte. »Sie können doch nichts dafür«, beschwichtigte er ihn.

Forrester blickte verwundert auf, als er Gavins Stimme vernahm. So, als habe er sich allein geglaubt; allein in dem Albtraum seiner Erinnerungen.

Forresters Augen waren nun weniger glasig als zuvor, denn die Tränen hatten seine Seele geklärt. »Ich hätte es aber wissen müssen«, erwiderte er. Er machte sich selbst die schlimmsten Vorwürfe. »Ich hätte es wissen müssen. Aber ich habe nur gesehen, dass meine Frau mich hinterging. Dabei habe ich das Glück meiner Tochter vergessen. Nicht gesehen, dass sie nicht nur wegen ihrer Eltern litt.«

Gavin holte tief Luft, erwiderte jedoch nichts. Es fiel ihm keine passende Antwort ein.

»Ich habe nicht gesehen, was da vor sich ging«, wiederholte Forrester leise. »Und daher habe ich nichts dagegen unternommen.«

»Aber Sie waren ja nicht schuld daran«, versicherte Gavin ihm mit ruhiger Stimme. »Es war Dalton, der es getan hat. Oder etwa nicht? Und Dalton ist jetzt tot!«

War dies nicht die beste Gelegenheit, um Forrester nochmals jene Fragen zu stellen, die dieser gestern nicht hatte beantworten wollen? Um vielleicht sogar ein Geständnis von Forrester zu erwirken?

Doch es widersprach Gavins Charakter, eine derartige Schwäche auszunutzen. Außerdem wollte er vermeiden, dass Forrester sich durch weitere Fragen wieder in seine ursprünglichen Wahnvorstellungen hineinsteigerte und Gavin am Ende erneut für Dalton hielt.

»Ich hätte es sehen müssen«, klang es immer wieder leise aus Forresters Mund, während dieser auf dem Flurboden hockte und sich den Kopf mit beiden Händen hielt.

Gavin war betroffen und wartete schweigend ab. Er stellte sich so, dass er das Messer noch vor Forrester erreichen konnte, sollte sich dies als notwendig erweisen. Nun fühlte Gavin sich nicht mehr in Gefahr.

Als Forrester schließlich den Kopf hob, sah er Gavin direkt in die Augen. Sein Blick war jetzt klar. »Sie wollen meiner Tochter nichts antun?«, erkundigte er sich unsicher.

Gefasst erwiderte Gavin seinen Blick. »Nein, das will ich nicht«, beschwichtigte er den anderen. Es hatte offenbar keinen Zweck, Forrester davon zu überzeugen, dass er dessen Tochter überhaupt nicht kannte.

»Versprechen Sie es mir?«

»Ja, natürlich verspreche ich es«, bekräftigte Gavin und entspannte sich weiter.

Forrester nickte. Erschöpft erhob er sich vom Fußboden. »Ich dachte, Sie seien Dalton«, erklärte er dann überflüssigerweise.

Gavin nickte langsam. »Das hatte ich mir beinahe gedacht«, kommentierte er trocken. Auch er fühlte sich auf einmal erschöpft, nun da die Gefahr vorüber schien.

Fast unbeteiligt beobachtete Gavin, wie Forrester sich umwandte und die Wohnung wortlos durch die immer noch offenstehende Eingangstür verließ. Das Messer lag noch genau dort, wo Forrester es zuvor hatte fallen lassen.

AUCH STUNDEN SPÄTER konnte Gavin sich nicht dazu entschließen, den Vorfall dem CID zu melden — obwohl er an kaum etwas anderes dachte als an Forresters Angriff auf ihn. Doch ein überwältigender Drang, den Dingen selbst auf den Grund zu gehen, hinderte Gavin daran, andere miteinzubeziehen.

Selbst dazu, inoffiziell mit Alan Macnab zu sprechen, konnte Gavin sich nicht durchringen. Denn dann müsste er Macnab auch berichten, was er diesem bisher verschwiegen hatte. Daraufhin würde man Forrester mit Sicherheit verhaften. War der Angriff auf Gavin unter Verwendung eines Messers nicht der beste Beweis dafür, dass Forrester Emmett Dalton ermordet hatte?

Konnte Gavin unter diesen Umständen überhaupt jemandem von dem Vorfall erzählen? Und was sollte er nun unternehmen?

Schließlich entschloss Gavin sich, bis zum Abend abzuwarten und zunächst nur mit Rhona über alles zu sprechen. Mit ihr zusammen kam er hoffentlich zu einer Entscheidung und würde sich auch klar werden über die Gründe seiner ungewöhnlichen Zurückhaltung. Rhona würde die Angelegenheit unvoreingenommen betrachten, und er konnte sich auf ihre Verschwiegenheit verlassen.

Sie hatten sich für sieben Uhr in Gavins Wohnung verabredet. Rhona kam direkt von ihrer Arbeit in Duncan's Crossing. Als Gavin ihr nach dem Abendessen von dem Angriff berichtete, war sie sichtlich beunruhigt.

»Hat er dich verletzt?«, erkundigte Rhona sich erschrocken.

Gavin schüttelte den Kopf. »Er hat mir nur gedroht«, beruhigte er seine Freundin. »Und dabei war ich gestern Abend schon so weit, die Nachforschungen einzustellen«, fügte er hinzu.

»Das hättest du besser schon früher getan«, stellte Rhona vorwurfsvoll fest. »Du hättest besser die Finger von der Sache gelassen.«

Gavin hob die Schultern. »Aber wenn Forrester nun schuldig ist? Sein Angriff ändert so manches. Auch wenn der Mann mir leidtut, ist dieses Mitleid allein kein Grund, meine Entdeckungen auf Dauer für mich zu behalten. Oder so zu tun, als wisse ich von nichts. Ich verstehe selbst nicht so ganz, warum ich ihn noch schütze. Offenbar stellt Forrester weiterhin eine Gefahr für die Allgemeinheit dar, obwohl Dalton tot ist.«

»Du solltest die Angelegenheit dennoch von nun an auf sich beruhen lassen«, widersprach Rhona zu Gavins Überraschung. »So als hätte es den heutigen Morgen nicht gegeben. Denk doch nur an die Tochter! Wahrscheinlich lässt er dich von jetzt an in Ruhe.«

Gavin musste Rhonas Worte erst verarbeiten. »Da bin ich mir nicht ganz so sicher wie du«, wandte er schließlich ein. »Irgendetwas lässt Forrester nicht zur Ruhe kommen.«

Doch am Ende gab Gavin Rhona und seinen eigenen Skrupeln nach. Ein Teil von ihm respektierte den Mann, der seine Tochter derart verteidigte. »Vielleicht sollte ich Forrester in Zukunft tatsächlich aus dem Weg gehen«, erklärte Gavin schließlich. Er rieb sich mit dem Zeigefinger die linke Schläfe. »Wenn ich so weitermache wie bisher, kommt jedenfalls nichts Gutes dabei heraus«, versuchte er, sich selbst von diesem Standpunkt zu überzeugen. Doch ein anderer Teil von ihm war unzufrieden damit, ein nahezu entschlüsseltes Rätsel ohne endgültige Auflösung beiseitezuschieben.

»Glaube mir«, beschwor Rhona ihn, da sie sein Zögern erkannte und sich Sorgen um Gavin machte. »Das wäre das Beste für alle Beteiligten. Wir haben doch ganz anderes vor als uns mit derart hässlichen Dingen zu beschäftigen. Wenn Forrester dir nun in seiner Verzweiflung etwas angetan hätte! Was wäre dann aus uns beiden geworden?« Sie ergriff über den Tisch hinweg Gavins Hand.

»Du hast recht«, pflichtete dieser ihr bei. »Ich werde einige Tage abwarten und nichts unternehmen. Bleibt bis dahin tatsächlich alles ruhig, werde ich die Sache auf sich beruhen lassen.«

Gavin war sich allerdings nicht sicher, ob er diesen Vorsatz tatsächlich würde durchhalten können.

Gavin Forbes

NATÜRLICH HATTE GAVIN nicht erwartet, dass er sich während der folgenden Tage keine Gedanken mehr über den Fall Dalton machen würde — obwohl er Rhona versprochen hatte, alle weiteren Ermittlungen aufzugeben. Gavin fragte sich immer wieder, ob er nicht zumindest mit seinem Freund Alan Macnab im Vertrauen sprechen und diesem seine Erkenntnisse und Vermutungen mitteilen sollte. Dann konnte er Macnab das weitere Vorgehen überlassen.

Doch was, wenn Ian Forrester aufgrund dieser Informationen verhaftet wurde? So verdächtig Forrester sich auch verhielt, war er vielleicht auch dieses Mal unschuldig. Wie wahrscheinlich war es denn überhaupt, dass Forrester Emmett Dalton in dessen Verkleidung als Peter Hutchinson und noch dazu im Haus der Buchanans getötet hatte? Und dies ausgerechnet auf eine Art und Weise, durch die der Verdacht auf Spencer Macbain fiel? Zu einer mit solch kalter Sorgfalt geplanten Tat war Forrester nicht in der Lage.

Gavin gab sich weiterhin redlich Mühe, sich das Thema aus dem Kopf zu schlagen.

ENDLICH KAM DAS WOCHENENDE. Am Samstagmorgen lag Gavin bis neun Uhr lesend im Bett. Dann stand er ohne jede Eile auf und machte sich ein kleines Frühstück. Die Sonne verhieß einen wolkenlosen und warmen Tag.

Erst für den Nachmittag war er mit Rhona und Jean im Stadtpark von Houndslow verabredet. Da es ihn bei dem schönen Wetter jedoch schon jetzt ins Freie zog, begab Gavin sich bereits einige Stunden vor dem verabredeten Zeitpunkt in den Stadtpark, um dort die Natur in Ruhe und Frieden zu genießen, während die meisten Menschen noch mit Einkäufen beschäftigt waren. So viele Dinge hatten in den vergangenen Wochen Gavins Gedanken mit Beschlag belegt, und einige davon waren alles andere als erfreulich gewesen. Gavin wollte ein wenig durch den Park spazieren, etwas lesen, sich entspannen, seine Seele befreien.

Die frische Luft und die Bewegung taten Gavin gut. Als er auf seinem Spaziergang von Weitem Arthur's Pub erblickte, in dem er sich kürzlich mit Brenda Buchanan getroffen hatte, waren seine Gedanken jedoch sofort wieder bei jenem Thema, das er vergessen wollte: Wie mochte es Brenda und Mary Buchanan inzwischen gehen, nun, nach Macbains Tod? Viel hatte sich seit ihrem Gespräch in Arthur's Pub verändert. Auch in Gavins eigenem Leben.

Schließlich wurde Gavin des Spazierengehens müde. Seine Gedanken beruhigten sich allmählich wieder. Er suchte sich eine sonnenbeschienene Bank an einer einsam gelegenen Stelle des Parkgeländes, um es sich darauf bequem zu machen. Die Bank stand inmitten einer großen Wiese, neben ein paar Schottischen Kiefern. Zahlreiche Vögel zwitscherten fröhlich um ihn herum und drehten ihre Runden. Gavin konnte mehrere Buchfinken ausmachen, eine Haubenmeise und sogar zwei verirrte Strandläufer.

Erst jetzt erkannte Gavin, wie erschöpft er in Wirklichkeit war. In den vergangenen Nächten hatte er nur wenig Schlaf gefunden. Er lehnte sich daher auf der Parkbank nach hinten, schloss die Augen und ließ sich die Sonne ins Gesicht scheinen. Sein Atem ging tief und regelmäßig. Entspannt nahm Gavin die friedliche Stimmung des Ortes in sich auf.

WIEDER FIEL DER SCHATTEN EINES VORÜBERGEHENDEN auf Gavins Gesicht. Auch diesmal gedachte er, den Schatten zu ignorieren und seine Augen geschlossen zu halten.

Doch diesmal blieb die Person vor ihm stehen und verdeckte weiterhin die Sonne. Verärgert, wenn auch immer noch träge, öffnete Gavin die Augen. War es etwa ein Bekannter, der ihn begrüßen wollte?

Das Gegenlicht machte es Gavin schwer zu erkennen, wer vor ihm stand. Doch als er dann sah, wer es war, zuckte Gavin zusammen: Ian Forrester hatte die Arme hinter dem Rücken verschränkt und blickte

Gavin fest in die Augen.

Verfolgte Forrester ihn etwa? Brauchte er nun, nachdem Dalton tot war, einen Ersatz, auf den er seine ganze Aufmerksamkeit und auch seinen Hass richten konnte?

Gavin blickte um sich. Immer noch war der Park fast menschenleer. Niemand war in Rufweite, der ihm notfalls zu Hilfe eilen konnte. Angespannt richtete Gavin sich auf und musterte Forrester. Der jedoch hielt Abstand und lächelte unbestimmt.

Gavin musterte aufmerksam Forresters Augen. Heute wirkten diese klar und ruhig; nicht glasig, wie bei dem Angriff Forresters auf Gavin in dessen Wohnung. Außerdem konnte Gavin keine Waffe an Forrester ausmachen.

»Ich will Ihnen nichts tun«, erklärte Forrester ruhig, so als habe er Gavins Gedanken erraten. Seine Stimme zitterte, wenn auch kaum wahrnehmbar. »Ich möchte bloß mit Ihnen reden.« Er zögerte. »Vor ein paar Tagen wollten sie das ja auch noch«, fügte er dann hinzu, wie zur Rechtfertigung.

Gavin nickte und atmete langsam aus. Vielleicht hatte es so kommen müssen. Nun konnte er womöglich doch noch das Rätsel lösen, das ihn nicht mehr losließ.

»Setzen Sie sich«, lud er Forrester ein, um Vertrauen zwischen ihnen zu schaffen. Abgesehen davon würde der andere weitaus weniger bedrohlich wirken, sobald er nicht mehr direkt vor Gavin im Gegenlicht stand.

»Danke«, erwiderte Forrester höflich und nahm auf dem entgegengesetzten Ende der Parkbank Platz. Er war um Distanz bemüht.

Gavin wartete ab und überließ es Forrester, den Anfang zu machen. Schließlich war der andere zu ihm gekommen. Durch eine ungeschickte Frage hätte er einen Mann wie Forrester womöglich von seinem Vorhaben abgebracht.

»Sie haben vielleicht bemerkt, dass ich Sie neulich für eine andere Person hielt«, durchbrach Forrester das Schweigen. Seine Stimme klang unsicher.

»Das ist mir nicht entgangen«, bestätigte Gavin trocken, jedoch nicht vorwurfsvoll.

»Dafür möchte ich mich bei Ihnen entschuldigen«, erklärte Forrester und senkte den Kopf.

»Natürlich«, antwortete Gavin nichtssagend. Er war weiterhin auf der Hut. »Vermutlich hatten Sie dafür einen besonderen Grund?«, tastete er sich voran.

Forrester lächelte schwach. In seinem durch den langen Klinikaufenthalt und die zahlreichen ihm verabreichten Medikamente immer noch fahlen Gesicht wirkte dieses Lächeln beunruhigend.

»Ich hatte tatsächlich Grund, Sie für einen anderen zu halten«, erklärte er mit schwacher Stimme. »Doch ich weiß nun, dass ich mich zugleich auch in Ihnen getäuscht habe.«

Gavin verstand nicht wirklich, was Forrester ihm damit sagen wollte. Daher nickte er nur und wartete ab.

»Mich bei Ihnen zu entschuldigen, ist übrigens nicht der einzige Grund, warum ich Sie heute angesprochen habe«, fuhr Forrester fort. Dann schwieg auch er.

Diese rätselhafte Einleitung verstärkte Gavins Neugier; sie überwog nun seine Besorgnis, Forrester könne ihm erneut etwas antun wollen. Gleichwohl hielt er es für notwendig, Forrester deutlich zu machen, dass er sich von diesem nicht einschüchtern lassen würde: »Bevor Sie mir den Grund dafür nennen, möchte ich Ihnen eine Frage stellen. Eine Frage, die Sie vielleicht gar nicht beantworten möchten.« Gavin machte eine kurze Pause. »Aber ich möchte sie dennoch stellen: Haben Sie Emmett Dalton getötet? Mit einem Messer? Einem Messer ähnlich dem, mit dem Sie mich in meiner Wohnung angegriffen haben?« Gavin zweifelte allerdings daran, dass er so einfach eine Antwort erhalten würde.

Forrester nickte jedoch ohne jedes Zögern und zog dabei nur die Schultern leicht empor. Ansonsten blieb er völlig gelassen.

Diese Gelassenheit war Gavin unheimlich. Bei dem Gedanken an den Missbrauch seiner Tochter hatte Forrester fast den Verstand verloren. Doch bei der Erinnerung daran, wie er einem Menschen brutal die Kehle aufgeschlitzt hatte, konnte Forrester völlig ruhig bleiben.

»Wollen Sie die ganze Geschichte hören?«, erkundigte Forrester sich schließlich und betrachtete Gavin gespannt.

Gavin atmete langsam aus. »Ja, das will ich. — Übrigens habe ich schon manches darüber erfahren.«

»Und mich verdächtigt?«, ergänzte Forrester freundlich lächelnd.

Gavin nickte. »Doch ist mir einiges weiterhin unklar. Zu Anfang wirkte der Fall scheinbar einfach: ein Mord im Affekt; ein Mord womöglich aus Eifersucht. Eine unkomplizierte Sachlage also.

Aber etwas entging uns. Das spürte man deutlich. Und als ich schließlich Sie im Verdacht hatte, musste ich mich fragen, wie es Ihnen gelungen war, Emmett Dalton ausgerechnet dann zu töten, als dieser in seiner Verkleidung als Peter Hutchinson in ein fremdes Haus eingedrungen war. Sodass niemand auf die Idee kam, Sie zu verdächtigen, sondern der Verdacht vielmehr auf einen anderen gelenkt wurde. Das wäre ein Meisterstück von Ihnen gewesen, wenn Sie es genau so geplant hätten. — Und dieses Meisterstück traue ich Ihnen, offen gesagt, in Ihrem Zustand nicht zu.«

»Es war auch nicht so geplant«, gab Forrester ohne jedes Zögern zu. »Vor allem nicht so, wie es dann ablief.« Seine Offenheit war fast unheimlich.

»Doch wie konnte es trotzdem so weit kommen? Das ist mir immer noch ein Rätsel.« Gavin schüttelte den Kopf. »Dieser brutale Angriff, dieser Schnitt durch die Kehle, sodass der Täter auch sich selbst mit Blut besudeln musste. Dieser Mord, der jeder sorgfältigen Planung widersprach. Und gleichzeitig deuteten alle Indizien auf einen anderen als Täter.«

Forrester beugte sich zu Gavin hinüber. »Lassen Sie mich die Geschichte aus meiner Sicht schildern. Von Anfang an. Dann werden Sie es verstehen.«

»Das hoffe ich.« Gavin musterte den anderen mit Befremden: Forresters Ruhe war Gavin unerklärlich.

»Vor vielen Jahren, die mir wie eine Ewigkeit vorkommen«, begann Forrester, »starb meine erste Frau, kurz nach der Geburt unserer Tochter. Zwei Jahre darauf heiratete ich erneut. Aber es war keine glückliche Ehe. Meine zweite Frau, Aileen, war eifersüchtig auf die Aufmerksamkeit, die ich meiner Tochter schenkte, und fühlte sich von mir zu wenig beachtet.

Vielleicht lag es auch daran, dass wir keine gemeinsamen Kinder hatten. Aber nach dem Tod meiner ersten Frau befürchtete ich, dass es bei der Geburt eines weiteren Kindes abermals zu Komplikationen kommen könnte. Dass dann auch Aileen sterben würde. Und als ich diese Angst schließlich überwunden hatte, liebten wir uns nicht mehr genug, um noch Kinder miteinander haben zu wollen.

Unsere Ehe zerbrach. Ich bereute schließlich, Aileen geheiratet zu haben. Natürlich lag es auch an mir, dass die Ehe scheiterte. Ich hatte den Tod meiner ersten Frau offenbar noch nicht überwunden, als ich mich mit Aileen verband. Und Aileen verstand es nicht, damit umzugehen. Ich war damals noch nicht bereit gewesen für eine neue Beziehung.

Doch diese Erkenntnis kam zu spät. Nun dachte ich an Scheidung. Aileen wollte allerdings kein Wort davon hören. Wieso das so war, sagte sie mir nicht.

Kurz darauf begann sie ihre Affäre mit Emmett Dalton; von dieser Beziehung erfuhr ich jedoch erst viel später. Aileen hatte Dalton auf einer Party kennengelernt, die von ihrer Firma für betuchte Klienten veranstaltet wurde. Von da an trafen sie sich regelmäßig.

Erst vor zweieinhalb Jahren erfuhr auch ich schließlich von der Affäre. Es machte mich weitaus weniger eifersüchtig, als ich selbst es in einer solchen Situation erwartet hätte. Offenbar war meine Liebe zu Aileen bereits erloschen. Dennoch empfand ich die Affäre als Vertrauensbruch. Solange Aileen jedoch meine Tochter aus der Sache heraushielt, versuchte ich, die Situation hinzunehmen.

Doch am Ende tat Aileen genau das: sie zog meine Tochter in ihre Affäre mit Dalton hinein. Sie nahm das Kind mit zu ihm, wenn es keine andere Möglichkeit gab, sich mit ihm zu treffen. Das Kind war schließlich öfter bei Dalton als bei uns zu Hause.

Dies machte mich, als ich davon erfuhr, äußerst zornig. Es war ein Verrat an mir und an meiner Nachsicht für Aileen. Nun verlangte ich die Scheidung und hatte nicht die Absicht, nochmals nachzugeben.

Doch Aileen willigte noch immer nicht in ein einvernehmliches Vorgehen ein. Vielleicht ahnte sie schon, dass Dalton sie eines Tages fallen lassen würde. Sie glaubte sich daher auf mich und mein Einkommen angewiesen, da mit ihrem eigenen Job nicht viel Geld zu machen war. Mein Zorn auf Aileen wuchs. Als ich dann auch noch erfuhr, dass Dalton unser Haus in Verkleidung aufsuchte während ich bei der Arbeit war, platzte mir der Kragen. Es war Aileen offenbar völlig gleichgültig, dass auch das Kind während dieser Besuche im Haus war und allzu viel mitbekam von dem, was sich darin abspielte.« Forresters Stimme zitterte bei dieser Erinnerung. »Das müssen Sie gesehen haben, um es wirklich zu verstehen!«, appellierte er an Gavins Mitgefühl. »Ein kleines, liebenswertes, sechsjähriges Kind, das immer stiller und verschlossener wird und kaum noch lächelt oder gar einmal lacht, weil seine Seele unter dem Streit ihrer Eltern allmählich erdrückt wird. Und das sich darum von den Menschen und dem Leben abwendet.«

Forrester seufzte. »Es war zu viel für mich. Ich drohte Aileen, alles publik zu machen, wenn sie nicht sofort die gemeinsame Wohnung verließ. Sollte doch Dalton sich um sie kümmern und sie mit Geld versorgen, wenn sie die Finger nicht voneinander lassen konnten. Sollte Aileen doch mit ihrem Liebhaber glücklich werden, wenn ihnen tatsächlich so viel aneinander lag. Wenn Aileen nicht in eine einvernehmliche Scheidung einwilligte, würde ich Aileen eben zwingen, mich und meine Tochter endlich in Ruhe zu lassen. Schließlich müssen heutzutage auch bei uns schon lange nicht mehr beide Parteien in eine Scheidung einwilligen — auch wenn es besser für alle Beteiligten ist, wenn dies geschieht, vor allem für die Kinder.

Im ersten Moment hätte Aileen vermutlich sogar zugestimmt und sich von mir getrennt; denn ich versprach ihr eine großzügige Abfindung. Doch dann berichtete sie Dalton von meiner Drohung, alles publik zu machen. Und bevor ich mich versah, stand eines Morgens die Polizei vor unserer Tür.«

Forresters Augen wurden bei dieser Erinnerung starr und glasig. Gavin registrierte es mit Besorgnis.

Erst nach einer Pause, in der er nach Fassung rang, fuhr Forrester fort: »Die Polizei nahm mich fest. Wegen ... etwas, das ich getan haben sollte.« Dieses ʻetwasʼ konnte Forrester jedoch nicht beim Namen nennen, so als ob Dinge dadurch wahr wurden, dass man sie aussprach. Weil man, um bestimmte Worte aussprechen zu können, sich dabei tatsächlich vorstellen musste, was die gesprochenen Worte bedeuteten. Und wenn Forrester sich vorstellte, welche Bedeutung die Anschuldigungen gegen ihn hatten, so wurden sie in gewisser Weise für ihn tatsächlich wahr.

Gavin hatte Mitleid mit Forrester. »Sie haben Dalton also getötet, weil Ihre Frau Sie mit ihm hintergangen hat«, kam er ihm zu Hilfe. »Und weil er Ihre Tochter in die Affäre mit hineingezogen und Sie am Ende derart gemein beschuldigt hat?«

Forrester nickte heftig. »Auch das«, bestätigte er. Doch dann zögerte er. »Aber vor allem wegen dem, was er meiner Tochter angetan hat.«

Gavin war betroffen, wollte seine schlimmsten Befürchtungen aber noch immer nicht wahrhaben. »Sie meinen, weil sie so traurig und verschlossen wurde aufgrund der Affäre ihrer Stiefmutter und wegen des Streits zwischen Ihnen und Ihrer Frau?« Gavin hoffte immer noch, dass es nur dies allein wäre.

Forrester antwortete nicht. Mit glasigen Augen stierte er auf die im Sonnenlicht gelbgrün schimmernde Wiese vor der Parkbank.

»Oder glauben Sie, dass da noch mehr war?«, bestand Gavin auf einer Antwort.

»Ich weiß es nicht. Nicht mit Sicherheit.« Forresters Stimme zitterte merklich. »Ich habe damals immer nur darüber nachgedacht, was Dalton und Aileen mir angetan hatten. Wie sie mich verrieten und dann auch noch meine Tochter in ihre Affäre mit hineinzogen. In meinem eigenen Schmerz bemerkte ich allerdings bloß, dass auch das Kind immer unglücklicher wurde. Ich sah aber nicht, was sich unter der Oberfläche abspielte. Später war dann von Fotos die Rede, die ich gemacht haben sollte.« Forrester stockte, denn sein Herz klopfte ihm bis zum Hals.

»Ich habe Grund zu der Annahme, dass Sie diese Fotos nicht gemacht haben«, erklärte Gavin so sachlich wie möglich. »Ist das korrekt?«

Forrester nickte mehrmals.

»Und haben Sie diese Fotos jemals zu Gesicht bekommen?«, erkundigte Gavin sich.

»Nein.« Forrester schüttelte entsetzt den Kopf und starrte ins Leere. »Aber wenn es sie überhaupt gegeben hat, so wie Aileen behauptete, dann kann nur einer sie gemacht haben. So viel ist klar.«

»Sie meinen Dalton.« Gavin sah damit den Verdacht bestätigt, den er seit seiner Unterredung mit Brenda Buchanan hegte. »Doch diese Fotos wurden nie gefunden«, ergänzte er dann. »Wie kann man sich da sicher sein, dass Dalton ihrer Tochter tatsächlich etwas angetan hat?« Es war mehr eine Feststellung als eine Frage.

»Damals konnte ich mir ohnehin kaum einer Sache sicher sein«, stimmte Forrester ihm zu. »Denn ich war zu sehr mit meinem eigenen Unglück beschäftigt. Ich dachte, dass Aileen bewusst log, um mich dadurch loszuwerden.

Auch meine Tochter hat der Polizei keine Beweise gegen Dalton geliefert. Aber vielleicht geschah es nur deshalb, weil ich sie durch meinen Zusammenbruch im Stich gelassen hatte und sie nicht mehr wusste, wem sie noch vertrauen konnte.« Forrester seufzte tief. Er machte sich selbst große Vorwürfe. Mühsam holte er Luft. »Aber ich hatte seit damals viel Zeit zum Nachdenken.« Er zog verbittert den Mund zusammen. »Und da erkannte ich auf einmal, dass meine Tochter vor meiner Verhaftung immer wieder versucht hat, mir etwas mitzuteilen. Nur wusste sie nicht, wie sie es anstellen sollte. Wie sie mich erreichen sollte hinter den Mauern, die ich um mich herum errichtet hatte. Und da ich viel zu sehr mit meinen eigenen Problemen beschäftigt war, verstand ich damals nicht, was in ihr vorging. Ich glaubte vielmehr, ihre Niedergeschlagenheit hinge einzig und allein mit dem Streit zwischen Aileen und mir zusammen und sei darum weniger bedeutsam.«

Gavin verstand, worauf Forrester hinauswollte: »Heute aber glauben Sie, dass Dalton derjenige war, der sich in Wirklichkeit an ihrer Tochter vergangen hat? Dass es tatsächlich geschehen ist und er Fotos von ihr machte? Und sie Ihnen dann unterschob, sodass Aileen an Ihre Schuld glaubte?«

»Ja.« Forrester legte verzweifelt die rechte Hand vor seine Augen. »Ja, das glaube ich. Aber es gibt keine Beweise gegen Dalton. Nicht einmal diese Fotos.«

Gavin senkte den Blick. Er dachte an Aileen Forresters Tod in der Schweiz, der womöglich kein Unfall gewesen war. Daran, dass Aileen vielleicht doch noch die Wahrheit herausgefunden und Dalton damit konfrontiert hatte. Und dass sie darum hatte sterben müssen.

Doch auch dafür gab es keine Beweise.

»Und wodurch änderten Sie Ihre Meinung?«, erkundigte Gavin sich schließlich. »Was macht Sie heute so sicher, dass Dalton sich an ihrer Tochter vergangen hat?«

»Ich wusste es sicher, als Dalton es vor einigen Monaten erneut versuchte«, stellte Forrester ohne Zögern fest.

»Sich Ihrer Tochter zu nähern?« Gavin war entsetzt.

»Nein, nicht ihr.« Forrester schüttelte den Kopf. »Dalton versuchte es bei einem anderen Kind!«

Gavin sah auf einmal klar: »Mary Buchanan«, ergänzte er atemlos.

»Ja.« Forrester nahm die Hand von den Augen und musterte Gavin prüfend. »Sie waren also auf der richtigen Spur«, erkannte er.

Gavin nickte. »Ich kenne Brenda Buchanan durch meine Arbeit als Fotograf. Daher vertraute sie mir einige Informationen an, die sie der Polizei im offiziellen Verhör nicht gegeben hat. Auch sie hegte einen Verdacht gegen Dalton. Aber auch sie besaß keinen handfesten Beweis gegen ihn. Dennoch brachte sie mich dadurch auf Ihre Spur. — Aber woher wissen Sie von Mary Buchanan?«

Forrester streckte das Kinn nach vorn. »Seit ich die Klinik verlassen habe, beobachte ich Dalton. Ich habe mir dazu eine Wohnung ganz in der Nähe seiner Villa gemietet. Ich beobachtete seinen Garten und das Grundstück vom Dach des Hauses aus, in dem ich wohne. Ich habe die Zeitungsmeldungen über ihn verfolgt. Ich war ihm auf der Spur, wann immer er die Villa in Verkleidung verließ, so wie bei seiner Affäre mit Aileen. Ich habe ihn oft genug beobachtet, wenn er wieder einmal die Rolle mit seinem Chauffeur tauschte.

Eines Nachmittags lag ich erneut mit dem Fernglas auf dem Dach und überwachte die Villa mit einem Fernglas. Dalton hatte Besuch: Eine Frau und ein kleines Mädchen befanden sich mit ihm und seinem Chauffeur im Garten. Alles war wie zu einem Kindergeburtstag vorbereitet. Nur fehlten die anderen Kinder. Und das Mädchen erinnerte mich sofort an meine Tochter.« Forrester stockte für einen Moment der Atem. »Später erfuhr ich dann den Namen des Kindes: Er war Mary Buchanan.

Ich sah auch, wie Dalton, als die Frau nicht in der Nähe war, sich dem Kind im Garten näherte. Bis Mary ganz verschüchtert war. Das war der Moment, in dem ich mir vollends sicher war über das, was sich vor Jahren zwischen Dalton und meiner Tochter abgespielt hat.«

Forrester holte tief Luft, bevor er fortfuhr: »Und nun wollte er es erneut tun. Er wollte erneut ein Kind in die Verzweiflung treiben.« Forrester ballte die Hände zu Fäusten und schwieg. Die Sehnen und Adern in seinem Hals traten deutlich sichtbar hervor.

Gavin registrierte dies zwar, doch seine Gedanken verweilten in der Vergangenheit. In seiner Fantasie malte Gavin sich aus, wie Ian Forrester vor einigen Monaten auf dem Dach seines Wohnhauses gelegen hatte, ein Fernglas in der Hand, und Dalton mit Mary Buchanan beobachtete. Wie Marys Gesicht in Forresters Gedanken mit dem Gesicht seiner eigenen Tochter verschmolz und wie Forrester mit einem Schlag alles begriff: Dass Dalton tatsächlich die belastenden Fotografien gemacht und mit ihrer Hilfe Aileen dazu gebracht hatte, Ian bei der Polizei anzuzeigen — wegen eines schrecklichen Verbrechens, dessen Dalton selbst sich schuldig gemacht hatte. Und es wurde Gavin auch klar, dass Forresters Tochter das eigentliche Opfer dieses Falls war.

In diesem wenige Monate zurückliegenden Moment hatte Forrester endlich begriffen, warum seine Tochter derart traurig und verschlossen geworden war. Warum sie jede Freude am Leben verloren hatte. Warum sie noch sehr viel mehr hatte leiden müssen als er selbst. Obwohl er immer noch keine Beweise dafür in der Hand hielt.

Auch Gavin stockte nun der Atem. Ihm war, als verstünde er auf einmal jeden Gedanken, der Forrester damals durch den Kopf gegangen war; jedes Gefühl, das ihn erfüllt hatte.

Als Forrester Gavin derart schwer atmen hörte, blickte er überrascht zu diesem hinüber und musterte ihn erstaunt. »Sie begreifen nun?«, erkundigte er sich. Es klang fast erleichtert.

Gavin bejahte. »Und damals«, wollte er dann wissen, »fassten Sie den Entschluss, Dalton zu töten?«

»Nein«, entgegnete Forrester und schüttelte langsam den Kopf. »Nur den Entschluss, ihn aufzuhalten. Wenn Dalton öffentlich an den Pranger gestellt würde, so, wie es mir damals durch ihn widerfahren war, hätte er genug zu leiden gehabt. Bei einem prominenten Mann wie Dalton hätten die Wellen weitaus höher geschlagen als bei mir.«

Dies leuchtete Gavin ein. »Konnten Sie denn Beweise für seine Untaten finden?« Er hoffte auf eine positive Antwort.

Forrester schüttelte jedoch den Kopf. »Nein, keine. Aber ich verfolgte Dalton weiter: Tag für Tag, Woche für Woche. Er durfte nicht auch noch diesem Kind etwas antun!«

Gavin begriff allmählich. »Doch was geschah dann, an dem Abend in dem Haus der Buchanans?«

»Als ich Dalton getötet habe?«

Forresters Stimme klang bei dieser Gegenfrage derart ruhig, dass es Gavin abermals kalt überlief. Die Augen Forresters waren vollkommen klar und musterten Gavin neugierig, fast belustigt. Gavin musste unwillkürlich schlucken. »Ja«, erwiderte er nur.

»Nachdem ich festgestellt hatte, dass Dalton sich immer noch als Hutchinson verkleidete, wie damals bei der Affäre mit Aileen«, fuhr Forrester fort, »wusste ich, wann ich ihm nachgehen musste. Wann immer er etwas vorhatte, von dem die Öffentlichkeit nichts erfahren sollte, befand ich mich auf seiner Spur. Auch an jenem Abend war ich ihm daher dicht auf den Fersen.

In der betreffenden Nacht war Dalton zu Fuß unterwegs. Sein Weg führte ihn zu dem Haus der Buchanans. Dalton klingelte mehrfach an der Haustür, doch niemand öffnete ihm, obwohl im ersten Stockwerk Licht brannte.

Ungeduldig griff Dalton in seine Jackentasche und zog einen Schlüsselbund hervor. Er öffnete die Tür und betrat das Haus. Ich selbst stand währenddessen nur wenige Meter von ihm entfernt, hinter einer Gartenmauer verborgen.«

»Wieso ging er hinein, obwohl anscheinend niemand zu Hause war?«, erkundigte Gavin sich.

Forrester verzog das Gesicht. »Wie gesagt, in einem Raum im ersten Stockwerk brannte ein Licht. Vermutlich hielt Dalton es für das

Kinderzimmer. Ich bin mir sicher, dass er hoffte, Mary Buchanan allein im Haus anzutreffen. Er dachte wohl, sie habe nur deshalb nicht auf sein Klingeln hin geöffnet, weil ihre Schwester nicht zu Hause war und es ihr verboten worden war.«

»In Wirklichkeit war Brenda Buchanan an diesem Tag mit Mary zusammen fast fünfzig Kilometer entfernt bei Freunden in Carsethorn!«, stellte Gavin fest.

»Darum also war das Haus leer.« Forrester nickte geistesabwesend, so als habe er soeben ein völlig unwichtiges Detail erfahren. »Das erklärt also das«, fuhr er dann leise fort. »Vermutlich hat das Kind vergessen, die Lampe in seinem Zimmer auszuschalten, bevor sie das Haus verließen. Und Dalton wusste nicht, dass beide verreist waren.« Forrester sprach laut und klar. »Wie dem auch sei, Dalton glaubte offenbar, das Kind sei allein zu Hause. Wie es scheint, kehrte Brenda Buchanan oft genug erst spät am Abend von ihrer Arbeit zurück, sodass ihre Schwester in dieser Zeit tatsächlich allein war.«

Das konnte Gavin bestätigen: »Brendas Job bringt das leider mit sich. Sie verdient außerdem nicht gut genug, um sich ein Kindermädchen für ihre Schwester leisten zu können.«

Forrester nickte. »Ich war mir jedenfalls schon damals sicher, dass Dalton damit rechnete, Mary allein in der Wohnung anzutreffen.«

Gavin unterbrach ihn erneut: »Vermutlich hat Dalton das alles von seinem Chauffeur Hutchinson erfahren. Von ihm erhielt er auch die Schlüssel für Brendas Haus.« Gavin ging nun ein Licht auf: Deshalb hatte Hutchinson damals so hässlich gelacht, als er mit Dalton bei der Villa sprach, während Brenda, die sie vom Auto aus beobachtete, nicht verstehen konnte, was sie sagten. Schon damals hatten die beiden also jene entsetzliche Schandtat geplant.

Forrester jedoch war überrascht. »Wieso hätte der Chauffeur das wissen können? Und vor allem: Wieso hätte er es Dalton verraten sollen?«

Gavin lachte bitter. »Hutchinson, der Chauffeur, war früher mit Brenda Buchanan liiert. Dann hatten sie einen sehr heftigen Streit. Brenda wollte nichts mehr von Hutchinson wissen, vor allem wegen dessen Arbeit für Dalton. Ich bin mir ziemlich sicher, dass Hutchinson sich auf diese Weise an Brenda rächen wollte.«

»Indem er Dalton auf ihre kleine Schwester hetzte?« Forresters Stimme war voller Abscheu.

Gavin empfand ebenso: »Etwas Gemeineres lässt sich kaum vorstellen.« Dann wartete er ab, bis Forrester sich wieder beruhigt hatte, um zu ergänzen: »Aber auch das können wir offenbar nicht beweisen.«

Forrester schüttelte hilflos den Kopf. »Wie so vieles«, stimmte er zu.

»Aber wir kommen der Wahrheit immer näher«, fügte Gavin hinzu und betrachtete Forrester mit neuer Sympathie. »Wie sind Sie selbst eigentlich in das Haus der Buchanans gelangt? Sie hatten doch keinen Schlüssel?«

»Das war nicht schwer«, berichtete Forrester. »Die Haustür fiel nur sehr langsam hinter Dalton zu. Daher schaffte ich es, den Ärmel meiner Jacke in den Türspalt zu schieben, bevor sie ins Schloss fiel. Dadurch wurde der Schließmechanismus blockiert. Ich wartete einige Sekunden ab, bis ich Daltons Schritte im Haus nicht mehr hörte. Dann folgte ich ihm.«

»Wohin ging Dalton?«

»Zunächst in das erste Stockwerk. Dort war ja das Zimmer, in dem das Licht brannte.«

Gavin nickte. Alles passte zusammen.

»Dann kam Dalton wieder herunter«, fuhr Forrester in seinem Bericht fort. »Diesmal gab er sich keine Mühe mehr, jeden Lärm zu vermeiden. Offenbar hatte er nun erkannt, dass die Geschwister nicht im Haus waren. Und er war darüber verärgert. Er stampfte laut durch den Flur in Richtung Küche während ich mich hinter ein paar Mänteln verborgen hielt, die im Flur direkt neben der Eingangstür hingen.«

»Was wollte Dalton denn in der Küche?«, wunderte Gavin sich.

»Vielleicht etwas trinken und abwarten, ob Mary doch noch nach Hause käme?« Forrester zuckte die Achseln. »Ich weiß es nicht. Jedenfalls entschloss ich mich, ihm nachzugehen.«

»War Dalton überrascht, als er Sie sah?« Gavin musterte Forrester gespannt. Es schien fast so, als freue er sich auf dessen Antwort.

»Das kann man wohl sagen.« Ein zufriedenes Lächeln zeigte sich auf Forresters Lippen. »Dalton schrie vor Überraschung auf, als auf einmal ein erwachsener Mann vor ihm stand, da er doch nur mit Mary oder Brenda Buchanan gerechnet hatte.«

»Und erkannte er Sie?«

»Nicht sofort.« Forresters Lächeln wirkte auf einmal unheimlich. »Doch als er es tat, versetzte es ihm einen gehörigen Schock.

Doch der Schock währte nur für kurze Zeit. Bald gewann er seine gewohnte Überheblichkeit zurück. Sich in einer überlegenen Position zu fühlen, war Dalton derart zur zweiten Natur geworden, dass er sogleich zum Angriff ansetzte. Er beschuldigte mich frech, widerrechtlich in ein fremdes Haus eingedrungen zu sein, um damit von seinem eigenen Tun abzulenken.

Da er mich schon einmal mit einem ähnlichen Vorwurf fast vernichtet hatte, zögerte er auch diesmal keine Sekunde, mich nun abermals dessen zu beschuldigen, was eigentlich sein eigener Beweggrund war: Er nannte mich einen Kinderschänder und fragte mich, ob mir meine Tochter nicht genug gewesen sei und ich mich jetzt an fremde Kinder heranmache.« Gavin sah deutlich, wie die Schlagader in Forresters Hals bei diesen Worten pulsierte.

Daher wartete Gavin ab, bis Forrester sich wieder beruhigt hatte. Erst dann hakte er nach: »Und damit wollte Dalton erreichen, dass Sie abermals zusammenbrachen? Wie damals, als Sie von Ihrer Frau beschuldigt wurden und man Sie schließlich in die Nervenheilanstalt einwies?«

Forrester bestätigte es grimmig. »Er wusste natürlich genau, an welcher Stelle er mich am besten treffen konnte. Er besaß schon immer einen ausgeprägten Instinkt für die Schwächen seiner Gegner. Wie sonst hätte jemand wie er derart viel Erfolg haben können?«

»Natürlich wusste er auch von Ihrem Nervenzusammenbruch und dem Klinikaufenthalt?«, erkundigte Gavin sich.

»Gewiss.« Forrester verzog das Gesicht zu einer Grimasse der Verachtung. »Er drohte mir sogar damit, dass er mich wieder einweisen lassen würde. Aber er tat noch mehr: Er prahlte damit, was er uns angetan hatte.« Forresters Atem ging heftig. »Und dass ich ihm niemals irgendetwas würde nachweisen können.« Er griff sich mit der Hand an den Kopf und stöhnte leise. »Als Antwort darauf nahm ich ein großes Tranchiermesser aus dem Küchenblock, der neben mir auf der Ablage stand. Dalton sah es, drehte sich von mir weg und versuchte, aus der Küche zu flüchten. Mit einem Sprung war ich bei ihm und ergriff ihn von hinten. Dann«, Forrester zögerte nur einen Augenblick, »machte ich allem ein Ende.«

Gavin stieß langsam den Atem aus, den er bei den letzten Sätzen Forresters angehalten hatte. Nun kannte er die Wahrheit. Die letzten Teilchen des Puzzles fielen allmählich an ihren Platz. Dass er hier auf der Parkbank neben einem Mörder saß, der vor wenigen Tagen auch ihn angegriffen hatte, ängstigte Gavin nicht mehr.

Wie einfach die Lösung des Falles in Wirklichkeit doch war: Der Tod Daltons war kein geplanter Mord. Es hatte auch keine Verwechslung des Opfers gegeben. Forrester hatte genau gewusst, dass er Dalton und nicht Hutchinson vor sich hatte, als er diesem die Kehle durchtrennte. Und Forrester hatte überhaupt nicht die Absicht gehabt, den Verdacht auf Spencer Macbain oder einen anderen Feind Hutchinsons zu lenken. Erst das Zusammenspiel vieler verschiedener Umstände, die zufällig aufeinandergetroffen waren, hatte aus einer scheinbar simplen Tötung im Affekt einen schwer zu durchschauenden Mordfall gemacht.

»Wieso aber hat man keinen ihrer Fingerabdrücke am Tatort gefunden?«, erkundigte Gavin sich, um einen weiteren noch offenen Punkt zu klären. »Oder sonstige Spuren?«

»Es war eine kalte Nacht, und ich trug daher meine Handschuhe und einen Mantel«, erwiderte Forrester ohne Zögern. »Ich hielt mich auch nicht länger dort auf als nötig.«

Gavin lächelte dünn. Es war alles so einfach! Mit jeder Frage, die er Forrester stellte, vervollständigte sich das Puzzle.

»Hatten Sie Dalton eigentlich jemals in Verdacht wegen des Todes ihrer zweiten Frau Aileen?«, wollte er nun wissen.

»Wegen des Skiunfalls?« Forrester wirkte überrascht.

»Ja.« Gavin erläuterte seine Frage: »Wissen Sie, dass die Schweizer Polizei zwar die Ermittlungen schließlich eingestellt hat, aber man nie völlig zufrieden mit dem Resultat war?«

»Nein, das war mir nicht bekannt. In der Klinik habe ich allerdings auch nicht viel darüber erfahren.« Forrester überlegte kurz. »Offen gesagt: Selbst wenn es so gewesen sein sollte, ist es für mich ohne besondere Bedeutung«, stellte er kühl fest.

Gavin nickte. Da es für ihn selbst jedoch von Bedeutung war, fuhr er fort: »Dalton wohnte gleichzeitig mit Aileen in dem Schweizer Hotel«, erklärte er Forrester.

»Das wusste ich ebenfalls nicht.« Forrester klang nun weniger desinteressiert. »Doch welchen Grund hätte Dalton haben können, Aileen zu töten?«, wollte er wissen.

»Das ist der entscheidende Punkt: Ich vermute, Aileen wusste zu viel«, spekulierte Gavin. »Und vielleicht hatte sie herausgefunden, dass Dalton die Aufnahmen von Ihrer Tochter gemacht hat und nicht Sie selbst es gewesen sind. Vielleicht hat Aileen daraufhin Dalton damit konfrontiert. Und darum musste sie sterben.«

»Aber auch das können wir offenbar nicht beweisen«, vermutete Forrester, »sonst hätte die Schweizer Polizei bereits etwas unternommen — verstehe ich Sie da richtig?« Forrester war nun zwar neugierig geworden, doch die Umstände des Todes seiner zweiten Frau waren für ihn von geringer Bedeutung im Vergleich zu dem, was Dalton seiner Tochter und ihm angetan hatte.

Was die Beweislage anging, musste Gavin Forrester tatsächlich enttäuschen: »So ist es. Genauso wenig können wir nachweisen, dass Dalton der eigentliche Urheber der Verleumdungen gegen Sie war. Oder dass er Ihrer Tochter tatsächlich etwas angetan hat. Oder antun wollte. Oder was er in dem Haus der Buchanans zu suchen hatte. — Auch wenn wir selbst überzeugt sind, zu wissen, was ihn umtrieb.«

»Für mich ist es Gewissheit«, erklärte Forrester entschieden.

Im Grunde hatte auch Gavin keine Zweifel mehr daran, dass alles so abgelaufen war, wie sie es soeben rekonstruiert hatten. Nur auf diese Weise passten die Indizien zusammen. Beinahe alle Teile des Puzzles befanden sich nun an ihrem Platz.

Sicherlich würde auch Forresters Tochter diese Interpretation bestätigen, wenn man sie vor dem Hintergrund dieser Erkenntnisse erneut befragte; doch genau dies wollte Gavin um jeden Preis vermeiden.

Wie sollte es nun weitergehen? Das Schicksal, das Dalton ereilt hatte, war zwar alles andere als unverdient — doch Gavin fühlte sich verpflichtet, dem CID oder zumindest Superintendent Macnab zu berichten, was er soeben erfahren hatte. Denn obwohl er selbst Ian Forrester freisprechen würde, sofern er dessen Richter wäre, so durfte er darum noch lange nicht schweigen. Es war vielmehr Sache der Gerichte, die Schuld Forresters zu beurteilen.

Außerdem war der gute Name des toten Spencer Macbain zu berücksichtigen, den nun jeder für einen Mörder hielt, weil ihn angeblich seine vermeintliche Schuld in den Selbstmord getrieben hatte.

Was dachte Forrester eigentlich über diese Aspekte seiner Tat? Hatte der andere darüber überhaupt schon nachgedacht? Forresters Antwort darauf konnte Gavin womöglich dabei helfen, zu einem Entschluss zu gelangen.

»Sie wissen ja bereits, dass man Macbain wegen des Mordes festgenommen hat«, stellte Gavin einleitend eine eher rhetorische Frage, »und dass er sich das Leben genommen hat?«

Forrester nickte und blickte traurig zu Boden. »Ja, das weiß ich.« Er schüttelte schwermütig den Kopf. »Doch wieso hat er es getan, wissen Sie das?«

Gavin erinnerte sich bei diesen Worten daran, dass Forrester ihm schon bei ihrer ersten Begegnung genau diese Frage gestellt hatte, und das mehrmals. Als Antwort konnte Gavin jedoch nur hilflos mit den Schultern zucken.

Forrester nahm es kaum wahr. »Macbains Verhaftung kam für mich völlig unerwartet«, berichtete er. »Ich hatte angenommen, dass alle, vor allem die Polizei, genau wissen würden, was Dalton mir angetan hat. Die Folgen seines Tuns haben mein Leben derart überschattet, dass ich glaubte, auch jeder andere würde sich sofort daran erinnern. Daher war ich überzeugt davon, dass man sofort mich verdächtigen würde, sobald man Daltons Leiche entdeckte.«

»Obwohl nüchtern betrachtet kaum jemand wissen konnte, dass Dalton hinter ihrem Unglück steckte«, wandte Gavin ein.

Forrester zögerte. »Von Außen betrachtet mag das wohl so erscheinen«, gab er zu, wenn auch ohne Überzeugung. »Doch ich selbst habe jahrelang an kaum etwas anderes gedacht als an die damaligen Ereignisse. An die Vorwürfe gegen mich. Und an deren Urheber. Daher glaubte ich, dass jeder sich daran erinnern würde. — Doch Sie sind offenbar der Einzige, der bisher auf die Idee gekommen ist, mich zu verdächtigen.«

In diesem Punkt musste Gavin dem anderen recht geben. Jene Entwicklung hatte Forrester allerdings nicht zuletzt Donald Keyes zu verdanken, dem es vor allem um eine rasche und medienwirksame Verhaftung gegangen war und nicht um sorgfältig durchgeführte Ermittlungen.

»Wieso ist man eigentlich überhaupt auf die Idee gekommen, Macbain für den Täter zu halten?«, interessierte Forrester sich.

»Verschiedene Indizien deuteten auf ihn.« Gavin zählte Einzelheiten auf und setzte dann hinzu: »Doch davon konnten Sie nichts wissen.«

»Aber dass man mich überhaupt nicht verdächtigt hat!« Forrester war es immer noch unverständlich.

»Man wäre am Ende auch auf Sie gestoßen«, versicherte Gavin ihm, »wenn Macbain sich in der Haft nicht selbst das Leben genommen hätte. Der leitende Ermittler interpretierte dies als Schuldeingeständnis Macbains, als das letzte Bindeglied in einer in Wirklichkeit doch eher lückenhaften Beweiskette. Zu diesem Zeitpunkt wurden die Ermittlungen dann eingestellt.« Gavin holte weiter aus: »Die Verbindung Daltons zu Ihnen lag so viele Monate in der Vergangenheit, dass man noch nicht auf Sie gestoßen war. Die Verbindung zu Ihnen war ja auch alles andere als offensichtlich. Für die Polizei war Spencer Macbain zum Zeitpunkt seines Freitods der einzige Verdächtige; er besaß außerdem kein Alibi, jedoch ein starkes Motiv. Dies gab den Ausschlag. Außerdem wusste man beim CID nichts von Daltons diversen Vorlieben. Denn sonst — das können Sie mir glauben — hätte man sofort mit Entschiedenheit eingegriffen.«

»Aber wie konnte man von solchen Dingen nichts wissen?«, protestierte Forrester ungläubig. Seine Stimme zitterte.

Gavin sah ihm an, dass er sein Trauma, trotz der Zeit in der Nervenheilanstalt, noch lange nicht verarbeitet hatte. Forrester konnte sich nicht vorstellen, dass er der Einzige war, der den Ereignissen diese alles überschattende Bedeutung beimaß.

»Was empfanden Sie«, wollte Gavin wissen, »als Macbain an Ihrer Stelle als Täter verhaftet wurde? Und in Haft blieb? Mussten Sie nicht spätestens da annehmen, dass man Sie überhaupt nicht in Verdacht hatte?«

Forrester hob abwehrend die Hände. »Ich glaubte doch, man würde diesen Irrtum bald erkennen! Schließlich würde man die Wahrheit herausfinden und statt Macbain mich verhaften. Davon war ich überzeugt!« Forrester schwieg und wunderte sich offenbar immer noch selbst darüber, dass es nicht so gekommen war.

Gavin glaubte an die Aufrichtigkeit von Forresters Erklärung. Schließlich hatte dieser keinen Versuch unternommen, sich der Verhaftung zu entziehen. Hätte Donald Keyes nicht den scheinbar einfachsten und seiner Karriere kurzfristig förderlichsten Weg eingeschlagen, wäre es tatsächlich so gekommen, wie Forrester es soeben auseinandergesetzt hatte.

»Doch hätten Sie sich«, gab Gavin zu bedenken, »selbst gestellt, anstatt auf Ihre Verhaftung zu warten, wäre Macbain heute vermutlich noch am Leben. Haben Sie einmal darüber nachgedacht?« Er beobachtete gespannt Forresters Reaktion auf diese Frage.

»Ich weiß«, erwiderte Forrester leise und schob das Kinn nach vorne. »Und wenn Macbain sich nicht so bald nach seiner Verhaftung getötet hätte, hätte ich mich am Ende gewiss selbst gestellt. — Warum nur hat er sich umgebracht?« Forrester starrte Gavin verständnislos an.

Da Gavin über diesen Punkt nur spekulieren konnte, versuchte er erst gar nicht, ihn zu erklären.

Als Forrester sah, dass auch Gavin die Antwort nicht kannte, fuhr er fort: »Sobald mir klargeworden wäre, dass man Macbain tatsächlich anklagen würde, hätte ich mich gestellt«, versicherte er. »Ich wollte seinen Tod nicht! Ich wollte nicht, dass ein anderer an meiner Stelle litt. Aber zu diesem Zeitpunkt wartete ich einfach nur darauf, dass die Polizei kommen und mich verhaften würde.«

Diese Erklärung klang in Gavins Ohren glaubhaft. Dennoch forschte er weiter: »Aber das guten Ansehen Macbains können Sie auch jetzt noch wiederherstellen«, stellte er fest. »Haben Sie auch darüber nachgedacht?«

»Sein gutes Ansehen wiederherstellen?« Forrester verstand nicht, was Gavin meinte.

Gavin erkannte, dass der andere zu sehr in seiner eigenen Hölle gefangen war, um eine solche Frage objektiv abwägen zu können. Von Forrester würde er keine Antwort auf sein eigenes Problem erhalten. Wie sollte er nun weiter vorgehen?

Auch durfte man Forresters Angriff auf Gavin vor einigen Tagen nicht vergessen. Dieser Angriff bewies, dass Forrester labil genug war, um in seinen Wahnvorstellungen womöglich einen weiteren Mord zu begehen. Forrester hatte keinen realen Grund gehabt, ausgerechnet Gavin anzugreifen. Daher konnte Forrester auch in Zukunft jeden Beliebigen während eines Anfalls geistiger Umnachtung für Dalton halten und attackieren. Am besten wäre es also, wenn Forrester wieder in Gewahrsam genommen würde.

»Was haben Sie nun mit mir vor«, erkundigte Forrester sich, so als habe er erneut Gavins Gedanken erraten. »Soll ich mich freiwillig bei der Polizei stellen? Was meinen Sie?«

»Genau das ist meine Überlegung«, gab Gavin zu und ließ den Blick über die friedliche Landschaft des Stadtparks von Houndslow gleiten, der vor ihnen in der Sonne lag und keine menschliche Bosheit zu kennen schien. Der Anblick entspannte Gavin. Seine Gedanken trieben befreit dahin, bevor sie zum Schicksal Forresters zurückkehrten.

Schließlich gab der grundlose Überfall Forresters auf ihn selbst für Gavin den Ausschlag: Da Forrester offenbar immer noch jeden Beliebigen für Dalton halten und deshalb angreifen konnte, durfte man ihn nicht weiter in Freiheit belassen. Am besten stellte Forrester sich tatsächlich selbst dem CID.

In dem Moment, da Gavin diesen Gedanken Forrester mitteilen wollte, wurden seine Augen von einer Bewegung hinter Forresters linker Schulter abgelenkt. Dort führte ein schmaler, asphaltierter Weg an dem Pfad vorbei, der zu der Parkbank führte, auf der sie beide saßen.

An der Stelle, die Gavins Aufmerksamkeit erregt hatte, lag der asphaltierte Weg noch zum größten Teil hinter Birken und Fichten verborgen. Dennoch hatte Gavin die Bewegung einer sich ihnen nähernden Person wahrgenommen. Und etwas an dieser Bewegung war ihm bekannt vorgekommen.

Als die betreffende Person schließlich am Ende der Baumreihe sichtbar wurde, erkannte Gavin, dass er sich nicht getäuscht hatte: Es war Jean, die sich ihnen da näherte, ohne die beiden Männer bisher bemerkt zu haben.

RHONA WAR MIT JEAN schon am Vormittag von Duncan's Crossing nach Houndslow gefahren, um noch einige Einkäufe zu erledigen. Als Jean dann jedoch keine Neigung zeigte, sie in die an Samstagen überfüllten Geschäfte zu begleiten, hatte Rhona einen Parkplatz am Stadtpark gesucht und Jean erlaubt, im Wagen zu warten, bis Rhona ihre Einkäufe beendet hatte.

Jean jedoch langweilte sich mit der Zeit und machte sich schließlich auf eigene Faust auf, um den Park zu erkunden und vielleicht sogar vor dem verabredenden Zeitpunkt auf Gavin zu stoßen. Sie genoss das schöne Wetter und nahm den direkten Weg zum Russell Pond im Zentrum des Parks. Genau dort wollten sie später ja auch Gavin treffen, und dort gab es überdies die meisten Tiere.

Während Jean, erfüllt von einem in den vergangenen Wochen neu entdeckten Mut, durch den Park spazierte, dachte sie daran, wie froh sie darüber war, dass Gavin nun mit Rhona zusammen war und sie drei inzwischen fast so etwas wie eine kleine Familie bildeten. Außerdem war Jean stolz darauf, dass diese Entwicklung zum Teil auch ihr eigenes Werk war, und sie freute sich schon darauf, Gavin von den Ereignissen der vergangenen Woche zu berichten.

Der asphaltierte Weg, dem Jean folgte, führte sie durch ein kleines, aus Birken und Fichten bestehendes Wäldchen. Kaum war sie daraus hervorgetreten, sah sie Gavin auch schon auf einer Parkbank sitzen. Er unterhielt sich mit einem Mann, der ebenfalls auf der Parkbank saß und der Jean den Rücken zuwandte.

Jean war froh, Gavin tatsächlich wie erhofft schon jetzt gefunden zu haben. Rasch lief sie auf die Parkbank zu.

Doch dann zögerte sie: Gavin, der sie nun ebenfalls entdeckt hatte, verzog ganz seltsam das Gesicht, so als wolle er ihr zu verstehen geben, dass Jean nicht näher kommen, sondern umkehren solle.

Jean blieb verunsichert stehen. ›Wahrscheinlich hat es mit dem Mann zu tun, der neben ihm sitzt‹, vermutete sie. Aufmerksam musterte sie den Hinterkopf des Fremden. Sollte sie zurückgehen und am Wagen auf Rhona warten?

Doch dem Fremden war der seltsame Blick nicht entgangen, den Gavin jemandem zugeworfen hatte, der sich in des Fremden Rücken befand. Besorgt drehte Forrester sich um. Da Jean der einzige Mensch in der Nähe war, blieb sein Blick sofort auf ihr haften.

Zum Umkehren war es nun zu spät. Und als Jean das Gesicht des Mannes erblickte, erstarrte sie. Ein eisiger Schauer durchfuhr ihren Körper. Sie hatte nicht geglaubt, dieses Gesicht je wiederzusehen.

Auch Ian Forrester erbleichte. Seine Hände zitterten auf einmal unkontrolliert, denn er hatte nicht erwartet, das Kind schon um diese Zeit hier anzutreffen, da er es noch im Kinderheim vermutete.

Gavin war aufgesprungen, als Forrester sich umwandte. Er eilte zu Jean, um sich schützend vor sie zu stellen. Man konnte nicht wissen, wozu Forrester in einer seiner Wahnvorstellungen fähig war.

Jetzt erkannte Gavin auch, wie kalkweiß Jeans Gesicht geworden war. Besorgt beugte er sich zu ihr hinab und legte ihr den Arm um die Schultern. »Was ist mit dir?«, erkundigte er sich leise.

Doch Jean antwortete ihm nicht.

Gavin fühlte, wie sie zitterte. Als er auch auf eine weitere Frage keine Antwort von Jean erhielt, drehte Gavin sich ärgerlich zu Forrester um, der Jean mit glasigen Augen anstarrte. »Sehen Sie nicht, dass Sie dem Kind Angst machen«, warf Gavin ihm vor. »Reißen Sie sich doch zusammen!«

Doch Forrester rührte sich ebenso wenig wie Jean. Er starrte das Kind weiterhin mit glasigem Blick an.

Gavin wurde die Sache unheimlich. Er beugte sich erneut zu Jean hinab. »Was ist mit dir?«, erkundigte er sich abermals und suchte Blickkontakt.

Nun endlich sah Jean ihm in die Augen. Unter Tränen brach es aus ihr heraus: »Es ist mein Vater!« Sie schluchzte heftig auf und drückte sich dann, Geborgenheit suchend, fest an Gavins Schulter.

Der war für den Moment wie versteinert. Erst nach einigen Augenblicken holte er tief Luft. Das allerletzte Stück des Puzzles fiel an seinen Platz, und Gavin hatte das Gefühl, nicht mehr Teil der Ereignisse im Park zu sein; nicht mehr neben Jean zu stehen, die sich an ihn drückte, sondern körperlos über der Szene zu schweben, losgelöst von sich selbst, alles beobachtend, so als handle es sich um ein unabhängig von ihm stattfindendes, schon lange vergangenes Ereignis, das er sich vor seinem geistigen Auge bloß ausmalte.

Endlich hatte er die Antwort auf alle noch offenen Fragen im Fall Dalton gefunden. Nun verstand Gavin auch, warum Forrester ihn vor einigen Tagen in seinem Wahn für Emmett Dalton gehalten und in seiner Wohnung angegriffen hatte. Forrester hatte damals geglaubt, seine Tochter vor einem weiteren Übergriff schützen zu müssen, da er offenbar erfahren hatte, dass Gavin seine Tochter kannte und Zeit mit ihr verbrachte. Diese Konstellation hatte Forrester geradezu zwanghaft an Dalton erinnert und an das, was vor zwei Jahren geschehen war. Und natürlich erinnerte es Forrester auch an Dalton und Mary Buchanan. Forrester hatte befürchtet, alles begänne nun von Neuem. Vor dieser vermeintlichen Bedrohung hatte er Jean beschützen wollen, indem er Gavin angriff.

Alle Puzzlestücke passten nun zusammen. Jetzt war auch klar, wieso Jean eine Abneigung gegen Kameras hatte. Außerdem bedeutete es, dass Forrester zwar immer noch seelisch instabil war, aber nicht in dem Maße, wie Gavin es befürchtet hatte: Forrester war nicht gemeingefährlich. Sein Angriff auf Gavin hatte nicht allein auf Wahnvorstellungen beruht, sondern aufgrund von Gavins Freundschaft zu Forresters Tochter eine reale Basis besessen.

Mit dieser Erkenntnis kehrte Gavins Bewusstsein in die Gegenwart zurück. Langsam atmete er aus, wurde wieder Teil jenes Geschehens, aus dem er sich für einige Momente gelöst hatte, die ihm allerdings wie Minuten erschienen waren. Gavin legte den Arm fest um Jean: Ihre Wangen waren immer noch eiskalt.

Forrester hörte jedoch nicht auf, sie beide mit glasigem Blick anzustarren. Gavin überlief es auf einmal auf seltsame Weise, und er hatte ein ungewohntes und unangenehmes Gefühl in dem Arm, den er um Jean gelegt hatte — so als würde dieser Arm auf einmal taub werden. Es war ein Gefühl, das Gavin sich zunächst selbst nicht zu erklären vermochte.

Doch dann erkannte Gavin, dass er unter Forresters glasigem Blick deshalb anfing, sich unwohl zu fühlen, weil er Jean berührte.

Gavin sah Forrester erschrocken an. Konnte man seine schützende Geste etwa derart falsch auslegen? Beinahe hätte Gavin den Arm zurückgezogen, den er um Jeans Schultern gelegt hatte, um bei Forrester keinen falschen Eindruck zu erwecken.

Andererseits wusste Gavin auch, dass Jean gerade in diesem Moment seiner Zuneigung ganz besonders bedurfte. Obwohl er sich unter dem starren Blick ihres Vaters auf einmal in Jeans unmittelbarer Nähe unwohl fühlte, überwand Gavin doch den Drang, sich von ihr zurückzuziehen. Er hatte nicht die Absicht, in die gleiche Falle zu tappen, in die Jeans Vater vor zwei Jahren geraten war.

Jean wandte langsam den Kopf und sah fragend zu Gavin empor. Sie spürte, dass etwas Ungewöhnliches in ihm vorging. Traurig betrachtete sie Gavin und wusste nicht, was sie nun sagen oder tun sollte, um die plötzlich aufbrechende Distanz zwischen ihnen zu überwinden. Sie fühlte sich der Situation nicht gewachsen.

Als er dies sah, fing Gavin sich. Sogleich erkannte Jean, dass die Distanz nur vorübergehend bestanden hatte.

Gavin kam ihr zu Hilfe, was ihren Vater anging: »Geh zu ihm«, riet er Jean leise. »Er braucht dein Verständnis.«

Doch in Gedanken setzte Gavin hinzu: ›Ebenso viel Verständnis, wie du selbst es benötigst.‹ Gavin hoffte jedoch, dass der Riss zwischen Vater und Tochter, ausgelöst durch Forresters Nervenzusammenbruch und später vertieft durch seine Weigerung, die Tochter zu sehen, sich jetzt endlich wieder schließen würde.

Jean löste sich von Gavin und ging langsam auf die Parkbank und auf ihren Vater zu. Um auch von ihm schützend in die Arme genommen zu werden.

Ian Forrester sprang jedoch entsetzt auf, als er Jeans Absicht erkannte. Er wich mehrere Schritte auf die Wiese hinter der Parkbank zurück. »Nein! Lass mich bitte!«, flehte er Jean an. »Ich darf dich nicht berühren!« Dann legte er die Arme fest um den eigenen Oberkörper und wiegte sich in dieser Haltung langsam hin und her. Sein Blick wurde leer, und sein Atem ging hörbar.

Jean blieb verunsichert und ratlos stehen. Wiederum wurde ihr eisig kalt.

Gavin seinerseits war über die Reaktion Forresters betroffen. Eine Welle des Mitgefühls durchströmte ihn. Wie viele Tage und Nächte hatte Forrester wohl in ähnlichem oder weitaus schlimmerem Zustand in der Nervenheilanstalt in seiner Kammer verbracht, allein mit seinen Selbstvorwürfen und keine Ruhe und keinen Frieden findend? Weil ihm die Beschuldigungen, die man gegen ihn vorbrachte, fast den Verstand raubten. Weil er unter dem Einfluss von Medikamenten stand und nicht einmal mehr wusste, was wirklich geschehen war und was man ihm nur einzureden versucht hatte. Weil der bloße Gedanke an die gegen ihn erhobenen Beschuldigungen bedeutete, sie sich auch vorstellen zu müssen — und sich etwas vorzustellen hieß, diesem 'etwas' den Anschein von Wirklichkeit zu geben.

Doch so viel Mitgefühl Gavin für Forrester auch aufbrachte, weitaus mehr Mitgefühl empfand er für Jean. Wie sollte das Kind eine solche Situation bewältigen? Wie sollte es einer solchen Vergangenheit je entkommen?

Tatsächlich flüsterte Jean kaum hörbar etwas vor sich hin. Da Gavin es nicht verstand und sie bat, es zu wiederholen, sprach Jean lauter: »Hat er das wirklich gesagt?«, wollte sie von Gavin wissen.

Der trat zu Jean hin und legte erneut den Arm um ihre Schultern. Gerade so, wie Jean es eigentlich von ihrem Vater erhofft hatte. Sie drückte ihren Kopf fest gegen Gavins Seite und weinte lautlos. Sanft strich Gavin ihr mit der Hand über das Haar. Dann wandte er den Blick Forrester zu, um diesen zur Rede zu stellen.

Doch als er Forresters völlig in sich verschlossenen Gesichtsausdruck erblickte, in dem jede Regung ausgelöscht schien, wusste Gavin, dass alle Vorwürfe, die ihm auf der Zunge lagen, verschwendet wären. Dass sie darüber hinaus in gewisser Weise unberechtigt waren — weil auch Ian Forrester in erster Linie ein Opfer war.

Ein weiterer Gedanke schoss Gavin bei diesem Anblick durch den Kopf: Beeinflusste diese Erkenntnis nicht auch jene Entscheidung, die er nun zu treffen hatte? Deutete sie ihm nicht den Weg an, den er nun einzuschlagen hatte? Vielleicht hätte Gavin wirklich die Finger von der Sache lassen sollen, so wie Rhona es ihm geraten hatte. Hatte Rhona womöglich sogar insgeheim vermutet, Jean könne Forresters Tochter sein?

Doch hätte Gavin seine Ermittlungen tatsächlich eingestellt, so wäre es nie zu dieser alles auflösenden und klärenden Begegnung zwischen Forrester, Jean und ihm gekommen. In Gavin selbst wäre immer noch ein Rest von Zweifel verblieben, ob es richtig gewesen wäre, nicht weiter gegen Forrester zu ermitteln. Und auch von Forresters Seite konnten von diesem Moment an keine falschen Verdächtigungen gegen Gavin mehr aufkommen.

Auch für Jean war es letztlich gut, ihren Vater endlich wiederzusehen — selbst in diesem Zustand. Es konnte ein Neuanfang sein, der sie auf kommende Schwierigkeiten vorbereitete. Die Begegnung konnte ihr helfen, ihren Vater besser zu verstehen; zu begreifen, warum er sie seit zwei Jahren nicht mehr hatte sehen wollen.

Aber auch ihr Vater hatte aus dieser Begegnung zu lernen: Zu lernen, wie er seiner Tochter wieder nahekommen konnte, ohne Schuldgefühle zu entwickeln. Forrester musste sich von seiner Vergangenheit lösen. Und wenn er wieder Zugang zu Jean fand, wäre dies für das Kind ein weiterer Beweis, dass sie nicht jede schlechte Behandlung verdiente, die ihr im Leben widerfuhr.

Währenddessen beschäftigte auch Forrester sich in Gedanken mit der Zukunft seiner Tochter. Es gelang ihm schließlich, seinen eigenen Schmerz zu überwinden und sich auf den Jeans zu konzentrieren. Allmählich wurde Forrester dadurch ruhiger und betrachtete nun Gavin, der immer noch den Arm um Jean gelegt hatte.

Forrester senkte den Blick. »Ich sehe jetzt klarer«, stellte er entschuldigend fest. Dann sah er wieder hoch und lächelte schwach.

Gavin nickte als Antwort. Jean aber hatte den Kopf weiterhin an

Gavins Seite gedrückt.

Forrester sprach leise den Namen seiner Tochter aus.

Das Kind hob mit tränennassen Augen den Kopf und sah zu seinem Vater hin. Forrester lächelte mühsam. »Ich liebe dich trotzdem«, erklärte er. Seine Worte waren eindringlich: »Aber du musst verstehen, wie jedes Gefühl, das ich für dich empfinde, mich gleichzeitig auch entsetzlich schmerzt. Es ist mir, als müsse ich mich dafür schuldig fühlen, dass ich dich so gern habe. Kannst du das begreifen?«

Jean wusste nicht, was sie darauf antworten sollte. Und sie verstand nicht wirklich, was ihr Vater ihr mit diesen Worten zu erklären versuchte. Nach einem kurzen Zögern löste sie sich jedoch von Gavin, um erneut auf ihren Vater zuzugehen.

Doch der wehrte abermals ab, wenn auch weitaus weniger heftig als beim ersten Mal: »Nicht«, bat er Jean leise. »Jetzt noch nicht«, setzte er dann hinzu. »Ich brauche noch Zeit.«

Dann blickte Forrester sich erschrocken um, so als stünde er unter Beobachtung. »Du weißt nicht, was sie mir alles vorgeworfen haben, nachdem ich von euch weg musste«, versuchte er, sich Jean verständlich zu machen.

Das Kind trat einen weiteren Schritt auf den Vater zu. »Das macht mir nichts aus«, beteuerte sie.

Doch Forrester schüttelte schwermütig den Kopf. »Ich kann wirklich nicht«, beschwor er seine Tochter. Seine Stimme zitterte vor Verzweiflung über seine Unfähigkeit, die eigenen Gefühle unter Kontrolle zu halten. Es fehlte ihm die Kraft, weiter gegen seine Ängste anzukämpfen.

Hilfe suchend blickte er Gavin an. Er hatte instinktiv die Aufrichtigkeit der Zuneigung erkannt, die Gavin für das Kind empfand. Eine Zuneigung, die weder von bösen Hintergedanken noch von eingeredeten Schuldgefühlen belastet war.

»So habe ich auch einmal empfunden«, erklärte er Gavin, fast wie im Selbstgespräch. Und dann fügte er plötzlich hinzu: »Würden Sie für sie da sein? An meiner Stelle?«

»Was?« Gavin war verblüfft. »Aber wieso denn?«, protestierte er dann. »Jetzt, da Sie beide sich wieder gefunden haben? Wieso wollen

Sie denn nicht selbst für Jean da sein?«

»Ich kann es nicht.« Forrester zuckte hilflos mit den Schultern. »Jedenfalls jetzt noch nicht«, setzte er dann hinzu. »Vielleicht gelingt es mir ja in einigen Monaten.« Doch bei dieser Vorstellung begann Forrester merklich zu zittern. Erst allmählich gelang es ihm, sich wieder unter Kontrolle zu bekommen. »Kümmern Sie sich bitte um sie«, bat er Gavin abermals. »Jean hat Sie offensichtlich gern. Nicht wahr Jean?«

Das Kind nickte stumm, wandte den Blick jedoch nicht von ihrem Vater.

»Und ich habe auch über Sie in den letzten Wochen einiges in Erfahrung gebracht«, fuhr Forrester fort, an Gavin gerichtet.

Der erwiderte nichts darauf.

»Ich habe Sie auch beobachtet«, fuhr Forrester fort. »Damals bei Ihrem gemeinsamen Tag im Wildgehege in Heatherton.«

»Ich verstehe«, stellte Gavin fest, um überhaupt etwas zu sagen, und wurde sehr ernst. Dadurch war es also zu Forresters Angriff auf ihn gekommen.

»Sie meinen es offenbar aufrichtig«, erklärte Forrester. »Sie und Ihre Freundin könnten sich um Jean kümmern.«

»Ich weiß nicht«, entgegnete Gavin unverbindlich. Er erwog diese Möglichkeit; doch die Bitte Forresters war alles andere als einfach zu erfüllen. Er verlangte viel von Rhona und Gavin.

Doch je länger Gavin über Forresters Bitte nachsann, desto eher war er dazu bereit. Doch würde Rhona dem zustimmen?

Ein weiterer Grund für Gavin, dem Vorschlag zuzustimmen, war, dass er selbst in Jeans Alter niemanden gehabt hatte, der für seine Gefühle und Wünsche Verständnis aufgebracht hätte, sodass er sich meist sehr allein gefühlt hatte — ähnlich wie Jean.

»Rhona und ich werden darüber nachdenken«, erklärte Gavin. »Auf jeden Fall werden wir weiter Zeit mit Jean verbringen, so wie bisher, bis Sie selbst wieder Ihre Stelle bei ihr einnehmen können. — Wenn du damit einverstanden bist, Jean«, wandte er sich dann an das Kind.

Jean zögerte und sah ihren Vater traurig an. Erst danach nickte sie zustimmend.

Forrester war erleichtert.

Als Jean diese Erleichterung erkannte, war sie tief betroffen. Jean drängte sich erneut fest an Gavins Seite und fühlte sich verloren in einer Welt, in der ihr eigener Vater, den sie liebte und der auch sie liebte, sich vor eben dieser Liebe fürchtete. Sodass er vor ihr zurückschreckte.

»Werden Sie für Jean da sein?«, vergewisserte Forrester sich.

Gavin bejahte es und blickte dem anderen fest in die Augen, um ihm die gewünschte Sicherheit zu geben.

In diesem Moment brach es aus Jean heraus: »Aber wieso kannst du es nicht selbst tun, Dad?« Ihre Stimme überschlug sich fast. »Warum kannst du dich nicht selbst um mich kümmern?« Sie musterte ihn verbittert. In ihrem Inneren wusste Jean bereits, dass sie ihren Vater am heutigen Tag erneut verlieren würde.

»Ich kann es einfach nicht«, verteidigte Forrester sich mit schwacher Stimme. »Ich hoffe, ich werde eines Tages wieder dazu in der Lage sein. Und ich hoffe, dass du es bis dahin verstehen wirst«, ergänzte er dann. »Doch die Schuld daran liegt allein bei mir. Nicht bei dir. Das darfst du niemals vergessen«, beschwor er seine Tochter.

Gavin strich Jean sanft über das Haar. »Ich kann begreifen, warum er das sagt«, versuchte er ihren Schmerz zu lindern. Innerlich gab er Jean jedoch recht: Es war für das Kind nicht zu verstehen, warum sein Vater sich nicht überwinden konnte. Doch Jean sollte auch keine Verbitterung gegen ihren Vater empfinden — denn darunter würde sie selbst am meisten leiden. »Dein Vater trägt selbst nicht die Schuld daran«, erklärte Gavin ihr daher, »sondern andere, die ihm viel Böses angetan haben. Daher glaube ich, ihn zu verstehen.«

»Wirklich?« Jean sah zweifelnd zu Gavin empor.

»Wirklich. Er hat dich trotzdem lieb«, versicherte Gavin ihr. Er versuchte, Jean verständlich zu machen, was er selbst nur mühsam begreifen konnte: »In ihm ist vor zwei Jahren etwas zerbrochen. Das muss erst völlig heilen, bevor er wieder für dich da sein kann. So wie früher. Er muss erst wieder zu sich selbst finden.«

Jean nickte kaum merklich.

»Sie verurteilen mich also nicht?«, warf Forrester ein und sah Gavin dankbar an.

»Nein«, erklärte Gavin.

»Und Sie und Ihre Freundin Rhona werden sich um Jean kümmern, wenn sie Sie braucht?«

»Das werden wir.« Gavin fühlte, wie sich ein weiterer Kreis schloss; ein Kreis in seinem eigenen Leben: »Auch, weil ich in Jeans Alter ebenfalls niemanden hatte«, fügte er hinzu.

»Ich danke Ihnen.« Forrester war sichtlich erleichtert. Nach einer kurzen Pause erkundigte er sich dann: »Und was werden Sie wegen der anderen Sache unternehmen? Jener Sache, die wir zuvor besprochen hatten?«

Die Antwort darauf fiel Gavin nun deutlich leichter als es noch vor einigen Stunden der Fall gewesen wäre. Denn mittlerweile waren ihm alle Hintergrundinformationen bekannt. Weder wollte er Jean mit einem zweiten Prozess gegen ihren Vater belasten, noch gab es weiterhin einen Grund anzunehmen, Forrester könne in seinen Wahnvorstellungen jeden Beliebigen für Dalton halten und deshalb angreifen. Die Attacke gegen Gavin war nur ein Ausnahmefall gewesen und beruhte auf ganz besonderen Umständen, die sich so nicht wiederholen würden.

Dennoch war es eine schwerwiegende Entscheidung, die Gavin nun zu treffen hatte. In der vorliegenden Situation konnte jedoch nur er sie treffen. Dabei musste er auch für Jeans Wohlergehen die Verantwortung übernehmen.

In Gegenwart des Kindes, das von der Verwicklung seines Vaters in Daltons Tod nichts wusste und auch nichts erfahren sollte, konnte Gavin allerdings nur mit einer Andeutung antworten: »Für mich gibt es keine andere Sache, wegen der wir uns besprechen müssten. Sehen Sie das auch so?«

Forrester begriff. Langsam senkte er den Kopf. Doch er wollte sichergehen: »Ich denke auch an den Mann, der mit mir verwechselt wurde«, betonte er.

»An ihn denke ich ebenfalls«, erwiderte Gavin ernsthaft. »Gerade deshalb fällt es mir schwer, diese Verwechslung nicht aufzuklären. Aber wir müssen es tun, um die Lebenden zu schützen.« Er wies mit dem Kopf auf Jean. »Und wir werden sie schützen.«

Forrester entspannte sich. »Vielleicht wird es eines Tages doch noch einmal gut werden.« Hoffnung leuchtete in seinen Augen auf.

»Ich bin mir sicher, dass es das wird«, versicherte Gavin ihm zuversichtlich, obwohl er wusste, dass es für Forrester nicht einfach sein würde. Es konnten noch Monate oder gar Jahre vergehen, bis dieser so weit war. »Sie dürfen vor allem nicht aufgeben«, betonte Gavin.

Forrester nickte: »Das werde ich nicht!« Dann trat er einen Schritt auf Jean zu und sah ihr lange in die Augen. »Ich gebe dir mein Wort«, versprach er dann. Doch schon einen Moment darauf wandte er rasch den Blick ab, so als fühle er sich ertappt.

Ein betretenes Schweigen folgte. Schließlich drehte Forrester sich um und wollte sie verlassen.

»Wann werden wir Sie wiedersehen?«, hielt Gavin ihn zurück.

Jean zuckte bei diesen Worten zusammen: Wollte ihr Vater tatsächlich schon wieder gehen? Nachdem sie einander so lange Zeit nicht gesehen hatten?

Forrester wandte sich nochmals um und sprach dabei vor allem Jean an: »Ich weiß nicht, wann wir uns wiedersehen werden«, erklärte er ihr aufrichtig. »Denn ich muss erst wieder zu mir selbst finden, wie Gavin gesagt hat.« Er zögerte. »Weißt du, Jean, das, was sie mir vorgeworfen haben, war so schrecklich, dass ich das Vertrauen in mich selbst verloren habe. Und bei all den Medikamenten, die sie mir einflößten, wusste ich nicht mehr, was Wirklichkeit war und was bloß Einbildung. Es war eine schlimme Zeit.« Seine Stimme verklang leise.

Jean verstand auch diesmal nicht wirklich, was ihr Vater ihr da begreiflich zu machen versuchte. Musste seine Liebe für sie nicht stärker sein als all die düsteren Gedanken, die ihn quälten? Oder als das, was andere Menschen über ihn dachten? — Auf der anderen Seite glaubte Jean an seine Aufrichtigkeit, auch ohne ihren Vater zu begreifen. Weil sie immer noch auf seine Zuneigung vertraute.

»Denken Sie an Ihre Tochter«, riet Gavin dem mit sich selbst kämpfenden Forrester, »und nicht nur an das, was man Ihnen vorgeworfen hat.«

Doch selbst bei diesem Ratschlag zuckte Forrester zusammen. So als wäre es bereits ein Verbrechen, Gavins Ratschlag wörtlich zu nehmen.

Dann nahm Forrester sich zusammen: »Ich werde es immer tun«, versprach er.

Mit diesen Worten drehte Ian Forrester sich endgültig um und verließ den Ort ihres Zusammentreffens auf jenem asphaltierten Weg, auf dem Jean zuvor zu ihnen gestoßen war.

Jean aber blickte ihrem Vater traurig nach. Sie lehnte sich dabei fest gegen Gavin, der seinen Arm immer noch schützend um ihre Schultern gelegt hatte.

JEAN UND GAVIN sprachen zunächst kaum ein Wort. Sie wanderten am Ufer des Russell Ponds entlang und warteten auf das Eintreffen Rhonas, die Gavin per Mobiltelefon verständigt hatte. Unterdessen hingen sie ihren Gedanken nach.

Die Begegnung mit ihrem Vater hatte Jean aufgewühlt. Erst allmählich wurde sie ruhiger. In den vergangenen Jahren hatte sie zwar aus Notwendigkeit gelernt, Schicksalsschläge auf eine Weise zu bewältigen, die ihre Gefühle nicht nach außen dringen ließ; darum waren ihre Gefühle jedoch nicht weniger intensiv oder schmerzlich.

Gavin gegenüber musste Jean ihre Empfindungen nicht verbergen — und vor allem nicht ihren Schmerz; Gavin würde sie dafür nicht verachten, wie manche ihrer Mitschüler und einige der Erzieherinnen es taten.

Daher war es schließlich Jean, die das Schweigen brach: »Was wird nun aus mir?«, wollte sie wissen.

Gavin antwortete ohne zu zögern: »Rhona und ich werden uns natürlich weiterhin um dich kümmern und für dich da sein. — Möchtest du das denn?«

Jean dachte kurz nach und nickte dann. »Wird man euch aber auch lassen?«

»Ich denke schon, dass es gehen wird«, erwiderte Gavin. »Wenn es Formulare zu unterzeichnen gibt, wird dein Vater seine Zustimmung erteilen. Das macht es natürlich einfacher. Außerdem kann Rhona ihre Tätigkeit als Erzieherin in die Waagschale werfen.« Doch auf einmal fragte Gavin sich, ob er nicht zu viel von der Zukunft erwartete. Setzte er nicht Dinge voraus, auf die er keinen Einfluss besaß? »Und falls es mit Rhona und mir nicht gut laufen sollte«, ergänzte er, »wird Rhona immer noch bei dir im Kinderheim sein, und wir beide können uns auch noch sehen.«

Jean blickte auf und ergriff Gavins Arm. »Das musst du nicht befürchten«, widersprach sie ihm mit Überzeugung und lächelte aufmunternd. »Ich habe dir doch schon gesagt, dass Rhona dich sehr gern hat.«

Gavin nickte. Doch das Gespräch mit Forrester hatte ihn weitaus mehr verunsichert als ihm selbst zunächst bewusst gewesen war. »So etwas ist manchmal nur vorübergehend«, gab er zu bedenken und erinnerte sich daran, wie es bei Aileen und Ian Forrester gewesen war; oder bei Brenda Buchanan und Spencer Macbain.

Jean aber hegte keine Zweifel: »Da täuschst du dich in Rhona.«

»Ich hoffe es.« Gavin fasste durch die Worte des Kindes Mut und sah Jean dankbar an. »Du hast recht: Gemeinsam werden wir es schaffen. Wir dürfen uns nur nicht durch eine Vergangenheit aus der Bahn werfen lassen, die sich nachträglich nicht mehr verändern lässt. Und auch nicht durch das, was anderen widerfahren ist.«

»Du denkst dabei an meinen Vater?« Der Gedanke an ihn machte Jean traurig.

Gavin nickte und betrachtete das Kind besorgt. »Dein Vater hat eine schwere Last zu tragen«, versuchte er ihr begreiflich zu machen, was auch er selbst nur erahnen konnte. »Aber vielleicht hilft es ihm dabei, die Vergangenheit zu überwinden, wenn er sieht, dass du wieder glücklich bist.«

Jeans Augen leuchteten auf. »Dann kann er sich darauf freuen, selbst auch wieder glücklich zu sein«, malte sie sich voller Hoffnung aus. »Zusammen mit uns.«

Gavin war froh, dass Jean diese Hoffnung fasste — obwohl er selbst, was Jeans Vater anging, nicht ganz so zuversichtlich war. »Es hilft jedenfalls niemandem, sich selbst mit Dingen zu quälen, die sich doch nicht mehr ändern lassen«, betonte er. Obwohl Gavin aus eigener Erfahrung wusste, wie schwer es sein konnte, diesen Leitsatz tatsächlich zu befolgen.

»Dabei sind es nicht einmal deine Probleme, um die es geht.« Jean lächelte schüchtern.

»Nicht direkt«, gab Gavin zu. Gleichzeitig dachte er an die einsamen Jahre seiner Kindheit, als er selbst so alt gewesen war wie Jean heute.

Dann wechselte er das Thema: »Auf jeden Fall wird uns jemand regelmäßig besuchen, wenn du häufiger bei uns sein oder vielleicht sogar einmal bei uns wohnen solltest«, bereitete er Jean gedanklich vor. »Und diese Person wird dann auch mit dir sprechen wollen — vermutlich vor allem über mich.«

Jean verzog schmerzlich berührt das Gesicht: »Um sicher zu sein, dass man dir nicht das Gleiche vorwerfen muss, was man meinem Vater vorgeworfen hat?«

Gavin nickte grimmig.

»Traut denn keiner mehr keinem?« Jeans Worte klangen verbittert.

»Traust du denn mir?«, wollte Gavin im Gegenzug wissen.

Das Kind zögerte nicht: »Ja, das tue ich«, antwortete es mit Überzeugung.

»Das ist stets der Anfang«, stellte Gavin fest.

RHONA MACHTE SICH VORWÜRFE, Jean allein im Auto gelassen zu haben, als sie von ihren Einkäufen zurückkehrte und das Kind nicht mehr im Wagen vorfand. Sie versuchte, sich durch den Gedanken zu beruhigen, dass Jean Gavin gesehen und mit ihm in den Park gegangen war. Dann kam Gavins Anruf, der Rhona beruhigte, andererseits aber auch verärgerte, weil Jean keine Nachricht im Wagen hinterlassen hatte.

Als Rhona die beiden dann tatsächlich am vereinbarten Treffpunkt erblickte, war Rhona erleichtert. Doch dann erkannte sie an Jeans ernster Stimmung und Gavins tiefer Nachdenklichkeit, dass etwas Bedeutsames vorgefallen war.

»Wir sind Jeans Vater begegnet«, erklärte Gavin ohne Umschweife und berichtete das Wesentliche.

Rhona lauschte aufmerksam. »Und war es besser so?«, wollte sie am Ende wissen.

Gavin nickte. »Ich denke schon. Jedenfalls hat es die Atmosphäre gereinigt. Noch dazu kann Jean nun, mit Forresters Einverständnis, Zeit mit uns verbringen. Keiner wird in Zukunft das Gefühl haben, vom anderen etwas befürchten zu müssen.«

Rhona war über diesen Ausgang erleichtert. Sie hatte schon Schlimmes befürchtet, nachdem sie in Jeans Akten nichts über deren Vergangenheit oder Jeans Eltern hatte finden können. Überdies freute Rhona sich für Gavin, weil dieser nun endlich eine Lösung für das Dilemma gefunden hatte, das ihn an den vergangenen Tagen gequält hatte.

Während sie zu dritt im Schein der Sonne um den Russell Pond spazierten, erstrahlte der Stadtpark von Houndslow in den fröhlichsten Farben. Jean wurde mit jeder Minute lebhafter. »Und ihr würdet mich vielleicht auch mal bei euch wohnen lassen?«, erkundigte sie sich aufgeregt ein ums andere Mal. »Falle ich euch denn nicht zur Last?«

»Na, ich hoffe, nicht allzu sehr!«, nahm Gavin die Frage mit Humor. Gleich darauf wurde er ernst: »Rhona hat übrigens schon darüber nachgedacht«, erklärte er Jean. »Und wir beide«, er meinte das Kind und sich, »haben uns doch schon von Anfang an gut verstanden. Das gibt es so selten, dass man einfach zusammenhalten muss, wenn es doch einmal geschieht.«

Jean nickte und erinnerte sich an ihre erste Begegnung im Hof des Kinderheims. Schon damals hatte sie gefühlt, dass ein tieferes Verständnis sie miteinander verband, sodass langatmige Erklärungen überflüssig waren. Jetzt spürte sie jedoch, dass es noch einen weiteren Grund für Gavins Entscheidung gab. Einen Grund, den er noch nicht ausgesprochen hatte. Daher blickte sie ihn fragend an.

Auch Rhona war neugierig geworden und drückte auffordernd Gavins Hand.

»Hat es mit dem zu tun, was du meinem Dad gerade gesagt hast?«, tastete Jean sich vor. »Dass du ebenfalls niemanden hattest, als du in meinem Alter warst?«

»Das ist einer der Gründe«, gab Gavin zögernd zu.

206

»Wie war es damals?«, hakte Jean nach.

»Es war bei weitem nicht so schlimm wie bei dir«, wiegelte Gavin ab. »Damals habe ich mich allerdings ebenfalls oft allein gefühlt und mir Menschen gewünscht, die mich verstehen würden. Jemanden, der mir einen Weg zeigen würde, auf dem man glücklich sein kann. Und wenn Rhona und ich uns noch mehr um dich kümmern, geht dieser Wunsch auf gewisse Weise schließlich doch noch in Erfüllung.« Gavin lächelte schwach. »Denn in mancher Hinsicht bist du wie ich, als ich in deinem Alter war.«

Jean machte große Augen und dachte angestrengt nach. Dann versprach sie Gavin mit schlichter Ernsthaftigkeit: »Auch ich werde für dich da sein, wenn du mich brauchst.«

Gavin lächelte erfreut über dieses von Herzen kommende Versprechen. Rhona aber drückte Gavins Hand mit einer solchen Kraft, dass es ihn beinahe schmerzte.

Alan Macnab

AN DEM ABEND DIESES TAGES, als Gavin mit Rhona schließlich allein sprechen konnte, weil Jean bereits im Bett lag, berichtete er Rhona die restlichen Einzelheiten seiner Begegnung mit Ian Forrester. Insbesondere davon, dass Forrester zugegeben hatte, Emmett Dalton getötet zu haben.

Rhona war betroffen. Sie fragte sich unwillkürlich, ob es nicht besser für Jean wäre, wenn ihr Vater niemals wieder in die Lage käme, für sie zu sorgen.

Gavin aber war vor allem deshalb niedergeschlagen, weil er seinen Freund Alan Macnab weiterhin hinters Licht würde führen müssen, um Jean vor einem zweiten Schicksalsschlag zu beschützen. Dies wäre das erste Mal während seiner Zusammenarbeit mit Macnab, dass Gavin seinem Freund in einem derart wichtigen Punkt bewusst nicht die Wahrheit sagte.

SCHON AM MORGEN DES FOLGENDEN MONTAGS saß Gavin Forbes bei Superintendent Macnab im Büro. Da es Gavin zuwider war, Macnab aktiv zu täuschen, gab er sich wortkarg. Zu schweigen fiel ihm leichter als bewusst die Unwahrheit zu sagen.

Macnab führte Gavins Verschlossenheit auf das Scheitern ihrer Ermittlungen im Mordfall Dalton zurück. Er versuchte daher, Gavin aufzuheitern, da dieser vergeblich Zeit und Mühe auf die Ermittlungen verwandt hatte.

In Wirklichkeit erreichte er mit seinen Bemühungen, Gavin aufzuheitern, jedoch nur das Gegenteil dessen, was er beabsichtigte: Gavins schlechtes Gewissen aufgrund seiner Unaufrichtigkeit gegenüber Macnab meldete sich um so intensiver zu Wort. Es betrübte Gavin außerdem, nicht offen mit jenem Menschen sprechen zu können, der die Zusammenhänge am objektivsten würde beurteilen können und daher auch ein guter Ratgeber wäre.

»Dann werden also nicht wir es sein, die Donald Keyes' dubiose Ermittlungsmethoden aufdecken«, stellte Macnab fest.

»Irgendwann wird er schließlich über seine eigenen Füße stolpern«, hoffte Gavin.

Macnab nickte, hegte daran jedoch gewisse Zweifel: »Heutzutage vergisst die Öffentlichkeit viel zu schnell. Wenn Inkompetenz früher zu einem Skandal führte, zogen die Verantwortlichen oft selbst ihre Konsequenzen daraus. Heutzutage aber sitzt man alles aus und hofft, dass die Medien sich möglichst rasch einem anderen Thema zuwenden und Gras über die Sache wächst.

Außerdem tut es mir leid um Macbain. Ich glaube immer noch nicht, dass er Dalton getötet hat. Aber da sich alle anderen Spuren in einer Sackgasse verloren haben, wird man ihn weiterhin für den Täter halten. Schade, dass du nicht mehr über Ian Forrester herausgefunden hast.«

Gavin nickte unmerklich. Ihm wurde auf einmal klar, dass Alan Macnab eines Tages erfahren würde, wer Jean in Wirklichkeit war: Forresters leibliche Tochter. Und vielleicht auch, dass Gavin während seiner Ermittlungen mehrmals mit Forrester zusammengetroffen war. Spätestens dann würde Macnab sich die Frage stellen, welche weiteren Informationen Gavin ihm vorenthalten hatte. Diese Entwicklung würde ihrer Freundschaft einen schweren Schlag versetzen.

Um dem vorzubeugen, beschloss Gavin, so ehrlich zu sein, wie es die Umstände und Jeans Wohlergehen erlaubten: »In diesem Fall beruhen bedauerlicherweise zu viele Schlussfolgerungen auf Indizien und Vermutungen«, fasste er seine Ermittlungen zusammen. »Der Unfalltod Aileen Forresters war vielleicht kein Unfall — doch wir können es, wie die Schweizer Polizei, nur vermuten. Die angeblich von Forresters Tochter gemachten Fotos wurden nie gefunden, und vielleicht hat Dalton sie aufgenommen — aber vielleicht gab es sie auch überhaupt nicht. Vermutlich hatte Dalton gewisse krankhafte Vorlieben — doch auch da wissen wir nicht, ob und wie weit er ihnen tatsächlich nachgab. Mit hoher Wahrscheinlichkeit hatte Forrester ein starkes Motiv, um Dalton zu töten — aber auch das lässt sich nicht beweisen, solange er nicht vor der Polizei oder vor Gericht ein Geständnis ablegt.«

»Dalton war offenbar nicht der Saubermann, als der er sich selbst gerne darstellte«, pflichtete der Superintendent bei. »Es hatten daher mehr als genug Personen einen Grund, ihm den Tod zu wünschen.«

»In der Tat.« Gavin fühlte sich immer noch unwohl in seiner Haut.

»Und du glaubst wirklich nicht, dass Forrester etwas mit dem Tod Daltons zu tun hatte?«, hakte Macnab nach. Er fixierte Gavin mit den Augen und spürte instinktiv, dass Gavin ihm etwas vorenthielt.

Gavin bemühte sich, unbefangen zu wirken. »Nun, das ist schwer zu sagen«, antwortete er und hatte an diesen Worten hart zu schlucken. Rasch wechselte Gavin dann das Thema: »Übrigens habe ich etwas herausgefunden, das mittelbar mit dem Fall zu tun hat«, erklärte er.

Macnab blickte interessiert auf.

Gavin zögerte. »Ich habe dir ja schon von Rhona Cameron erzählt, die im Kinderheim in Duncan's Crossing arbeitet.«

Macnab nickte erwartungsvoll.

»Und von dem kleinen Mädchen, das ich dort kennengelernt und mit dem ich mich angefreundet habe. — Wie sich inzwischen herausgestellt hat, ist sie die Tochter Ian Forresters.« Gavin war erleichtert, wenigstens dieses Bekenntnis ablegen zu können.

Macnab aber wurde neugierig. »Was für ein Zufall!«, rief er aus. Einen Moment darauf relativierte er jedoch seine Aussage: »Eigentlich ist es aber doch kein derart großer Zufall, denn die meisten Fälle dieser Art kommen nach Duncan's Crossing.« Macnab seufzte. »Es haben sich also keine Verwandten gefunden, die sich um das Kind gekümmert hätten?«

»Nein, keine«, bestätigte Gavin.

»Und hast du etwas von ihr erfahren?« Macnab beurteilte auch diese Entwicklung vor allem aus dem Blickwinkel des Ermittlers.

»Das habe ich«, erwiderte Gavin und ärgerte sich über Macnabs rein kriminalistische Betrachtungsweise. Gavins eigene Unaufrichtigkeit in dieser Sache verstärkte seinen ungerechten Ärger. Daher fielen Gavins nächste Worte eher schroff aus: »Ich habe erfahren, dass Jean Vertrauen zu mir hat und wir uns gut verstehen.«

Macnab verschlug es für einen Moment die Sprache. Doch dann fing er sich. Er kannte Gavin gut genug, um zu wissen, was diese Reaktion zu bedeuten hatte:»Du hast sie also überhaupt nicht zu dem Fall befragt«, stellte er lapidar fest.

»Nein, das habe ich nicht«, bestätigte Gavin. Wenigstens dies entsprach der Wahrheit. »Ich weiß nur, dass ihr Vater ihr nichts angetan hat. Und dass sie Angst vor Kameras hat.« Er machte eine kurze Pause. »Wenn sie es in einigen Jahren selbst wünscht, wird Jean mit uns darüber sprechen. Bis dahin werde ich sie nicht dazu drängen. Vielleicht hat sie die ganze Angelegenheit ja auch erfolgreich verdrängt. Ich will keine verheilenden Wunde erneut aufreißen.«

Macnab zögerte. Auch er wollte Rücksicht auf das Kind nehmen, war andererseits aber immer noch an der Aufklärung des Falles interessiert. »Du glaubst also, sie hat Angst vor Kameras wegen der Fotos, die nun unauffindbar sind?«

»Das ist eine von mehreren Möglichkeiten.« Gavin legte den Kopf zur Seite. Auch dies konnten sie nur vermuten.

»Und mehr weißt du nicht darüber?«, hakte Macnab nach.

Gavin schüttelte den Kopf und biss sich dabei auf die Zunge. »Nein«, erklärte er knapp.

»Ich verstehe.« Macnab strich sich langsam über die Stoppeln an seinem Kinn. »Nun, die Befragung des Kindes hätte uns im Mordfall Dalton ohnehin nicht sonderlich weitergebracht. Wir wissen auch so, dass Ian Forrester ein starkes Motiv besaß, Dalton zu hassen. — Weiß das Kind denn etwas über den Verbleib seines Vaters?«

Gavin musste erneut schlucken. Macnab verstand es meisterhaft, bei einem Verhör die richtigen Fragen zu stellen. Nach kurzem Zögern erklärte Gavin: »Sie hat ihn am Samstag das erste Mal seit seiner Verhaftung vor zwei Jahren getroffen.« Dann fügte er halblaut hinzu: »In meiner Gegenwart.«

Macnab war nun doch verstimmt. Eine solch wichtige Tatsache hätte Gavin ihm nicht vorenthalten dürfen.

Um Macnab versöhnlich zu stimmen, berichtete Gavin in sachlichem Ton jenen Teil der Geschichte Forresters, der keinen zusätzlichen Verdacht auf diesen lenkte. Anschließend erklärte Gavin, dass

Rhona und er beschlossen hatten, sich weiterhin um Jean zu kümmern, während Jeans Vater sich bemühte, seine Krankheit zu überwinden. Gavin hoffte, dass ihm diese Offenheit Macnabs Freundschaft auch dann noch erhalten würde, falls dieser eines Tages tatsächlich herausfinden sollte, wie viel mehr Gavin schon zum jetzigen Zeitpunkt über die wahren Zusammenhänge wusste.

Macnab wurde bei Gavins Worten immer ernster. Er hatte nicht damit gerechnet, dass Gavin ihm derart viele Fakten vorenthalten würde. Noch am Anfang ihrer heutigen Begegnung hatte Gavin also bewusst die Unwahrheit gesagt. Macnab schwieg hartnäckig.

Gavin fragte sich besorgt, ob der Superintendent nun auch den Rest erriet. Hatte er Macnab zu viel erzählt?

Doch selbst wenn es so war, behielt Macnab seine Schlussfolgerungen für sich. Erst nach langem Nachdenken und sorgfältigem Abwägen stellte Macnab fest:»In diesem Fall können wir wohl tatsächlich nichts beweisen, so wie du gesagt hast. Daher wollen wir dem Kind nicht unnötig weiteres Leid zufügen.« Auf Macnabs Stirn zeichneten sich tiefe Falten ab und bewiesen, wie schwer es ihm fiel, sich mit einem solchen Ergebnis abzufinden.

Gavin musterte den Superintendent besorgt. War dies das Ende ihrer Freundschaft?

Macnab erkannte Gavins Besorgnis.»Du hast richtig gehandelt«, erklärte er nach kurzem Zögern und fügte dann sogar hinzu:»Ich denke, ich hätte an deiner Stelle genauso gehandelt.«

Gavin wusste nun, dass Macnab ihn durchschaute. Aus diesem Grunde musste er erneut hart schlucken.

Doch dieses Mal geschah es aus einem Gefühl der Dankbarkeit.

Nachwort

ZUNÄCHST EINIGE ANMERKUNGEN dazu, welche Mindestanforderungen — aus meiner Sicht — an einen Kriminalroman zu stellen sind, um ihn eine gewisse Vollständigkeit und Glaubhaftigkeit erreichen zu lassen. Hierbei handelt es sich vor allem um drei Punkte, die in den folgenden drei Absätzen kurz angesprochen werden.

Zum Ersten (und das klingt trivialer als es oft tatsächlich ist) sollte ein Kriminalroman eine logisch nachvollziehbare Handlung aufweisen, deren kriminalistische Lösung den Leser am Ende des Buches überzeugt, mögen die Zusammenhänge zu Anfang auch noch so verwickelt erscheinen.[1] Selbst wenn der Leser sich also nicht auf der richtigen Fährte befindet, muss ihm die Auflösung sachlich nachvollziehbar erscheinen. Und um dies zu erreichen, dürfen die für die Lösung entscheidenden Fakten nicht erst kurz vor Schluss des Buches aus dem Hut gezaubert werden. Der Leser soll vielmehr die Lösung im Verlauf der Lektüre schrittweise selbst finden können, parallel zu den Bemühungen der Romanfiguren.[2]

Zweitens sollte es in einem Kriminalroman nicht nur darum gehen, den Täter kombinatorisch zu ermitteln, wie bei einem Rätselspiel, oder ihn, wie bei einer mathematischen Gleichung mit mehreren Unbekannten, gewissenhaft zu berechnen. Es genügt nicht, wenn im Verlauf des Buches eine bloß technisch konsistent aufgebaute Lösung des Falls zum Vorschein kommt. Vielmehr dürfen die Beweggründe der

---

[1] In der Realität allerdings findet nicht jeder Kriminalfall seine Auflösung. Daher muss auch diese Variante in einem Kriminalroman gestattet sein. Doch wählt ein Autor diesen Weg, so muss die Nicht-Auflösbarkeit erst recht dem Leser nachvollziehbar dargestellt werden.

[2] Siehe auch Wenzel (2010, Abschnitt 10.21). — Das Literaturverzeichnis findet sich ab Seite 223.

handelnden Personen in diesem logischen Gerüst nicht verloren gehen; gerade jene Beweggründe und auch die Gefühle der Personen müssen vielmehr umgekehrt die Menschen zu dem Verhalten treiben, aus dem sich ein in sich konsistentes Handlungsgefüge ergibt.

Zum Dritten kommt man, wenn man diesen Weg von der rein technisch berechneten Lösung hin zu den menschlichen Beweggründen gegangen ist, zwangsläufig zu der Erkenntnis, dass auch die Ermittler des Kriminalromans durch menschlich nachvollziehbare Beweggründe angetrieben werden müssen, um als Individuen zu erscheinen und nicht bloß als Rädchen in einem vom Autor konstruierten Uhrwerk.

Donna Leons Commissario Brunetti beispielsweise wird ebenso durch seine Gefühle und Überzeugungen geleitet wie durch seinen Spürsinn und seinen praktischen Verstand. Während also der Ermittler bei seinen Nachforschungen mit seiner Umgebung in Wechselwirkung tritt, steht er nicht mehr außerhalb des Geschehens; er will nicht mehr eine bloß mathematisch befriedigende Lösung für ein scheinbar intellektuelles Problem finden, sondern auch für sich selbst zu einem Ergebnis gelangen, durch das er mit seinen eigenen Beweggründen und Überzeugungen möglichst nicht in Widerspruch gerät.[3]

Doch kehren wir zu der ersten genannten Anforderung zurück, einer logisch nachvollziehbaren Handlung. Hierfür ist A. A. Milnes *Das Geheimnis des roten Hauses* ein besonders treffendes Beispiel.[4] Dieser Roman bietet dem Leser eine inhaltlich konsistente, insgesamt logisch stimmige und dabei auch noch höchst spannend konstruierte Handlung. Insbesondere kann der Leser die Lösung vorausahnen und wird am Ende des Buches nicht mit ihm bisher unbekannten Fakten überrumpelt, die nur dem Detektiv beziehungsweise dem Autor zur Verfügung standen.

Raymond Chandler[5] kritisiert allerdings an *Das Geheimnis des roten Hauses* nicht nur gewisse logische Unstimmigkeiten, sondern auch das Fehlen menschlicher Beweggründe, also den zweiten von mir an-

---

[3]Beispielsweise in Leon (1995).
[4]Milne (2009), ursprünglich erschienen 1922.
[5]In seinem Aufsatz *Die simple Kunst des Mordens* (Chandler 1975).

geführten Punkt. Diese Kritik mag in gewissem Umfang auf Milnes Roman tatsächlich zutreffen, und sie trifft auf jeden Fall auf eine ganze Reihe von Büchern zu, die oft als 'Landhauskrimis' bezeichnet werden, da darin üblicherweise nur eine genau definierte Gruppe von Personen als Täter infrage kommt (eben die Bewohner eines 'Landhauses'). Doch gerade *Das Geheimnis des roten Hauses* zeigt durchaus auch die menschlichen Beweggründe auf. Und auch Chandler selbst dürfte das Buch nicht derart negativ beurteilt haben, wie es den Anschein hat, da er ansonsten nicht ausgerechnet dieses Werk als besonders erwähnenswerten Vertreter jener Gattung ausgewählt hätte.[6] Zugegeben: Es fehlen Milnes Roman die für Chandler, Dashiell Hammett oder Ross Macdonald typischen Milieustudien, die sich oft mit Sozialkritik verbinden. Doch darum ist *Das Geheimnis des roten Hauses* nicht weniger fesselnd und lesenswert.

Was die Beweggründe der Menschen und das soziale Milieu angeht, in dem der Kriminalfall sich abspielt, orientiert man sich allerdings tatsächlich besser an Autoren wie Hammett, Macdonald oder Chandler.[7] Noch besser orientiert man sich zu diesem Zweck jedoch an jeder beliebigen hochwertigen Literatur, in der die handelnden Personen und deren Gefühle und Beweggründe im Vordergrund stehen. Es ist keine heile Welt, in der wir leben — auch wenn es bei Agatha Christie und Dorothy Sayers gelegentlich so scheinen mag, trotz der im Zentrum der Handlung stehenden Verbrechen. Ihr Vorgänger Arthur Conan Doyle war in diesem Punkt im Grunde sogar fortschrittlicher: Sherlock Holmes erscheint als eine zerrissene Persönlichkeit, die unsere Sympathien dann gewinnt, wenn Holmes trotz seiner Unnahbarkeit Schwäche zeigt und Mitgefühl entwickelt.

---

[6] Außerdem bewegen sich die von Chandler im Einzelnen angeführten Kritikpunkte an der Realitätsnähe der Handlung auf vergleichsweise hohem Niveau.

[7] Auch an Wilkie Collins (1824-1889) kann man sich in dieser Hinsicht ein Beispiel nehmen. Collins scheint mir in einigen seiner Werke ein früher Vertreter dieser in gewisser Weise fortschrittlicheren Form der Kriminalliteratur zu sein. Collins, ein Freund Charles Dickens', ist ein Meister des psychologischen Kriminalromans und verwendet häufig Symbolismen, die Freuds Traumdeutung vorgreifen. Auch heute noch werden Collins' Werke (meiner Meinung nach) bedauerlicherweise unterschätzt.

Durch Berücksichtigung der Gefühle der handelnden Personen sowie des sozialen Umfelds erweitert sich die logisch aufgebaute Handlung (das 'Wie') um das Motiv, um den Beweggrund (das 'Warum'). Auch die logisch nachvollziehbarste Auflösung eines scheinbar völlig verschlungenen Falls muss dagegen dann schal erscheinen, wenn hinter der Auflösung kein menschlich nachvollziehbares Verhaltensmotiv steht. Erst die Suche nach den Beweggründen der handelnden Personen kann den Weg zum tatsächlichen Verständnis des Geschehens weisen.[8]

Eben diese Betrachtungsweise erzwingt aber geradezu auch die dritte genannte Anforderung: Der Ermittler selbst ist Teil jener Welt, in der er um die Lösung seines Falls kämpft. Er steht selten völlig außerhalb der Handlung, so sehr er sich dies auch selbst wünschen mag. Selbst wenn er sich durch die Ereignisse emotional nicht angesprochen fühlt, sondern auf Distanz bedacht ist, werden ihn gewisse Umstände intensiver berühren als andere. Auch der Ermittler muss also, im Rahmen seiner Verantwortung gegenüber der Gesellschaft, schließlich dem eigenen Gewissen folgen. Erst wenn dies der Fall ist, wirkt auch er für den Leser glaubhaft.

Einige Handlungsmerkmale des vorliegenden Romans beruhen auf tatsächlichen Begebenheiten, die ursprünglich allerdings in keinem realen Zusammenhang zueinander standen. Da ich von diesen Begebenheiten oft nur unter dem Siegel der Verschwiegenheit Kenntnis erhielt, wurden die Details für das vorliegende Buch stark verändert. Die voneinander unabhängigen Ereignisse wurden zudem von mir in fiktiver Weise miteinander verknüpft und um viele weitere, jedoch erfundene Handlungselemente ergänzt. Jede Ähnlichkeit mit tatsächlich existierenden Personen oder Ereignissen wäre daher rein zufällig.

In einem solchen Kontext ist es nicht einfach, als Außenstehender eine einfühlsame Darstellung zu finden, die den Opfern solcher Ver-

---

[8]Aus diesem Grunde kämpft George Simenons Kommissar Maigret zuvorderst darum, zu verstehen, wieso etwas geschah, warum jemand sich gerade so und nicht anders verhielt. Erst wenn Maigret dies nachvollzogen hat, kann er einen Fall guten Gewissens zum Abschluss bringen.

brechen gerecht wird, insbesondere da jeder Einzelfall anders ist und jeder einzelne Mensch unterschiedlich auf derartige Erfahrungen reagiert. Mein Bemühen war es dennoch, in meiner Schilderung der Ereignisse auch den Gefühlen der Opfer Gerechtigkeit widerfahren zu lassen.

Für die Hauptkulisse der Handlung, das schottische Houndslow, gilt ein ähnliches Prinzip wie für die geschilderten Ereignisse: Während Houndslow nicht wirklich existiert, sondern ein fiktives Konglomerat tatsächlich existierender Orte in Schottland darstellt, gibt es manche der Nebenschauplätze tatsächlich, wie etwa den malerischen Küstenort Carsethorn.

Literaturverzeichnis

Wie Erlebnisse und Erfahrungen das Verhalten und den Charakter eines Menschen beeinflussen, prägen auch die Bücher, die ein Schriftsteller gelesen und verinnerlicht hat, seine späteren Schöpfungen. Man liest ein Buch und wird dadurch inspiriert. Man liest ein anderes Buch, und es liefert Daten und Fakten. Man liest ein drittes Buch, und dieses richtet den Blick auf neue Facetten des Lebens, die man zuvor noch nicht wahrgenommen hatte. Daher folgt hier nun eine Liste derjenigen Werke, die beim Verfassen dieses Bandes in irgendeiner Form für mich von Bedeutung waren. Insbesondere sind verschiedene Sachbücher aufgeführt, die mir als Referenz dienten.

Ambler 1996   AMBLER, Eric: *Die Maske des Dimitrios.* Zürich : Diogenes Taschenbuch Verlag, 1996. – Englische Originalausgabe: *The Mask of Dimitrios.* 1939

Chandler 1974   CHANDLER, Raymond: *Der große Schlaf.* Zürich : Diogenes Taschenbuch Verlag, 1974. – Englische Originalausgabe: *The Big Sleep.* 1939

Chandler 1975   CHANDLER, Raymond: *Die simple Kunst des Mordens.* Zürich : Diogenes Taschenbuch Verlag, 1975. – Englische Originalausgabe: *Raymond Chandler Speaking.* 1962

Christie 1920   CHRISTIE, Agatha: *The Mysterious Affair at Styles.* The Bodley Head, 1920. – Nachdruck: London : Harper Collins, 1994

Collins 1995a   COLLINS, Wilkie: *Die Frau in Weiß.* Frankfurt am Main : Fischer Taschenbuch Verlag, Februar 1995. – Englische Originalausgabe: *The Woman in White.* 1860

Collins 1995b COLLINS, Wilkie: *Der rote Schal.* Frankfurt am Main : Fischer Taschenbuch Verlag, April 1995. – Englische Originalausgabe: *Armadale.* 1866

Collins 1996 COLLINS, Wilkie: *Der Monddiamant.* Frankfurt am Main : Fischer Taschenbuch Verlag, Januar 1996. – Englische Originalausgabe: *The Moonstone.* 1868

Doyle 1930 DOYLE, Arthur C.: *The Complete Sherlock Holmes.* New York : Doubleday, 1930

Freud 1987 FREUD, Sigmund: *Die Traumdeutung.* Frankfurt am Main : Fischer Taschenbuch Verlag, Januar 1987. – Die Originalausgabe erschien 1900

Hammett 1974 HAMMETT, Dashiell: *Der Malteser Falke.* Zürich : Diogenes Taschenbuch Verlag, 1974. – Englische Originalausgabe: *The Maltese Falcon.* New York: Alfred A. Knopf, 1930

Leon 1995 LEON, Donna: *Venezianisches Finale.* Zürich : Diogenes Taschenbuch Verlag, 1995. – Englische Originalausgabe: *Death at La Fenice.* New York : HarperCollins, 1992

Macdonald 1976 MACDONALD, Ross: *Der Fall Galton.* Zürich : Diogenes Taschenbuch Verlag, 1976. – Englische Originalausgabe: *The Galton Case.* New York : Alfred A. Knopf, 1959

Milne 2009 MILNE, Alan A.: *Das Geheimnis des roten Hauses.* Frankfurt am Main : Fischer Taschenbuch Verlag, Januar 2009. – Englische Originalausgabe: *The Red House Mystery.* 1922

Poe 1979 POE, Edgar A.: Detektivgeschichten. In: *Das gesamte Werk in 10 Bänden* Bd. 2. Herrsching : Pawlak Verlagsgesellschaft mbH, 1979, S. 721–943. – Ins Deutsche übertragen von Arno Schmidt und Hans Wollschläger

Postman 1997a POSTMAN, Neil: *Das Verschwinden der Kindheit.* Frankfurt am Main : Fischer Taschenbuch, November 1997. – Englische Originalausgabe: *The Disappearance of Childhood.* New York : Delacorte Press, 1982

Postman 1997b POSTMAN, Neil: *Wir amüsieren uns zu Tode.* Frankfurt am Main : Fischer Taschenbuch Verlag, Januar 1997. – Englische Originalausgabe: *Amusing Ourselves to Death.* 1985

Sayers 1988 SAYERS, Dorothy L.: *Mord braucht Reklame.* Reinbek bei Hamburg : Rowohlt Taschenbuch Verlag, Oktober 1988. – Englische Originalausgabe: *Murder Must Advertise.* 1933

Schweitzer 1966 SCHWEITZER, Albert: *Die Ehrfurcht vor dem Leben: Grundtexte aus fünf Jahrzehnten.* München : C. H. Beck, 1966

Simenon 2008 SIMENON, Georges: *Maigret und der verstorbene Monsieur Gallet.* Zürich : Diogenes Taschenbuch Verlag, 2008. – Französische Originalausgabe: *Monsieur Gallet décédé.* Paris : A. Fayard, 1931

Wallraff 2007 WALLRAFF, Günter: *Der Aufmacher.* 9. Auflage. Köln : Kiepenheuer & Witsch, 2007

Wenzel 2010 WENZEL, Alvar: *Paradoxon: Gedanken zum logischen Denken.* Dritte, vollständig überarbeitete und erweiterte Auflage mit 166 Abbildungen. Stuttgart : BOD bei Libri, März 2010. – ISBN 978-3-8311-4300-9

Wenzel 2015 WENZEL, Alvar: *Spiegelbilder.* Zweite, überarbeitete Auflage. Stuttgart : BOD bei Libri, Juni 2015. – ISBN 978-3-8370-5438-5

Wenzel 2017 WENZEL, Alvar: *Der Winterkristall.* Zweite, überarbeitete Auflage. Stuttgart : BOD bei Libri, Januar 2017. – ISBN 978-3-8391-2028-6

Woodward und Bernstein 1987 WOODWARD, Bob ; BERNSTEIN, Carl: *All the Preisident's Men.* New York : Simon and Schuster, 1987. – Die Originalausgabe erschien 1974

Woodward und Bernstein 1994 WOODWARD, Bob ; BERNSTEIN, Carl: *The Final Days.* New York : Touchstone, 1994. – Die Originalausgabe erschien 1976

Alvar Wenzel

Der Winterkristall

Roman

Eine abenteuerliche Reise in die Höhlenwelt Mittelamerikas
führt eine kleine Gruppe von Forschern und Archäologen zu
Entdeckungen, die jenseits ihrer kühnsten Erwartungen liegen.
Raum und Zeit verschmelzen für sie miteinander, Vergangenheit und Zukunft.

Doch ihre größte Entdeckung liegt noch vor ihnen. Und mit
ihr entscheidet sich das Schicksal eines ganzen Volkes.

*Erfahren Sie mehr über diesen Roman im Internet, unter der
unten angegebenen Adresse.*

344 Seiten — zweite Auflage Januar 2017 — 17,90 €

ISBN: 978-3-8391-2028-6 — E-Book 12,99 €

winterkristall.alvarwenzel.de

Alvar Wenzel

Spiegelbilder

Lassen Sie sich in sieben lose miteinander verknüpften Erzählungen in verschiedene Epochen der Menschheitsgeschichte entführen:

Gegen Ende des ersten Jahrtausends kämpft ein indianischer Sonnenpriester um Toleranz und Gerechtigkeit, vor allem primitiveren Völkern gegenüber, in denen sein eigenes Volk *Die Schuldigen* am Zorn der Götter sieht.

Pioniere, die als Nachfolger von Kolumbus und Raleigh die neue Welt entdecken, suchen nach einer neuen Gesellschaftsform, um die *Freiheit* jenseits des Ozeans zu finden.

In einer streng religiösen Gemeinschaft der amerikanischen Gründerzeit lebt eine Mutter in ungerechter *Schande*, zusammen mit ihrer unehelichen Tochter, und sehnt sich nach Befreiung von diesem Los.

Von den Grausamkeiten des amerikanischen Bürgerkriegs verbittert, erlebt ein Ruheloser einen unheimlichen *Totentanz*.

Unter den Zwängen des Lebens einer lateinamerikanischen *Großstadt* lernen sich zwei ehemalige Brieffreunde endlich persönlich kennen und teilen ihre Hoffnungen und Sorgen.

Spiegelbilder des Individuums in der modernen Massen- und Mediengesellschaft quälen einen Schlaflosen.

An Bord eines Raumschiffs auf dem Flug zu einer neuen Welt und einem gesellschaftlichen Neuanfang vernimmt man *Die letzte Stimme der Erde.*

344 Seiten — zweite Auflage Juni 2015 — 17,90 €

ISBN: 978-3-8370-5438-5 — E-Book 12,99 €

spiegelbilder.alvarwenzel.de

Alvar Wenzel

Paradoxon

Gedanken zum logischen Denken

Sachbuch

Außerhalb der Mathematik finden sich die Prinzipien des logischen Denkens in den verschiedensten Bereichen, wie etwa in Physik, Philosophie, Rechtswissenschaft, Informatik und Psychologie. Die Mathematik selbst dagegen beschäftigt sich naheliegenderweise meist nur mit den mathematischen Aspekten des logischen Denkens. Ihre strenge Sichtweise ist im Grunde aber auch ein Konzentrat der in jenen anderen Bereichen entwickelten Grundsätze.

Dieser gegenseitige Zusammenhang wird im vorliegenden Buch aus der Sicht der mathematischen Logik dargestellt. Dabei werden jedoch auch die Grenzen einer solchen Betrachtung nicht verschwiegen, da Gedanken zum logischen Denken in ihrem Selbstbezug an sich ein Paradoxon, einen Selbstwiderspruch darstellen.

Weitere Themen des Buches sind Einsteins Relativitätstheorie, Gödels Unvollständigkeitssätze, die Existenz von Unendlichkeit und die Russellsche Antinomie.

Das Werk wendet sich an alle an diesen vielseitigen Zusammenhängen interessierten Leser. Besondere mathematische Kenntnisse werden nicht vorausgesetzt.

492 Seiten — 166 Abbildungen — dritte Auflage 2010 — 29,90 €

ISBN: 978-3-8311-4300-9

paradoxon.alvarwenzel.de